KB061580

고전 명저 콘서트

누림북스는 일반 대중을 위한 인문학, 교육학, 심리학 등의 양서를 출간하는 세움북스의 임프린트입니다.

고전 명저 콘서트

자기 탐구자들의 특별한 지식 향연

초판 1쇄 인쇄 2023년 2월 25일
초판 1쇄 발행 2023년 2월 28일

지은이 | 권미주 김민수 김성보 김영민 김향숙 박순옥
　　　　백희영 송은영 원경혜 윤영선 윤지영 이미옥
　　　　이상연 이영미 이은지 정영미 하 준 황 산
기 획 | 황 산

펴낸이 | 강인구
펴낸곳 | 누림북스
등 록 | 제2014-000144호
주 소 | 서울시 종로구 대학로·19 한국기독교회관 1010호
전 화 | 02-3144-3500
팩 스 | 02-6008-5712
이메일 | cdgn@daum.net

디자인 | 참디자인

ISBN 979-11-91715-69-9 (03800)

고전
명저
콘서트

자기 탐구자들의
특별한 지식 향연

권미주 김민수 김성보 김영민 김향숙 박순옥
백희영 송은영 원경혜 윤영선 윤지영 이미옥
이상연 이영미 이은지 정영미 하 준 황 산

누림북스

서문

    고전과 명저에는 특유의 향기가 있다. 고전과 명저를 읽는 사람은 자연스레 내면이 풍요로워진다. 책의 향기가 그 삶에 묻어난다. 대중서와 베스트셀러는 당대의 대중적인 인기나 판매 부수와 밀접하지만, 고전과 명저는 대개 그 내용의 질로 평가된다. 읽기가 그리 쉽지 않거나 두꺼운 책일 수도 있다. 하지만 고전과 명저를 접한 사람은 더 이상 과거의 자기 자신이 아니다. 저자와 책을 만나면서 사유하는 사람으로 변모하고 새로운 시선으로 삶과 사물을 바라보게 되었기 때문이다. 그만큼 인식의 지평이 확장되고 삶이 자유로워진다.

    이 책은 고전과 명저에 대한 에세이와 북리뷰를 담은 콘서트형 모음집이다. 이 콘서트는 이중주가 주축을 이룬다. 한 권의 고전 혹은 명저에 대해 글을 쓴 두 사람의 작품을 함께 담았다. 하나의 악보를 연주하는 두 사람의 음악이 다르듯 하나의 텍스트에 단 하나의 해석과 이해만이 가능한 것이 아니다. 두 연주자의 시선과 지적 이해 및 정서적 감응이 담긴 글을 통해 관람자들은 보다 풍성하고 입체적으로 음악을 듣게 된다. 아울러 장르 혹은 주제별로 세 권 정도의 책이 어우러져 합주가 되도록 했다. 나아가 이 책에 담긴 모든 글들이 모여 하나의 오케스트라를 이루고 있다.

저자들은 각자 다른 삶의 자리에서 다양한 활동을 하는 사람들이다. 브런치 작가, 교사, 교수, 인문학 연구자, 블로거, 학생, 상담자, 회사원, 기업체 중역, 공무원, 은퇴자 등 평범한 독자들이 합주를 하고 있다. 저자들은 인문학공동체 대안연구공동체에서 함께 공부한 벗들이다. 이들은 함께 책을 읽고 토론하고 글을 썼다. 인문학 및 철학 고전, 국내외 명작 소설과 산문, 시, 심리학, 아포리즘, 과학, 젠더 이론, 빅히스토리, 진화인류학 등 다양한 영역의 책을 읽고 학습했다. 이 콘서트에 참여한 저자들은 언어와 사유의 악기를 연주하며 함께 지혜의 숲을 이루고 있다.

이 콘서트는 평범한 사람들의 아름다운 음악을 들려준다는 면에서 의미가 있다. 우리는 리좀형으로 연결되었다. 온갖 경계를 넘나들며 다양한 책의 음악을 들었다. 그리고 자기 자신의 감각과 사유를 담아 자기 스타일로 글을 썼다. 다양하고 차이 나는 글들이 모여 이루어진 다양체, 이 것이 이 콘서트의 특징이다.

이 음악은 누구나 들을 수 있다. 누구나 참여할 수 있다. 전문가를 위한 작품들이 아니다. 보통 사람들과 교양을 추구하는 일반 독자를 위한 콘서트다. 인문교양 책 읽기와 문학 작품을 즐겨 읽는 분, 서평을 공부하는 분, 독서에세이나 글쓰기에 관심이 있는 분, 이 책에 소개된 명작의 개요와 읽기의 시선을 실용적으로 체득하기를 바라는 분, 책을 가까이 하고 독자로서 학습자의 길을 꾸준히 걷고 있는 분이면 누구나 향유할 수 있다. 다양하고 풍성한 지식 정보가 담겨있어서 학습 자료로서도 손색이 없을 것이다.

이 콘서트 무대를 준비해 주신 누림북스 강인구 대표님과 편집과 교정 교열 과정에 도움을 주신 이선희, 김민수, 박순옥, 송영미 선생님에게 고마운 마음을 표한다. 이 콘서트에 여러분을 초대한다.

2023년 2월
대안안연구공동체 대표 김종락, 교수 황산

추천사

고전 명저 콘서트라는 비유가 무색하지 않게, 함께 읽은 좋은 책들이 빚어내는 멜로디가 들리고 각 필자가 연주하는 고유한 음색과 리듬의 화음에 몸이 들썩인다. 지금 여기의 강퍅한 현실에 대한 솔직한 진단들, 그럼에도 인간답게 사는 것의 위엄과 방향을 확인하고 다시 시작하고자 하는 소중한 마음과 상냥한 말들. 글의 힘, 공동체의 힘, 배움의 힘을 확인한다.

이혜수 _ 건국대 영어영문학과 교수

새로운 것은 언제나 연결과 만남에 의해 창조된다. 남녀가 만나 아기를 낳고 음과 양이 만나 번개를 만든다. 인류의 지식과 문화 역시 우연한 마주침과 이어짐을 통해 발전했다. 미디어와 감성의 시대에 각양 이미지가 넘쳐나고 AI Midjourney는 온갖 그림을 그려주기까지 한다. 사유하는 독서가 필요한 때다. 책과 텍스트와의 만남이 그 길이다. 여기 한 무리의 사람들이 마련한 사색의 만찬이 있다. 치우침과 조급함에 내몰리는 우리에게 생수를 안겨다 준다. 머리가 맑아진다!

남상철 _ 교육심리학자, Western Covenant University 상담대학원 학장, 균형독서연구소장

독서가 하나의 사건이라면 서평을 쓴다는 것은 그 사건에 개입해 들어가는 일이다. 서평 쓰기를 통해 그 사건의 의미가 드러나고 새로운 의미가 솟구치게 된다. 작가의 의도와는 전혀 다른 독해가 이루어지기도 하고 때로는 작가가 알지 못했던 것이 밝혀지기도 한다. 좋은 서평은 작품을 만나는 새롭고 유쾌한 길이다. 여기 우리에게 익숙한 길과 사뭇 다른 우회로와 지름길이 펼쳐져 있다. 이 길에서 독자들은 확장된 의미의 고전·명저의 푸른 나무들을 만날 것이다.

박연희 _ 들뢰즈 연구자, 대학 강사(영미문학), 대안연구공동체 강사

목차

1부

⋮

탈출하는
삶의 이야기

탈출은 아름답고 슬프다.
자유는 마침내 무모하게 감행되기도 한다.
자유는 정체를 알 수 없는 성채 안에 갇혀 늘 신음한다.
자유는 절망스런 몸짓으로 추락하기도 한다.
그만큼 자유는 아프다.
탈주, 가능하기도 하고 그렇지 않기도 하다.
들뢰즈의 말처럼 탈주에는 언제나 묘한 절망이 서려있는 것 같다.
자유의 가능성과 불가능성과 불가능성의 가능성을 탐색한다.
탈주, 모두의 꿈이자 절망이자 불가항력적인 충동.
여기 세 가지 이야기를 담았다.

서머싯 몸의 〈달과 6펜스〉
프란츠 카프카의 〈성〉
베른하르트 슐링크의 〈책 읽어주는 남자〉

달빛에 사로잡힌
어느 순례자에 관한 이야기

정영미

그는 원시의 세계로 우리를 초대한다. 초록색과 붉은색, 노란색 원색들이 대비를 이루는 들판. 짙은 흙빛 피부에 검정색 머리를 드리우고 가슴을 드러낸 건강한 남국의 여인들이 슬쩍 곁눈으로 우리를 본다. 무심하다. 그러나 단순한 구도와 묵직한 윤곽선 그리고 그것을 채우는 부자연스러울 정도로 강렬한 색채는 보는 이에게 결코 지울 수 없는 선명한 인상을 남긴다. 40의 늦은 나이에 화가가 되어 문명 세계를 떠나 타히티의 원시림에서 예술성을 꽃피웠던 폴 고갱(1848-1903). 그의 삶은 그의 그림만큼이나 흥미진진하다. 서머싯 몸의 〈달과 6펜스〉는 그의 삶과 그림에서 영감을 얻어 쓴 소설이다.

서머싯 몸(William Somerset Maugham, 1874-1965)은 영국의 작가이다. 그는 의과대학을 졸업했으나 작가가 되었고 제1차 세계대전 때는 스파이로도 활동한 적이 있는 특이한 경력의 소유자다. 프랑스에서 태어나 자랐으나 유년 시절에 부모를 잃고 영국의 삼촌에게 맡겨졌다. 그의 소설은 독자층이 두텁기로 유명한데 이는 그가 모국어인 영어를 다시 가정교사에게 배운 까닭에 간결하고 알기 쉬운 단어와 문체로 글을 썼기 때문이라는 해석이 있다. 그는 긴 생애 동안 〈인간의 굴레〉(1915), 〈써밍업〉(1938), 〈면도날〉(1944) 등 오늘날까지도 즐겨 읽히는 많은 작품을 남겼다. 특히 〈달과 6펜스〉는 출간 당시(1919) 폭발적인 인기를 얻어 그를 크게 주목받게 한 소설이었다.

아, 따분해!

작가란 그가 아무리 점잖은 차림에 겸손한 표정을 짓고 있더라도 실은 평온한 일상을 따분해하며 무언가 흥미로운 사건이 일어나 쓸 만한 글감이 되어주길 기대하며 사람들 사이를 비집고 다니는 매우 냉소적인 사람들은 아닐까? 소설의 화자는 이제 막 첫 책을 쓰고 문단과 런던 사교계에 등단한 젊은 작가이다. 그가 예술과 문학에 관심이 많은 한 여성의 파티에서 그녀의 남편 찰스 스트릭랜드를 만나면서 이야기는 시작된다. 전형적인 런던 중산층의 일원이고 완벽해 보이는 가정과 안정적인 직업을 가진 그 남자의 첫인상은 그저 평범했다.

> "그는 선량하고 정직하고 따분하고 평범한 사람이었다. 아무도 사귀려 들지 않을 것 같은 아무런 특징이 없는 사람이었다."(달과 6펜스, 34)

사실 스트릭랜드뿐만 아니라 런던 사교계가, 아니 문명 세계와 '사회'라는 유기체의 일부로 그 안에서 그것에 의지해서 흐릿한 그림자처럼 살아가는'(37) 모든 사람들이 화자에게는 따분했다. 교양인이라고 자부하는 사람들의 허영심과 어리석음을 냉소하며 젊고 혈기왕성한 초년작가는 보다 가슴을 뛰게 하는 모험을 꿈꾼다.

> "나는 문명인이란 참으로 이상한 관습을 생각해 내어 짧은 인생을 이런 따분한 일에 낭비하고 있구나 하고 생각했다. 이 파티를 보고 있자니 여주인이 왜 군이 힘들여 손님을 청하며, 손님들은 왜 군이 힘들여 오는 것일까 하는 의문이 들었다."(32)

> "거기에는 잘 정돈된 행복이 있었다. 하지만 내 혈기는 좀 더 거친 삶의 방식을 원했다. 내 마음속에는 더 모험적으로 살고 싶은 욕망이 있었다. 변화를, 그리고 미지의 세계가 주는 흥분을 체험할 수만 있다면 험한 암초와 무서운 여울도 헤쳐 나갈 각오가 되어 있었다."(36)

그러나 얼마 후 화자가 그렇게도 그리던 모험과 미지의 세계를 향해 떠난 것은 뜻밖에도 그토록 따분하고 평범해서 절대로 모험 따위는 꿈꾸지 않을 것처럼 보였던 증권 중개인 찰스 스트릭랜드였다.

나는 그려야 해요!

런던 사교계에는 그가 직장과 가족을 버리고 젊은 여자와 사랑의 도피를 했다는 소문이 돈다. 그러나 부인의 부탁을 받고 파리의 뒷골목 허름한 호텔방으로 찾아간 화자에게 스트릭랜드는 이렇게 말한다.

"난 그려야 해요…. 나는 그림을 그려야 한다지 않소. 그리지 않고서는 못 배기겠단 말이오. 물에 빠진 사람에게 헤엄을 잘 치고 못 치고가 문제겠소? 우선 헤어나오는 게 중요하지. 그렇지 않으면 빠져 죽어요."(69)

"나는 그림을 그리고 싶소"가 아니다. "나는 그려야 해요"다. 스트릭랜드에게 그림은 희망과 선택의 문제가 아니었다. 스트릭랜드에게 그림은 '가슴을 뛰게 하는' 정도의 꿈이 아니다. 그의 그림은 함께 배우는 동료들에게는 장난처럼 보이고 그림 선생에게도 한마디 칭찬이나 격려를 못 듣는 수준이었으나 그림에 대한 열망은 강렬하고 압도적이었다. 그는 숨통을 쥐고 있는 격렬한 무언가에 사로잡힌 광신자 같았다.

스트릭랜드는 가족을 버리고 친구를 배신하고 그의 아내를 빼앗았으며 자신을 사랑하는 그 여인을 죽음으로 내몰기까지 하였으나 양심의 가책도 느끼지 않는 파렴치한으로 변했다. 한 가정의 가장, 성실한 남편, 착실한 직장인이었던 그가 문명인의 가장 뿌리 깊은 본능인 인정받고 싶은 욕망과 사회가 요구하는 최소한의 규칙인 양심과 도덕의 한계를 벗어나 오로지 자신의 내면에서 자라나 자신을 송두리째 삼켜버린 창조적 본능이 요구하는 대로 행동하는 괴물이 되어 버린 상황을 어떻게 설명할 수 있을까? 그 해답은 이 소설의 제목 '달과 6펜스'에 있다.

서구인들이 지니는 달의 이미지는 동양인들과 사뭇 다르다. 유럽인들은 보름달을 악마와 관련지어 생각한다고 한다. 보름달만 뜨면 광기와 난폭함이 넘치는 늑대인간의 신화가 바로 그것이다. 영어 '루나(lunar)'에서 파생된 '루나틱(lunatic)'은 명사로 '미치광이', '정신 이상자', 형용사로 '미친', '터무니없는', '정신 나간 것 같은' 등의 부정적인 뜻을 갖는다.(참고. '책으로 읽는 달의 신화', 달의 과학. 인터넷 한겨레)

若汝不狂 終不及之 (약여불광 종불급지)라는 말이 있다. 미치지 않으면 끝내 미칠 수 없다는 뜻이다. 예술이든 학문이든 미친 듯한 몰입과 집중 없이는 이룰 수 없는 경지가 있는 것인가.

"그는 꿈속에서 살고 있었다. 현실은 그에게 아무런 의미도 없었다. 오직 마음의 눈에 보이는 것만을 붙잡으려는 일념에 다른 것은 다 잊고 온 힘을 다해 자신의 격렬한 개성을 캔버스에 쏟아붓고 있다는 느낌이 들었다."(109)

파리 시절의 스트릭랜드는 '잡힐 듯 잡힐 듯하면서도 잡히지 않는 표현의 출구를 찾아 애타게 고뇌하는 정신'(210) 그 자체였다.

바라보니 좋았더라!

예술을 위한 예술, 아무에게도 보여 지지 않는 예술 작품이란 무슨 의미가 있을까? 화자인 젊은 작가는 스트릭랜드의 인간성을 가장 철저하게 경멸하면서도 처음부터 끝까지 그의 편이다. 끊임없이 그를 위대하다고 추켜세운다. 어쩌면 스트릭랜드는 꿈은 달빛에 닿아 있으면서도 6펜스의 현실을 걷어차지 못하고 있는 화자에게 대리만족의 대상이다. 둘은 이런 대화를 나눈다.

"전 이런 생각을 합니다. 무인도에서 글을 쓸 수 있을까 하고요. 제가 쓴 글을 저밖에는 읽을 사람이 없는 게 확실하다면 말입니다."

"나도 때로 생각해 보았소. 망망한 바다 한가운데 떠 있는 외로운 섬, 그 섬의 아무도 모르는 골짜기에서 신비스러운 나무들에 둘러싸여 조용히 살아볼 수 없을까 하고. 거기에서는 내가 바라던 것을 찾을 수가 있을 것만 같아서"(111)

꿈과 열정이 우주의 기운을 끌어당겨 그를 그 장소로 데려가는지 아니면 운명의 신이 그가 있을 곳을 먼저 정한 후에 그에게 그런 꿈을 심었는지는 알 수 없다. 하지만 운명처럼 스트릭랜드는 타히티로 향하고 그곳에서 그가 그토록 염원했던 자신만의 예술적 표현의 출구와 종착점을 찾는다. 오랜 방랑은 드디어 멈추었고 사랑과 가족을 얻어 잠시 낙원 같은 안식을 누렸으나 결국 천형의 병을 얻어 죽어가면서 마지막 예술혼을 작은 오두막의 벽과 천장에 쏟아 붓는다.

"스트릭랜드 본인도 그게 걸작인 줄 알았을 겁니다. 자기가 바랐던 걸 이룬 셈이죠. 자기 삶이 완성된 거예요. 하나의 세계를 창조했고, 그것을 바라보니 마음에 들었어요. 그런 다음 자부심과 함께 경멸감을 느끼면서 그걸 파괴해 버린 거죠."(299)

〈달과 6펜스〉는 흥미로운 주제와 탄탄한 구성으로 한 번 책을 잡으면 놓기가 힘들다. 예술에 대한 열정 하나로 방랑의 길을 떠난 독특한 개성을 가진 주인공의 행적을 따라가다가 작가의 통찰이 빛나는 문장들을 만나는 기쁨도 크다. 작품의 모델이 된 폴 고갱의 화려하고도 인상적인 작품들을 찾아보고 싶어질 것이고 명작을 감상하는 즐거움과 함께 고갱과 작중 주인공의 삶을 비교해 보는 또 다른 재미도 누릴 수 있을 것이다. 독자는 예술과 삶, 인격과 재능을 저울질하며 과연 진정한 아름다움이란 무엇인가에 대해, 좋은 삶과 좋은 예술의 공존 가능성에 대해, 문명과 교양에 대해 우리가 이미 알고 있고 합의했다고 생각한 많은 것에 대해 다시 질문하게 될 것이다. 그리고 진정 중요한 것은 자신이 선택한 삶을 온전히, 있는 힘을 다해 살아내는 것이리란 걸 긍정하게 될 것이다. 진정한 삶이란 무엇일까? 서머싯 몸은 그의 또 다른 소설 〈인간의 굴레〉에서 이렇게 말한다. "각자가 자신만의 카펫을 짜 나가는 것"이라고.

달문을 두드리는 쨍그랑 소리

가원 이은지

사람 사는데 뒷담화가 빠질 수 없다. 그 대상이 기이한 생각과 유별난 행동을 할수록 많은 사람들의 입방아에 오른다. 중산층 가장이 편지 한 통을 남기고 가족을 버렸다는 소식은 험구가들이 아니더라도 지나칠 수 없다. 훗날 그가 세계미술사의 독보적 위치를 점유한다면? 유명한 전설이 완성된다.

영국의 작가 서머싯 몸(William Somerset Maugham, 1874-1965)은 프랑스 후기 인상주의 화가 폴 고갱(Paul Gauguin, 1848-1903)의 행보에 큰 영감을 받았다. 문명 '파리'를 떠나 원시 '타히티 섬'에서 새로운 예술을 창조한 고갱의 삶은 그의 상상력을 자극했다. 몸은 타히티에 가서 고갱이 거주한 집을 방문하고, 동거한 여인과 인터뷰를 하는 등 고갱의 자취를 따라갔다. 그렇게 〈달과 6펜스〉의 주인공 '찰스 스트릭랜드'를 탄생시킨다.

예술혼에 사로잡힌 한 중년 남자

소설의 서사는 다음과 같이 시작한다. 찰스 스트릭랜드는 런던에서 증권 중개 일을 하며 부인과 두 자녀를 둔 평범한 가장이다. 사람들 눈에 비친 그는 인상착의, 성격, 취향 등 특징이 없는 사람이지만, 아무도 모르게 그림을 향한 마음이 움트고 있었다. 그러던 어느 날 짧은 편지 한 통을 보낸 채 가족 곁을 떠났다. 가장을 잃은 가족의 반응에는 일체 무관심했다. 그는 그림을 그리고 싶은 강렬하고 압도적인 힘을 이렇게 표현했다.

> "나는 그림을 그려야 한다지 않소. 그리지 않고서는 못 배기겠단 말이오. 물에 빠진 사람에게 헤엄을 잘 치고 못 치고가 문제겠소? 우선 헤어 나오는 게 중요하지. 그렇지 않으면 빠져 죽어요."(달과 6펜스, 69)

스트릭랜드는 '훌륭한 시민, 좋은 남편이자 아버지, 정직한 중개인'(31)의 삶과 작별을 선언했다. 국가, 지역사회, 가정 등 그가 속한 모든 공동체와 시스템을 거부한 것이다. 선뜻 이해가 되지 않는 그의 태도는 '달'과 '6펜스'라는 이미지로 압축된다. 달은 절대적 이상향, 절대 정신, 순수한 꿈의 세계를 상징한다. 6펜스는 당시 영국의 가장 낮은 동전단위다. 사람들 사이의 질서를 유지하고 사회를 진보케 하는 제도, 윤리 등을 지칭한다. 그는 삶에서 '6펜스'를 완진히 거둬내고, '달'을 택했다. 영혼이 가닿고 싶은 예술적 생명의 터를 향한 것이다. 사람들은 이를 '광기'라고 생각했다. 하지만 이는 적절한 표현이 아니다. 현실 사회관점으로 바라본 표현이라, 달의 세계에서는 다르게 묘사 할 수 있다. 마치 지구가

태양을 한 바퀴 도는 모습을 사람들은 1년 365일이라 부르지만, 태양의 관점에서는 원래 위치로 되돌아오는 현상이듯이.

자신이 느낀 것을 전달한다는 일념으로

파리로 온 스트릭랜드는 수변 모든 것에 무관심한 채 오로지 그림에만 몰두한다. 궁핍한 생활을 전혀 개의치 않는다. 건강을 전혀 돌보지 않아 죽을 정도로 심한 병에 걸리고 만다. 스트릭랜드의 천재성을 한눈에 알아본 화가 더크 스트로브는 병이 든 그를 자신의 집에서 간호한다. 함께 지내는 동안 스트로브 부인 블란치는 그의 예술적 열망에 매혹되어, 남편을 떠나 스트릭랜드와 같이 산다. 하지만 블란치는 자신에게 흥미를 잃고 경멸하는 그의 시선을 견디지 못하고 비극적 선택을 하고야 만다. 이런 상황을 두고 스트릭랜드는 "그녀는 나한테 버림을 받아서 자살한 게 아냐. 어리석고 균형 잡히지 않은 인간이라 그랬지"(205)라며 뻔뻔하게 응수한다. 자신이 속하지 않은 6펜스 세상의 잣대를 철저히 등진다. 반면 그의 시야가 닿는 풍경은 이런 것이다.

"이상하게 여겨질지 모르지만 이런 현상이 일어납니다. 그 일이 끝나면 말할 수 없이 순수해진 기분을 느낀다. 육체를 벗어나 영혼만 남은 느낌이다. 아름다움이 마치 감촉할 수 있는 물건처럼 만질 수 있는 것으로 느껴집니다. 산들바람이며, 신록의 나무들, 오색영롱한 강물과도 내밀하게 마음을 통할 수 있다고 느낍니다. 신이 된 기분이랄까요."(114)

그는 현상의 삶을 초월하여 원초적 생명의 세계에 가닿고 있었다.

10년의 시간이 흘렀다. 화자는 스트릭랜드가 오랜 방랑 끝에 이른, 벌 거벗은 원시 세계 '타히티섬'에 왔다. 타히티 원주민들은 '미를 창조하는 열정'이 스트릭랜드를 이리저리 휘몰고 다녔음을 이해했고, 그런 그를 한없이 동정했다. 그의 기행을 혐오했던 런던과 파리의 도시인과 사뭇 달랐다. 현실 윤리를 강요하지 않는 이러한 시선 덕분에 스트릭랜드는 그림에만 전념할 수 있었다. 문명과 동떨어진 타히티의 자연과 원주민을 모델로 하여 그리고 또 그렸다. 원시성의 강렬한 생명력을 본 것이다. 그의 몸은 문둥병으로 썩어 들어가고, 달의 세계로 혼이 들어서고 있었다.

그림의 구도(構圖), 생명의 구도(求道)

20대 초반, 내가 겪은 예술적 충동이 기억났다. 나는 미술, 무용, 음악 등 장르와 시대를 불문하고 천재 예술가들이 남긴 아름다움에 완전히 매 료되었다. 프랑스 후기 인상주의 화가 폴 세잔(Paul Cézanne)의 혁신적인 조 형성은 가히 충격적이었다. 체코 출신 현대발레 안무가 지리 킬리안(Jiří Kylián)이 보여주는 순수한 몸짓에 숨이 막혔다. 마치 무용이 성취할 수 있 는 위대한 승리를 보여주는 것 같았다. 그 무렵부터, 위대한 예술인이 되 고 싶다는 생각에 사로잡혔다. 스무 살 넘어 그림을 시작한 세잔과 그때 의 내 나이가 비슷한 것을 새로운 세계의 신호탄으로 여겼다.

〈달과 6펜스〉의 스트릭랜드 관찰기는 '파리 시점'과 '타히티 시점'으로 구분된다. 파리에서 화자는 스트릭랜드의 생활 속에 있었다. 그가 화자를 대하는 태도는 스트로브 부부를 대하는 것과 달랐다. 그는 옥박지르거나 비웃지 않은 채로 화자와 대화를 이어갔다. 한편 화자는 스트릭랜드가 죽은 후 타히티 섬에 찾아가 그를 알고 지낸 사람들에게 들은 이야기를 전한다. 직접 관찰하지 않은 것이다. 이러한 설정은 스트릭랜드가 도달한 달빛은 사람의 기호로 섣불리 드러낼 수 없음을 보여주는 장치가 아닐까. 화자는 스트릭랜드의 과일 정물화와 맞닿은 느낌을 슬며시 언어로 밀어 넣었다.

> "거기에는 이상하게도 생명이 숨 쉬고 있는 것만 같았다. 마치 이 세상 만물의 형상이 영원히 고정되기 전, 어두웠던 창세의 시대에 창조된 것처럼 말이다. 맛을 보면 신만이 아는 영혼의 비밀과 상상의 신비로운 궁전으로 통하는 문이 열릴 것 같았다. 그것들은 마치 선악과처럼, 미지의 것을 보여줄지도 모른다는 느낌으로 두려움을 불러일으켰다."(301)

이 소설은 제1차 세계대전 직후에 발표됐다. 출간되자마자 폭발적 호응을 얻었다. 현실에서 벗어나 순수 정신을 향하는 자유로운 영혼은 혼란과 허무, 환멸과 상처로 뒤덮인 사람들에게 카타르시스를 느끼게 했다. 몸은 쉽고 간결한 언어로도 추상적인 주제 예술과 이상향의 이야기를 대중의 눈높이에 맞추며 풀어냈다. 소설은 100년 지난 아직도 널리 읽히고 있다. 자신을 초월하려는 열망과 이의 동경은 시대를 넘어선 인간의 기질임을 보여주는 셈이다. 한국 대표 작가 오정희도 소설가를 꿈꿨던 시절 스트릭랜드와 함께했다.

"진정한 소설가가 되는 것만이 이 썩은 늪처럼 질척이는 세상에서 창조적으로 사는 길이라는 믿음이 싹트던 당시 난 온통 '달과 6펜스'의 주인공에게 사로잡혀 있었다. 겁 없이 뒤돌아봄 없이 가출을 결행한 것도 그 소설에서 받은, 자유와 고독과 예술적 정열에의 욕망 때문이었다."(월간 샘터, 1999년 2월호, 32-33)

반면 소설에 드러난 편파적 성 역할은 다분히 시대착오적이다. 이 소설에 등장하는 여성들, 특히 스트릭랜드와 관계된 여성들은 모두 그를 돕는 단순한 존재로만 그려진다. 블란치는 자신이 그의 예술혼을 위한 도구가 되리라는 것을 암묵적으로 알고 있었지만, 누드화 완성 이후 드러난 그의 냉대를 참지 못하고, 스스로 목숨을 끊은 어리석은 여자로 묘사된다. 그녀를 회상하는 스트릭랜드의 시선은 서양 철학사 전통의 남녀 이분법을 그대로 답습하고 있다. "남자의 정신은 우주의 저 머나먼 곳에서 방황하는데 여자는 그걸 자기 가계부 안에다 가둬두려고 하는 거요. 나를 자기 수준으로 끌어내리고 싶었던 거지."(204) 남성은 합리적 영혼을 지닌 초월적 의식주체가 되고, 여성은 사유하지 못하는 존재로 평가절하한다(여성의 몸, 21-23). 이러한 여성혐오 시선은 시정돼야 마땅하다.

2013년부터 나는 예술 기획을 하는 일을 하고 있다. 처음 나는 일상을 힘겹게 꺼안으며 지냈다. 오랜 시간 누렸던 학생 신분과의 작별도, 사회인의 자격을 갖추기 위한 준비에도 자신 없었다. 하지만 그때 만난 위대한 예술 작품들에서 뜻밖의 갈피를 잡았다. '정신의 어떤 상태를 표현하고자 하는 거대한 안간힘'(212). 이 안간힘은 지친 내 마음에 생명을 불어

넣었다. 예술 작품에 배인 정서와 감흥이 나의 삶에 신비로운 행간을 만들어 그 틈에 생명을 피워낸 것이다. 이러한 차원을 기획을 통해 많은 사람들에게 전하고 싶었다. 이후 나에게 예술 기획은 의미 있는 창조의 작업이 되기 시작했으며, 무대 위에서는 새로운 세상들이 펼쳐졌다. 공연을 관람하는 관객들의 환희의 표정과 몸짓을 바라보며 보람을 느끼며 활동하게 되었다. 이제 나의 예술적 여정은 이상과 현실 그 중간쯤에서 안정적인 궤도를 그리고 있는 것 같다. 응원한다. '달과 6펜스' 사이에서 서 있는 모든 이들의 줄타기를.

너무나 비극적인 어떤 희망

원경혜

모리스 블랑쇼가 말했듯이 카프카는 문학이라는 선물을 우리에게 선물했다. 그가 우리에게 선물하고 우리는 받아들이지 않는 선물, 낯선 만큼이나 친숙한 선물 말이다.

카프카, 이 사람을 보라

나는 그를 생각하면 바틀비가 떠오른다. '허먼 멜빌'의 소설 〈필경사 바틀비〉의 주인공 그 '바틀비' 말이다. 바틀비는 소심하지만, 치명적인, 그 독특한 말투로 "하지 않는 편을 택하겠습니다"라고 말하며 주위 사람들의 요구에 따라 행동하기를 거부한다. 필경사 바틀비의 저항은 자본주의 사회의 작동원리인 합리성에 대한 거부이자 가장 강력한 반격이었다.

여기 기다리는 사람들이 있다. 그들은 어느 한적한 시골길, 한 그루의 나무만이 서 있는 언덕 밑에서 기약 없이 '고도'를 기다린다. '사무엘 베케트'의 희곡 〈고도를 기다리며〉의 두 주인공인 '블라디미르'와 '에스트라공'이다. 이 두 방랑자는 고도가 대체 누구인지, 존재하기는 하는 것인지 알 수 없는 상황 속에서 언제 나타날지도 모르는 고도를 기다린다. 기다림의 시간과 장소가 확실하지도 않고 그들이 왜 고도를 기다리고 있는지조차 분명치 않다. 분명한 단 하나의 사실은 그들이 고도를 기다려야 한다는 것뿐이다.

그렇다면, 불행처럼 어김없이 되돌아오는 시간을 견디는 자, 시지프스는 어떠한가. 그는 신의 저주로 영원히 산 밑에서 위로 거대한 돌을 들어 산비탈로 굴려 올리기를 되풀이하는 삶을 살아야 한다. 신들을 모독한 죄의 대가로 '무용하고 희망 없는 노동'이라는 끔찍한 형벌을 수행하는 시지프스의 운명, 부조리한 세계에 던져진 그의 기다림은 어디를 향하고 있는가. 자신의 운명을 외면하지 않고 똑바로 의식하며 맞서는 자, 그 의식의 순간을 의식할 수밖에 없는 실존적 존재로 살아가야 하는 삶, 이것은 비극인가 희극인가.

나는 그들에게서 이 사람을 본다. 카프카이다. 유대계 독일 작가인 '프란츠 카프카'(1883-1924)는 불확실한 현대인의 삶과 불안, 소외를 명료한 언어와 상징적인 기법으로 형상화했다는 평가를 받는다. 그는 독창적인 상상력으로 창조된 세상에서 이해할 수 없는 사건들과 마주치는 인물들을 통해 인간의 삶에 낯선 질문을 던진다. 카프카는 나지막한 진동으로 가장 강력한 언어를 만들어낸다. 그가 언어로 만들어낸 작품 세계는 닫히지 않는 열린 구조로 이루어진 파놉티콘이다. 누군가가 우리를 보지만 우리는 그들의 존재를 알지 못한다. 이 불확실한 언어들이 만들어내는 불협화음은 우리를 당혹하게 한다. 때로는 불가능한 심연으로 추락시킨다. 누가 그 세계로 우리를 이끄는가.

카프카에게 글쓰기는 어떤 의미인가? 유대인이라는 이유로 혹은 유대인이지만 시온주의에는 동의하지 않는다는 이유로, 완고하고 독선적인 아버지와의 불화와 신을 향한 버림과 마주함으로, 평생에 걸쳐 끊임없이 자신의 정체성에 의문을 던진다. 해결할 수 없는 커다란 짐을 지고 세상의 끝으로 걸어가는 인간, 그러하기에 카프카에게 글쓰기는 미적 창조가 아니라 스스로를 구원하는 행위 혹은 구원의 메시지에 가깝다.

가능하지만 불가능한, 성으로 가는 길

그의 친구 '막스 브로트'에 의해 유령처럼 되살아난 그의 소설, 〈성〉은 미완의 작품이다. 집필 시기는 1922년으로 추정되고, 그의 사후인 1926년에 유고로서 발표되었다. 〈성〉은 카프카의 다른 장편 소설과 달리 완결된 작품이 아니기에 결국 도달할 수 없었던 길을 향한 카프카의 글쓰기와 가장 어울리는 작품이 될 수도 있다. 성의 실체와 성으로 들어가려는 K의 정체, 그 무엇 하나 확실하지 않은 불확실함의 난장판은 계속 진행 중이었지만, 결국 성에 도달하지 못한 채 소설은 미완으로 끝난다.

카프카의 다른 작품들과 마찬가지로 〈성〉 또한 독자에게 여러 해석을 가능하게 하는 텍스트 그 자체로서의 의미를 넘어서는 사유를 제공한다. 의미를 넘어서는 사유는 무엇이란 말인가? 그의 글은 독자를 그 안으로 들어오지 못하고 바깥으로 끊임없이 배회하게 만든다. 그럼으로써 그의 이야기들은 독자들에 의해 끊임없이 재해석된다. 그것이 카프카의 글을 읽어낸다는 의미이기도 하다.

"마을은 눈 속에 깊이 잠겨 있었다. 성이 있는 산에는 아무것도 보이지 않았다. 안개와 어둠이 산을 둘러싸고 있었고, 그곳에 큰 성이 있음을 암시하는 아주 희미한 불빛조차 눈에 띄지 않는다."(성, 7)

처음부터 희미한 안개 속에 있다. 성으로 가는 길은 끝이 없으면서 걷히지 않는 안개처럼 불확실한 세계이다. 그것은 끝이 없는 세계, 갈 수 없는 세계, 노력하지만 성공이 불가능한 세계이기도 하다. 이렇듯 규정 불가능한 혼돈과 우연의 세계에서 인간의 삶은 어떻게 이루어지는가. 그곳에는 정확히 예측이 안 되는 양자역학의 세계처럼 개별적인 하나하나의 삶인, 미시적 존재들의 삶만이 있을 뿐이다. 카프카는 바로 그런 세계를 보여주려고 한다.

"성에 이르는 길은 몇 개나 있어요. 어떤 때는 이 길이 유행이어서 대부분 관리가 그 길로 달려가고, 또 어떤 때는 다른 길이 유행이어서 모두 그 길로 몰려가요. 어떤 규칙에 따라 이런 식으로 길이 바뀌는지 아직 알아내지 못했어요."(307)

어쩌면 성은 처음부터 갈 수 없는 길인지도 모른다. 길은 있지만 도달할 수 없는 과정만 존재하고 나에게 성으로 가는 길의 처음은 매번 달라진다. 누가, 무엇이 성을 지배하는가. 마을에는 자신들의 규범이 아니라, 성에서 만들어 준 규범의 세계 속에서 사는 인간들이 있다. 여기에 낯선 이방인인 K가 도착한다. 그렇다면 K, 그는 누구인가.

필연적 오류에 완전히 내맡겨진 인간은 무엇이 될 수 있는가

어떤 사건에 휘말린 인물들이 벌이는 난장판이 소스라치게 조용하다. 어느 날 벌레로 변해버린 〈변신〉의 그레고르 잠자나 알 수 없는 죄인이 되어 마치 개처럼 조용히 죽어버린 〈소송〉의 요제프 K처럼 카프카적 장치가 작동하는 형식은 이렇듯 독자를 배회하게 만드는 기이한 낯섦이다. K가 지금 여기에 도착했다. 하지만 그는 그레고르와도 요제프 K와도 달랐다.

K는 자신을 토지측량사로 고용한 성으로 가기 위해 눈보라와 어둠을 뚫고 어느 마을에 도착한다. 그는 마을에 도착한 이후 엿새 동안 성에 들어가기 위해 마을의 여러 사람을 만나며 성으로 들어갈 수 있는 방법을 찾으려 한다. 하지만 묘한 엇갈림이 그를 성에 갈 수도 없게 하고 또 성에서 파견된 관리를 만날 수도 없게 한다.

이상한 점은 마을 사람들의 K에 대한 경계가 아니다. 낯선 이방인의 등장에 경계심을 갖는 마을 사람들의 행동은 오히려 당연해 보이기까지 한다. 문제는 토지측량사 - 이 말은 히브리어로 'maschiasch'(메시아)와 유사하다 - 라는 K의 행동이다. 성으로 가는 길의 묘한 엇갈림은 단순히 어떤 권력을 보호하기 위한 마을 사람들의 경계와 의심 때문일까? 바로 그의 의지가 바로 그 엇갈림을 향해 끝없이 항의하고 있기 때문이다. 그에게 남아 있는 유일한 진실은 허상의 이미지에 속지 않고 언제나 그 엇갈린 방향으로 나아가는 것이다. 불가능한 것을 선택함으로써 가능해지는 희망, 절망은 그의 힘이다.

너무나 비극적인 어떤 희망

그는 말할 수 없는 순간, 말하고자 한다. 출발점을 떠난 단어들이 어떤 의미를 담으려는 순간 끊임없이 미끄러져 사라져 버린다. 그의 글이 술술 읽히지만 읽기가 어려운 이유이다. 용기를 내어 이해할 수 없는 난공불락의 성을 향해 걸어가지만 나는 도달할 수 없음을 안다.

만약 그에게서 희망을 보고자 한다면, 블랑쇼의 말처럼 그것은 '침몰하는 순간 자신을 되찾으려는 희망'인지도 모른다. 그가 끝끝내 도착하려고 하는 단 하나의 진실은 무엇일까. 절망의 힘으로 침몰하는 순간에 빛나는. 그것은 어둠 속에서도 유혹하는 희망의 빛이다. 하지 않는 것을 택함으로써 조용히 저항하는 이유, 그들이 오지 않을 수 있는 고도를 기다리고, 불행처럼 어김없이 되찾아오는 시간을 견디는 시시포스는 무엇을 말해주는가? 만약 그러한 삶 속에서 그들을 움직이게 하는 단호한 결의를 발견할 수 있다면 그것은 너무나 비극적인 어떤 희망이다.

카프카는 비인칭의 장소에서 떠도는 불완전한 언어들의 불협화음을 견뎌내야 하는 삶. 어딘가로 가고 있지만 늘 어긋나고, 무언가를 하고 있지만 늘 실패하는, 출발은 했지만 도달할 수 없는 삶을 이야기한다. 텅 빈 무의 공간에서 끝없이 미끄러지는 삶이 있을 뿐이다. 결국 이야기의 내용은 사라지고 어떤 형식만이 남아있다. 그것은 매번 다른 방식으로 우리에게 말을 건넨다. 우리는 그의 글에서 항상 실패를 경험한다. 그럼에도 불구하고 예정된 실패가 두렵지 않은 이유는 그것이 진짜 삶이기 때문이다. 성공하는 삶만이 삶은 아니지 않는가. 그러니 이제 카프카, 이 사람을 보라. 당신이 불가능성의 가능성을 조금이라도 믿는다면. 도달할 수 있는 길만이 길이 아니다. 그 안에 어떤 알맹이가 있다면 걸어가야 한다. 그것이 내가 카프카에게로 가는 길이다.

영원히 측량 불가능한 성

박순옥

짙은 안갯속은 아무것도 보이지 않는다. 목적지는 안개 너머 저편에 있다. 우리는 목적지가 있을 허공을 바라보며 안개를 헤치고 한 걸음을 내딛는다. 걸어왔던 길은 금세 안갯속으로 사라진다. 나아갈 것인가 되돌아갈 것인가 계속 망설여진다. 불안하다. 우리는 그곳에 도착할 수 있을까. 카프카의 〈성〉은 주인공 K가 성에 다가가려 하지만 그 방법을 모르고, 점점 상황이 절망적이다. 소설은 독자에게 〈성〉의 의미를 해석해 보라고 하면서, 독자를 미궁에 빠트린다. 성은 분명 존재하지만, 그 누구도 그곳에 닿기는 어렵다.

소설 〈성〉은 〈실종자〉, 〈소송〉과 함께 카프카의 미완의 작품이다. 카프카는 죽기 전에 친구이자 편집자인 막스 브로트에게 자신의 모든 원고를 불태워달라고 부탁한다. 하지만 막스 브로트는 작품의 가치를 알아보고 출판을 결심한다. 아도르노는 카프카의 소설이 "모든 문장이 나를 해석해 보라고 하면서 어떤 문장도 그것을 허용하려 하지 않는다"고 말했다. 이처럼 카프카의 소설은 독자가 소설의 의미를 끊임없이 생각하게 만드는 힘이 있고, 독자는 그 힘에 이끌려 그의 소설에 묘하게 빠져든다.

"이곳에 꽤 오래 머물 예정인데 벌써 외톨이가 된 기분입니다. 마을 농부들에게 속한 것도 아니고, 그렇다고 성에 속한 것도 아니라서요."(성, 19)

주인공 K는 이방인이다. 이방인에게 타지는 모든 것이 기회일 수 있지만, 그 기회는 자신에게 좌절을 주기도 한다. 장애물을 뚫고 자신이 추구하는 것을 향해 나아가려 하지만 그 과정은 외롭고 힘들다. 삶은 늘 순탄하지 않다. 그 어떤 것도 공짜로 주어지는 것은 없다. 내 스스로 쟁취해야만 얻을 수 있다. K는 자신의 존재를 증명하려고 외로운 도전을 한다.

실망, 다시 시작

마을에 도착했을 때, K를 기다린 것은 희망이 아닌 실망이다. 그는 토지 측량사로 이곳에 왔지만, 아직 성에서 어떤 일을 하게 될지 정해진 바가 없다. 성은 먼 곳에서 보면 K의 기대에 벗어나지 않았지만, 가까이 다가갈수록 성이 마음에 들지 않는다. 그는 새로운 만남을 고대하고 불가항력적으로 이끌려 왔지만, 모든 것이 그에게 피로감을 준다.

K는 성에 들어가려고 시도하지만 실패한다. K는 바르나바스가 성과 긴밀하게 연결된 존재라 생각하고, 그를 따라가면 성에 쉽게 도착할 거라고 기대한다. 바르나바스 또한 성의 임무를 받기 위해 노력하지만, 희망이 없어 보인다. K는 바르나바스를 통해 성으로 가는 일은 가망이 없

다고 판단한다.

K는 성 관리인의 애인이라고 말하는 프리다가 매력적으로 보인다. K 는 프리다에게 자기 애인이 되어달라고 말하고, 그녀는 그의 마음을 받 아준다. 프리다는 자신이 이루어낸 모든 것을 내려놓고 K를 따라나선다. K는 프리다와 함께 있어서 자유롭고 행복하다. 이제 험난한 길도 견딜 수 있다.

드러나지 않는 존재

성은 베스트베스트 백작의 소유이고, 마을에 살거나 숙박을 하려면 백 작의 허락이 있어야 한다. 백작의 부름으로 K는 이곳에 오게 되고, 성의 탑을 보고 "마치 집의 가장 외딴 방에 갇혀 지내야 할 우울증을 앓는 집 주인이 세상에 자신을 보여주기 위해 지붕을 뚫고 나와 우뚝 선 모양 같 다"(17)고 말한다. 소설은 더 이상 성의 소유자, 백작에 대해 언급하지 않 는다.

"모두가 그에 대해서는 들어 알고 있죠. 눈으로 본 것, 소문으로 들은 것 그리 고 왜곡을 가하는 몇 가지 부수적인 의도가 겹쳐져서 클람의 이미지가 만들 어졌는데, 그 윤곽은 대략 맞을 거예요. 그러나 윤곽만 맞는 거죠. 그 밖의 클 람의 이미지란 가변적인데…."(249)

클람은 성의 최고 관리인이고 허용된 사람들만 만날 수 있다. 모든 사람이 클람을 알고 있지만, 클람의 이미지는 모두에게 각각 다르다. 각자가 처해있는 상황, 희망과 절망의 분량에 따라 클람은 다르게 보인다. 누군가의 삶은 클람의 존재를 전혀 신경 쓰지 않는다. 하지만 다른 누군가에게는 클람과의 면담이 삶이 걸린 중요한 문제다.

K의 깨달음

"기회가 오면 한마디의 말, 한순간의 눈길, 한 번의 신뢰 표시만으로도 평생의 노력을 기울인 것보다 더 많은 걸 성취할 수 있다."(386)

K가 성으로 가는 길은 장애물이 많았다. 하지만, 뜻밖의 기회가 생겼다. K는 올가의 계획으로 관리인의 비서인 에어랑어를 만나러 간다. 우연히 잘못 들어간 방에서 또 다른 비서인 뷔르겔을 만나고 이야기를 나눈다. 그는 K가 처해있는 상황을 알고 있고, 그에게 이야기를 해준다. K는 그의 말에 자유로움을 느낀다.

K는 무지했다. K는 이방인이고 마을에서 외지 사람이 와서 발생했을 불편함과 그 상황에 대해 주위 사람들의 노력을 알지 못했다. K는 법률뿐만 아니라 마땅히 가져야 할 타인에 대한 배려가 없었다. 그는 이제야 여기서 돌아가는 상황을 이해할 수 있었다. 심문 이후 K는 자신에 대한 사람들의 태도가 달려졌음을 간파한다.

소설 〈성〉에는 결말이 없다. 이 소설은 K가 처해있는 상황만 있을 뿐이다. 소설 속 '성'의 의미는 신, 가부장적 아버지, 절대 권력 등 다양하게 해석할 수 있다. 또한, 등장인물의 이름은 캐릭터를 추측할 수 있는데, 프리다(Frida)는 '평화', 클람(Klamm)은 '망상'의 뜻이 있다. 소설은 마치 수수께끼 같고, 소설의 마지막까지 답은 명쾌하지 않다. 소설 〈성〉은 독자가 처해져 있는 상황, 삶의 태도에 따라 해석이 다를 수 있다. 주인공 K가 성에 도달하려고 노력하는 모습은 독자가 이 소설을 해석해 보려는 모습과 겹쳐진다. 미완의 소설은 독자에게 아쉬움을 주지만, 끝이 없는 다양한 가능성을 생각하게 한다.

소설 속 '성'은 보이지 않는 존재다. K는 자신의 존재를 인정받기 위해 '성'으로 나아갔다. 내 존재를 누군가 인정해 줘야 하는 건 아니다. K의 삶은 미완이고, 끊임없이 자신의 삶을 향해 나아갈 것이다. K의 투쟁은 외롭지만 의미 있는 일이다. 마을 사람들은 K를 점점 필요로 할 것이다. K는 자신의 노력으로 얻은 성취뿐 아니라 우연찮게 성취하는 것들도 생길 것이다. K가 안개 속에서 한 걸음 한 걸음 내딛는 동안 안개는 언젠가 걷힐 것이다.

사랑과 용서의 오디세이아

정영미

"그는 단지 자기가 무엇을 하고 있는지 결코 깨닫지 못한 자였다."

한나 아렌트는 〈예루살렘의 아이히만〉에서 나치 정권의 유대인 학살의 주범 중 한 명인 아돌프 아이히만에 대해 이렇게 썼다. 너무나도 평범하고 근면 성실한 한 공무원이 아무 가책 없이 수많은 사람들을 가스실에 몰아넣어 살인을 저지를 수 있는 상황에 경악하며 '악의 평범성'에 대해 경고했다. 베른하르트 슐링크(Bernhard Schlink, 1944-)의 소설 〈책 읽어주는 남자〉는 15세 소년과 30대 여인의 불온한 사랑으로 시작하여 어쩌면 그들의 사랑 이야기로 읽힐 수도 있을 서사 속에서 동일한 주제를 다룬다.

베른하르트 슐링크는 히틀러의 나치 정권이 마지막 패악을 부리던 1944년 독일에서 태어났다. 법학을 전공한 슐링크는 법대 교수, 헌법재판소 판사 등을 역임했고 주로 법과 재판 과정을 다루는 추리 소설을 써서 독일 추리 문학상을 두 번이나 수상했다. 〈책 읽어주는 남자〉(1995)는 독일 문학 작품으로는 처음 「뉴욕타임즈」 베스트셀러 1위를 차지했으며, 2009년에는 스티븐 달드리(Stephen David Daldry) 감독의 영화로도 제작되었다. '역사를 통찰하고 문학적으로 승화시키는' 작가 정신으로 2014년 그는 한국 최초의 세계문학상인 '박경리문학상'을 받기도 했다.

불온한 사랑

병약한 15세 소년 미하엘은 우연히 거리에서 연상의 여인 한나에게 도움을 받고 이후 그녀와 비밀스러운 사랑에 빠진다. 나이 차이가 많이 나지만 두 사람은 여느 연인들처럼 뜨겁게 사랑하고 다투기도 하며 관계를 이어간다. 그러나 그들의 사랑에는 남들과 다른 특별함이 있었다.

> "우리는 책읽기와 샤워, 사랑 행위 그리고 나란히 눕기로 이어지는 우리의 의식을 그대로 유지하고 있었다. 나는 그녀에게 〈전쟁과 평화〉를 읽어주었다. 한나는 소설이 진행되어가는 과정을 가슴 졸이며 좇았다. 전에 내가 그녀에게 읽어준 책들은 모두 이미 내가 읽었던 것들이었다. 하지만 〈전쟁과 평화〉는 나도 처음이었다. 우리는 먼 여행길을 함께 나섰다."(책 읽어주는 남자, 93)

그러나 어느 날 한나는 아무 통고도 없이 떠나버린다. 어리고 미성숙한 소년이었을 뿐인 미하엘은 그녀가 떠난 것이 자신이 그녀와의 관계를 수치스럽게 생각하고 비밀로 하고 부인한 것 때문이었다는 생각에 죄책감을 느낀다. 소년 시절의 깊고 강렬한 사랑과 상실의 경험 때문이었을까? 그는 '무엇으로도 흠집 낼 수 없는 무감각한 사람'으로 스스로 세상을 향한 문을 닫고 살아가게 된다.

인생과 바꾼 비밀

법대생이 된 미하엘은 수업 차 참관하게 된 강제수용소 재판 법정에서 피고석에 선 한나를 다시 만난다. 한나는 강제수용소에서 수감자들을 선별해서 아우슈비츠로 보내는 일을 했을 뿐만 아니라 연합군의 공격이 있던 날 수감자들을 한 마을의 교회에 가두어 모두 불에 타 죽게 만든 일로 기소되었다. 어떻게 해서든 범죄 사실을 부인하려는 다른 피고들과 달리 한나는 그것이 자기에게 주어진 임무였고 질서 유지의 책임을 다하기 위해 최선을 다했을 뿐이라고 항변한다. 그리고 수감자들의 도주를 막기 위해 죽음을 방관했다는 사실을 보고서로 작성한 책임자로 몰리지만 친필 대조를 통해 진실을 규명하고 감형을 받을 기회를 포기한다.

이 재판 과정을 지켜본 미하엘은 한나가 문맹이라는 사실을 감지했고 지난날 그녀가 던지고 떠난 많은 수수께끼들이 풀린다. 그녀는 글을 읽을 줄 몰랐기 때문에 수차례에 걸친 검찰 조사와 소환장에 응하지 않았고, 재판장에서 그녀 자신이 직접 서명한 판사의 심문 조서와 다른 말을 했으며 글을 쓸 줄 모른다는 수치스러운 사실을 들킬까 봐 쓰지도 않은 보고서를 자신이 썼다고 시인함으로써 종신형을 선고받는다. 미하엘은 '회피하고 방어하고 숨기고 위장하고 또한 남에게 상처를 주는 행동의 근거가 되는 수치심에 대해 알고 있기 때문에'(169) 그녀의 비밀을 덮기로 한다.

'듣는 사람'에서 '읽는 사람'으로

"내가 책을 읽어주는 것은 그녀에게 이야기하는 그리고 그녀와 이야기하는
내 나름의 방식이었다."(238)

감옥에 있는 한나에게 미하엘은 그들이 함께 읽었던 "오디세이아"를
시작으로 책을 읽어 녹음한 카세트테이프를 보낸다. 카세트테이프에는
어떤 사적인 말도 결코 담지 않았다. 한나는 그 테이프들을 책과 대조해
서 마르고 닳도록 들으며 홀로 글을 깨친다.

"문맹은 미성년 상태를 의미한다. 한나는 읽고 쓰기를 배우겠다는 용기를 발
휘함으로써 미성년에서 성년으로 가는 첫걸음을, 깨우침을 향한 첫걸음을 내
디딘 것이었다."(235)

한나는 강제수용소를 다룬 서적들을 구해 읽었다. 그리고 그녀는 달라
졌다. 글을 읽지 못했을 때도 한나는 책을 좋아하는 사람이었다. 강제수
용소에서도 소녀들을 몰래 데려다가 책을 읽게 해서 동성애자로 몰리기
도 했고 미하엘과의 사랑도 책 읽기가 중요한 의식이었다. 그러나 수동
적으로 책을 들으며 이야기를 따라가는 '듣는 사람'으로 머물렀던 그녀
는 이제 '읽는 사람'이 되어 자신의 속도로 읽으며 생각하고 해석하게 되
었다. 재판을 받을 당시 임무에 책임을 다했을 뿐이라고 스스로를 변호
하며 강제수용소의 감시원으로서 했던 일보다 문맹을 더 수치스럽게 느
꼈던 그녀는 그제서야 자신이 행한 행위의 무게를 깨달았다. 그녀는 의

무에 충실하고 명령과 법과 질서를 잘 지키는 사람이었으나 그녀의 죄는 옳고 그른 것을 비판적으로 판단하지 않은 데 있었다. 옳지 않은 것을 거부하지 않고 도운 죄. 특히나 자각과 고민 없이 많은 사람들을 죽음으로 인도한 죄. 그녀는 자신의 죄가 물로는 씻을 수 없는 것이라고 느꼈을까? 아니면 유대인은 오염되고 불결하다는 나치의 선전에 속았던 자신의 어리석음을 알게 되어서일까? 결벽에 가깝도록 청결을 유지하던 그녀가 더 이상 목욕을 하지 않았고 몸에서는 냄새를 풍기기 시작했으며 스스로의 방식으로 자신을 벌한다.

> 용서와 화해 "한나에 대한 사랑 때문에 겪은 나의 고통이 어느 면에서는 나의 세대의 운명이고 독일의 운명이라는 사실. 그리고 그 때문에 나는 다른 사람들보다 그 운명에서 더욱 빠져나오기 힘들었다."(216)

소설은 2차 세계대전 이후 태어난 젊은 세대가 짊어졌던 역사의 무게를 전해 준다. 사랑하는 이의 죄를 함께 지고 사는 삶. 그를 미워하면서도 사랑하고 용서하고 싶지만 도저히 용납할 수 없는 그 양가감정의 딜레마가 아프게 전해진다. 그들은 나치 정권에 맞서 저항하지 않고 동조하거나 방관함으로써 자기들을 수치스럽게 하고 연대 책임을 물게 한 부모세대를 이성적으로는 용서하지 않아야 했으나 그들과의 관계를 칼로 자르듯이 끊어낼 수도 없었다.

> "몇몇 사람이 판결을 받고 형을 살고, 제2세대인 우리들은 경악과 수치감과 죄책감으로 입을 다무는 것, 그것이 지금 할 수 있는 전부인가?"(135)

저자는 용서와 화해의 단서를 '문맹'에서 찾았다. 문맹은 무지(無知)를 낳고 무지는 무사유를 낳고 무사유는 맹목을 낳아서 때로는 성실과 책임감의 미덕 아래 반인륜적인 범죄도 불사한다. 그러나 문맹이든 무지든 그것이 범죄 행위의 면죄부가 될 수는 없으며 죄의식이 없으면 심판도 처벌도 용서도 의미가 없다. 종신형 판결은 한나에게 반성과 자각을 주지 못했다.

글을 깨친 후에야 비로소 그녀는 자신이 무엇을 했는지 알게 되었고 진정한 참회를 하게 되었다. 미하엘의 책 읽어주기가 그것을 의도했는지는 알 수 없다. 다만 그것은 미하엘 방식의 말 걸어주기였다. 문맹 상태의 한나를 진정으로 이해하고 위해 주는 관심의 표현이었다. 지속적인 관심과 동행은 분명 사랑의 한 형태일 것이다. 그렇다면 이 소설은 사랑 이야기라 해도 되겠다. 스스로가 원치 않은 전쟁의 소용돌이 속에서 용서받을 수 없는 죄를 지은 한 여인을 있는 그대로의 모습으로 받아주고 인정하며 그 거친 삶의 먼 여행길을 함께 한 어느 남자의, 그리고 부모 세대의 죄짐을 함께 진 독일 전후 세대의, 아픈 사랑과 용서의 오디세이아인 것이다.

삶은 어떻게 완성되는가

원경혜

"오디세우스는 머물기 위해서가 아니라 다시 출발하기 위해서 귀향하는 것이다. '오디세이아'는 목표점이 확실하면서도 목표점이 없는, 성공적이면서도 헛된 운동의 이야기이다."(책 읽어주는 남자, 229)

삶은 어떻게 완성되는가

'어쩌면 다행이다.' 누군가의 죽음을 목격한 내가, 잔인할 수도 있는 마지막 인사를 그녀에게 보낸다. 그녀는 '한나 슈미츠'이다.

죽음을 선택함으로써 완성되는 삶도 있다. 어떤 죽음이 지나간 자리가 오랫동안 마음을 머물게 하며 '왜'라는 흔적을 남긴다면, 그 흔적은 비로소 우리가 누군가의 행위를 이해할 수 있다는 점에서 사유의 공간을 제공한다. 금지된 행위를 다루는 책은 많다. 하지만 금지된 질문을 만들어내는 책은 흔치 않다. 그 질문은 낯설고 불편한 감정의 외줄 타기로 독자를 혼란스럽게 한다. 그런 면에서 '베른하르트 슐링크'의 〈책 읽어주는 남자〉는 위험한 책이다. 열다섯 살 소년과 서른여섯 살 여인의 사랑이라는 설정부터가 파격적이다. 금기를 건드린 것이다. 이제 독자는 왠지 모를 불편한 마음으로 한쪽 눈을 감고 책을 읽기 시작할 것이다. 하지만 머지않아 다른 한쪽 눈을 더 크게 뜨게 될 것이다. 두 눈을 감아 버리기에는 너무나도 매혹적인 이야기가 우리에게 말을 걸기 때문이다. 작가는 금기와 사랑, 역사와 개인, 수치심과 죄책감 등 복잡하고 무거운 주제들의 경계선을 능수능란하게 넘나들며 이야기를 펼쳐놓는다.

이야기는 표면적으로 남녀의 사랑과 나치의 유대인 학살이라는 역사적 사건이라는 외피를 입고 있지만, 이 소설의 내적 바탕을 이루고 있는 것은 인간이란 존재의 정체성을 이해할 수 있도록 해주는 일종의 단서인 '수치심'과 '죄책감'이라는 감정이다. 이 감정들은 우리 안에 존재하는 타자의 존재를 말해준다는 점에서 사회적 감정이다. 이야기의 중심에는 미하엘과 한나가 있지만 그들의 이야기를 이끌어 나가는 원심력은 바로 이러한 감정들의 충돌이다.

역사는 공동체가 만들어내는 사건이다. 어떤 사건이 지나가는 시간과 공간에서 완전히 자유로울 수 있는 존재는 없다. 그러하기에 실존적 질문은 늘 나를 향해 있지만 동시에 두 발은 역사의 지평 위에 놓여 있을 수밖에 없다. 이 소설이 나치의 유대인 학살의 역사를 다루면서 불완전할 수밖에 없는 인간이라는 존재의 문제를 건드리는 이유이기도 하다.

그렇다면 이 소설을 이끌어 나가는 나, '미하엘 베르크'는 누구인가.

그는 소설의 일인칭 화자인 나(미하엘 베르크)이지만 작가(베른하르트 슐링크)이기도 하다. 또한 그는 2차 세계대전 이후를 살아가는 세대이자 독일 전체의 과거이다. 소설은 '나'라는 일인칭의 프리즘을 통과하며 일정한 거리를 유지하는 시선으로 이야기를 전개한다. 이는 독자가 미하엘의 섬세한 감정의 선을 따라가며 한나의 모습과 마주하게 하며, 독자들에게 한나를 보다 객관적인 시선으로 바라볼 수 있게 만든다. 또한 우리가 한나의 범죄를 비난할 수 있지만, 그녀를 한 인간으로서 완벽히 이해할 수 없기에 섣불리 그녀의 죄를 판단할 수 없는 한계이기도 하다. '판단중지(epoche)'가 필요한 순간도 있다. 그곳에서 그녀는 유죄이지만 무죄이다.

사랑, 그 정상적인 혼란

소설의 배경은 2차 세계대전이 끝난 지 그리 오래되지 않은 시점의 어느 한 도시이다. 총 3부로 구성된 책의 1부는 화자인 나(미하엘 베르크)와 그녀(한나 슈미츠)의 우연한 만남과 은밀한 사랑, 그리고 어느 날 사라져 버리는 그녀의 이야기이다.

> "책 읽어주기 샤워, 사랑 행위 그리고 나서 잠시 누워있기. 이것은 우리 만남의 의식이 되었다. …… 나는 황혼 속에서 그녀와 함께 침대에 머물고 싶어서 더 오랫동안 책을 읽었다. 그녀가 내 몸 위에서 잠이 들고, 마당의 톱질 소리도 잠들고, 지빠귀의 노랫소리가 들려오고 그리고 부엌에 있는 물건들의 색깔 중에서 약간 밝거나 약간 어두운 잿빛 색조만이 남게 될 때면, 나는 이 세상에서 가장 행복했다."(61)

사랑을 하는 이들에게 온 세상의 시간은 작동하지 않는다. 이미 그들은 세상 밖의 존재이다. 만약 그들의 사랑을 에로티시즘과 맞닿아 있다고 해석한다면 프랑스의 작가 조르주 바타유(Georges Bataille)가 말했듯이 이는 '작은 죽음'이다. 바타유는 '위반은 사회적 제도나 금기에서 벗어나는 것이며 원초적으로 모든 의미를 비웃는 무의미에 대한 찬양이다'라고 했다. 그리고 '이 무모한 행위를 정당화할 수 있는 구실은 의미의 세계에서는 없다'라고 말한다.

분명 그들의 사랑은 사회가 만든 도덕의 규범 밖에 있다. 그들의 사랑이 사회적 금기에 대한 위반이라는 점에서 도덕의 눈으로 바라보자면 그들의 행위는 유죄이다. 바타유의 말처럼 의미의 세계에서 그들의 사랑은 정당화될 수 없기 때문이다. 그렇다면 작가는 왜 이러한 사회적 금기 행위의 사랑으로 두 남녀의 이야기를 시작했을까? 여기서부터 독자들은 혼란스럽다. 그들을 향한 양면적 감정은 '사랑이란 무엇인가'라는 보다 본질적인 질문을 하지 않을 수 없게 만든다. 분명한 것은 작가가 열다섯 살 소년과 서른여섯 살 여인의 사랑을 통해 어떤 도덕적 딜레마를 제기한다는 점이다. 그것이 개인의 도덕이든, 사회적 도덕이든 독자를 딜레마에 빠지게 할수록 이야기는 흥미진진해진다는 사실 또한 분명하다. 이제 그들의 행위에 관한 판단은 독자의 몫으로 남는다.

또 다른 면으로 생각해 보면 의미의 세계는 문자로 이루어진 세계이다. 역사의 시대가 시작되는 시점이기도 하다. 나와 세상을 연결해주는 연결고리이자 세계를 이해하는 길잡이가 되어 주기도 한다. 그런 면에서 문맹이었던 한나는 의미의 세계 밖에 머무는 존재라 할 수 있다. 그들이 육체적 사랑을 하기에 앞서 이루어지는 미하엘의 책 읽어주기는 그녀를 의미의 세계로 인도해 주며, 그들의 사랑을 완성해 주는 중요한 의식이 된다. 그녀는 의미의 세계를 동경한다. 그 안으로 들어가지 못하는 자신에게 수치심을 느낀다. 그 수치심은 그녀에게는 일종의 낙인이었다. 그녀에게는 자신이 문맹이라는 사실이 노출되는 것이 끔찍한 범죄자의 정체를 드러내는 것보다 더한 두려움이었고 고통이었다. 그렇게 그녀는 미하엘을 떠날 수밖에 없었다. 그녀의 갑작스러운 사라짐으로 혼란스러운 미하엘. 그녀를 억누르고 있는 어떤 압박감과 불안감, 간혹 비치던 그녀의 슬픔은 어디서부터 오는 것이었을까?

"왜 나는 그녀가 그곳에 서 있었을 때 당장 벌떡 일어나 그녀에게로 달려가지 않았던가!"

미하엘은 한나를 마지막으로 본 날 그녀를 외면해버린다. 말없이 자신을 떠나버린 한나에 대한 분노의 감정이었을까. 아니면 그런 그녀를 이해할 수 없는 자신에 대한 좌절감이었을까. 그녀에게 달려가지 못한 죄책감, 한나를 향한 그리움과 분노, 그리고 좌절감은 풀리지 않는 수수께끼처럼 남아 그의 인생을 맴돈다. 그들은 진정 사랑했을까? 그들의 행위를 사랑이라고 할 수 있는가? 완전한 사랑은 없다. 사랑은 너무나도 정상적인 혼란이기에.

만약 당신이라면 어떻게 하겠어요

언제부터인가 그녀에 대한 기억이 더 이상 그를 따라다니지 않는다. 그렇다고 미하엘이 그녀를 잊어버린 것은 아니다. 그녀는 그에게 고향 도시의 모습으로 언제나 그 자리에 남아 있다. 그가 한나를 다시 보게 된 것은 법정에서였다. 한나는 아우슈비츠의 외곽 수용소의 감시원으로 일하였다. 수용소 내의 가스실 해당자를 선별하는 것이 그녀의 일이었다. 재판 과정을 통해 미하엘은 그녀가 감추고 싶어 하는 비밀의 정체를 알게 된다. 그것은 그녀가 글을 읽지도 쓰지도 못한다는 사실이었다. 재판에서 그녀는 자신의 진실과 정의를 위하여 싸운다. 그녀의 정의는 비록 범죄자로서 노출될지언정 자신이 문맹이라는 사실이 밝혀지기를 거부하는 것이었다. 그녀에게는 그것이 감옥에서 보낼 세월 이상의 가치가 있는 것이었다. '그러나 정말로 그것이 그만한 가치가 있는가?'라고 반문하는 미하엘, 이는 책을 읽는 독자들에게 돌아오는 질문이기도 하다.

결국 한나는 종신형을 선고받는다. 이제 미하엘은 그녀를 위해서 책을 읽기 시작했다. 그는 그녀가 형을 산 지 8년째 되던 해부터 그녀의 사면권이 받아들여졌던 18년째 되던 해까지 그녀를 위해서 책을 읽고 녹음한 테이프를 보낸다. 하지만 그는 단 한 번도 한나에게 편지를 쓰지 않았다. 한나의 석방이 결정되고 마침내 그들은 다시 만난다. 이 짧은 만남이 마지막이었다. 그리고 한나는 석방되는 날 동틀 녘에 스스로 목숨을 끊는다. 죽음을 선택함으로써 그녀의 삶은 완성되었다.

독자들에게 되돌아온 이야기는 끝났다. 하지만 아직 끝나지 않은 이야기가 있다. 이제 남은 이야기는 살아남은 자들의 몫이다. "만약 당신이라면 어떻게 하겠어요?" 그녀의 목소리에 한참을 서성이게 만드는 소설이 바로 베른하르트 슐링크의 〈책 읽어주는 남자〉이다.

2부

⋮

풍경이 있는 글

글이 만들어내는 풍경은 언제나 경이롭다.
이 풍경은 펼쳐진 자연과 숲과 꽃과
새의 노래만을 배경으로 하지 않는다.
내가 사는 집과 골목, 도시의 건물들과 우체국과 병원,
일상의 소소한 것들과 우연히 마주하는 작은 일들이
풍경을 자아낸다.
진행 중인 사랑 속에서 사랑의 담론이 솟구친다.
견딜 수 없는 고통 속에서 인간미가 펼쳐진다.
글은 의외의 공간을 배경으로 한다.
그 풍경은 낯선 시선으로 바라보는 작가의 눈길에서 시작된다.
작가들의 통찰력, 솔직담백함, 문학적 기교와 운치는
우리를 이 풍경 속에 빠져들게 한다.
여기 사뭇 다른 풍경을 펼쳐내는 세 작가의 글을 담았다.

발터 벤야민의 〈일방통행로〉
롤랑 바르트의 〈사랑의 단상〉
김명리의 〈단풍객잔〉

벤야민처럼 걷기

이미옥

　많은 철학자가 걷기를 즐겼다. 소크라테스는 아고라를 걸었고, 니체도 알프스산맥을, 루소는 제네바에서 파리까지 걸었고, 헨리 데이비드 소로, 토마스 홉스, 엄격한 산책 일정을 고수한 칸트. 모두 훌륭한 산책자들이다. 벤야민, 그도 걸었다. 그가 3년여 동안 걸으며 사유한 결과물이 바로 〈일방통행로〉다.

　〈일방통행로〉는 발터 벤야민의 1924년 작품으로 주요 일간지들의 문예란에 발표한 글들을 묶은 책이다. 그의 사상 전개에서 획기적이고 완성된 작품으로 평가되며 현실과 초현실 세계의 다양한 경험들에 대한 아포리즘적이면서도 이미지적인 성찰을 담고 있다. 바이마르 공화국 시대 독일의 유대계 철학자이자 비평가였던 발터 벤야민(1892-1940)은 20세기에 형이상학·유대 신학적 요소를 사적 유물론과 결합한 독특한 사상가로 알려져 있다. 난해한 그의 사상과 글의 매력은 무엇일까? 이 책의 역자들에 따르면 "벤야민은 분과학문의 경계를 넘어 통합적으로 사유한 사상가였기에 기존 학문체계에서 수용되기 어려웠던 것"(일방통행로, 19)이라 밝히며 그의 사상과 글이 주는 매력이자 수용의 난해성이 어디에서 연원하는지를 말하고 있다. 강신주는 〈일방통행로〉에 대해 벤야민이 사상가로 완숙해진 책이라 말했다. 독자에 대한 배려는 없지만, 지독히도 섬세하며 세상의 모든 것에서 자신을 찾으려는 사람으로 평가했다. 벤야민은 걷기를 통해 '벤야민적 인문정신'을 완성한 것으로 보인다.

벤야민처럼 걷기 - 산책하기

산책자는 도시를 걸었다. 도시는 기억의 수단이며 산책자는 기억한다. 도시는 일상의 공간이며 집단의 공간이다. 도시는 누군가의 목적에 의해 변형되고, 새롭게 만들어진다. 한 도시가 뒤집히는 시기도 있다. 권력자에 의해 그런 변화의 시기를 맞이하고 공간의 분할과 탄생, 변형과 소멸을 거듭한다. 기억의 저장소, 도시를 관찰자의 시선으로 저장했던 벤야민은 '시선'에 대해 이렇게 말했다.

"시선은 한 인간의 마지막 남은 부분이다."(129)

일방통행로의 형식은 벤야민이 파리에서 접한 초현실주의 운동에서 영감을 받은 부분이 크다고 한다. 그의 이론적 관심의 토대는 마르크스의 자본론에서 시작한다. 마르크스는 자본주의의 태동기에 자본주의의 미래와 종말까지 예측하여 〈자본론〉을 집대성했다. 그와 같은 맥락에서 문화예술에 대한 전반적인 자본주의 영향을 바탕에 두고 변화에 대한 사유가 펼쳐진다. 그의 시선은 "옛 초상과 새 초상이 중첩되어 나타난다."

과거를 통해 현재와 미래를 읽는다. 그가 현재를 보면서 미래를 읽는 방식은 '글쓰기'다. 아포리즘적이면서 이미지적 성찰을 담고 있다. 구성은 모두 60편, 현대 도시의 길거리를 본다. 그가 산책하면서 시선이 닿은 다양한 공간들을 몽타주 식으로 구성했다.

일방통행로의 입구에 처음 보이는 것은 '주유소'다. 산책자 벤야민은 주유소를 보고 있다. 대도시의 자동차는 역동성과 에너지를 상징한다. 주유소는 현대의 이미지다. 그 이미지를 읽는다. "공동체 안에서 영향력을 행사하기에는 더 적합한 형식들, 예컨대 전단, 팸플릿, 잡지 기사 포스터 등과 같은 형식들이 개발되어야 한다."(69) 그와 같은 신속한 언어만이 순간포착 능력을 보여주며 사람들의 견해란, 사회생활이라는 거대한 기구에서 윤활유와 같아 그 위에 윤활유를 쏟아 붓는 것이 아니라 숨겨져 있는, 그러나 반드시 그 자리를 알아내야 할 대갈못과 이음새에 기름을 약간 뿌리는 것이라 말한다.

벤야민은 전단과 팸플릿, 잡지 기사 포스터와 같은 형식의 개발에 대해 말하고 있다. 이런 매체는 신속하며 순간포착 능력이 있다는 점과 사람들의 견해는 꼭 있어야 할 자리에 윤활유와 같은 역할을 한다는 의미로 보인다. 그때 그는 전단이나 팸플릿을 봤을 수도 있다. 그는 눈에 보이는 이미지들에 대한 쉼 없는 사유를 이어가며 글도 썼으므로. 그 시절, 그는 노트를 들고 주유소를 보며 글을 쓰고 있지 않았을까. 그는 이어서 '아침 식당'과 '113번지'로 들어서며 '지하실'을 거쳐 '표준시계', '방 열 칸짜리 저택', '중국산 진품' 등의 제목으로 '보이는 것'에 대해 '걸으며 사유하며' 글을 썼다. 3년여의 글쓰기, 같은 기간 논문도 집필했다고 하는데 그가 사적인 시선을 얼마나 중요하게 생각했는지 짐작할 만하다. 그렇게 탄생한 것이 바로 〈일방통행로〉이며 그래서 가장 '벤야민적'으로 보인다.

벤야민처럼 걷기 - 명제 만들기

"계단 주의! 좋은 산문을 쓰는 작업에는 세 단계가 있다. 산문을 작곡하는 음악의 단계, 그것을 짓는 건축의 단계, 마지막으로 그것을 엮는 직조의 단계가 그것이다."(93)

'계단 주의'라는 표지판을 본 것일까? 그는 계단을 오르거나 내려가며 좋은 산문을 쓰는 작업의 세 단계를 생각한 것 같다. 좋은 산문을 쓰려면 산문을 작곡하는 음악의 단계(아이너일지 모르겠다), 그것을 짓는 건축의 단계('구성'인 것 같다), 마지막으로 그것을 엮은 직조의 단계(아마도 '글쓰기'를 말하는 것 같다)라고 썼다. 글쓰기의 과정을 계단과 함께 생각한 글이다. 지극히 개인적이며 예민하고 섬세하다. '벤야민적'이다.

다음은 13가지 명제 시리즈다. 작가의 기법에 관한 13가지 명제, 속물들에 맞서는 13가지 명제, 비평가의 기법에 대한 13가지 명제, 그리고 13번지. 13번지에서는 "책과 매춘부는 예로부터 서로에 대해 불행한 애정을 품고 있다"(104)고 말했다. 책과 매춘부의 공통점은 무엇일까? 잠자리에 갖고 들어갈 수 있다는 점, 시간을 교차시키며 불행한 사랑을 나눔, 전

시할 때 등을 내보이기를 좋아하는 점, 젊게 만들어준다는 점, 사람들이 보이는 앞에서 싸움질하며 한쪽에서는 각주인 것이 다른 쪽에서는 양말 속에 끼워 넣은 지폐라는 점을 공통점으로 말하고 있다. 둘의 선택을 향한 간절함과 언제든 버려질 수 있다는 불안감. 이처럼 불행한 애정을 품고 사는 책과 매춘부는 공통점이 있다는 것이 그의 시선이다. 예술이 지배층과 부자들의 전유물이었던 그 시대, 매체기술이 급속도로 발달하고 수직적 읽기가 수평적 읽기로 대체되는 시기였고 기술복제의 시대를 예견했던 벤야민의 시선이 담긴 사유가 아닐까. 13가지 명제 시리즈는 작가적, 사회적, 정치적인 시각에서 각각의 변화에 대해 13가지 명제를 만들어 낸 것이라 조심스럽게 해석해 본다. 그리고 넌지시 묻고 싶다. 이 시대, 우리는 더 빠르고 강력한 변화의 소용돌이 속에 있다. 벤야민처럼 거리에서 사유해봄이 어떠할지.

벤야민처럼 걷기 - 일방통행의 사랑

"누군가를 아무 희망 없이 사랑하는 사람만이 그 사람을 제대로 안다."(119)

'무기와 탄약'이란 제목의 글에 그의 여자 친구를 방문한 이야기가 나온다. 그의 여자 친구는 리가에 산다.

"그녀의 집, 도시, 언어가 내게 모두 생소했다, 누구도 내가 오리라고 기대하지 않았고 나를 아는 사람도 없었다. 나는 홀로 두 시간 동안 거리를 걸었다, 나는 거리를 그런 모습으로는 다시 보지 못했다, 집집마다 현관문에서 화염

이 솟구쳐 나왔고, 귓돌마다 불꽃이 튀어나왔으며, 전차는 소방차처럼 달려오는 것 같았다. 그 여자 친구는 집에서 나와 모퉁이를 돌아 전차에 앉을 수 있었을 테니까 말이다. 하지만 나와 그녀, 우리 둘 가운데 어떤 일이 있어도 내가 먼저 상대를 보아야만 했다, 왜냐하면 그녀가 그 시선의 도화선을 내게 놓았더라면 나는 틀림없이 탄약 창고처럼 폭발해버렸을 테니까."(105)

아름다운 몽타주다. 도시가 통째로 뒤집히고, 새로운 기술들이 세상을 너무나 빠르게 변화시킨다 해도 사랑은 '일방통행'적이다. 그가 사랑했던 여자에 대한 초현실적인 사유의 이미지로 보인다. 지극히 사적인 사랑표현 아니던가.

현대를 살아가는 우리에게 '벤야민처럼 걷기'는 자극과 휴식의 균형을 맞출 수 있는 좋은 방법이다. 그래서 그의 사유는 유효하며, 현재 진행형이다. 우리는 벤야민이 예측했던 그 시대를 그보다 느리게 살아가고 있다. 기술은 빠를지 몰라도 사유는 그보다 느리다. 그의 시대는 '생각'만으로 그 모든 것을 알아내야 했던 시대다. 현대는 인터넷이란 최고의 기술을 가지고 있기에 눈뜨면 전 세계의 모든 변화와 접속을 할 수 있다. 그러나 도시의 산책자가 일궈낸 사유의 힘은 그만이 가진 아우라가 있다. 아이러니하게도 아우라의 파괴에 대해 긍정적이었던 그에게 아우라가 느껴지는 이유는 무엇일까. 어림없겠지만, 벤야민과 같은 산책자가 되고 싶은 이유다. 벤야민처럼 걷고, 생각하고, 사랑하고 싶지 아니한가. 일방통행로에서.

그의 글쓰기는 낯설다

하준

'일방통행로'에서 역주행한 경험은 누구나 한번 쯤 경험한 사건일 것이다. 길이 익숙치 않아서 들어선 경우에는 무척 당혹스럽다. 의도적으로 이를 선택하는 경우도 있다. 낯선 골목길에서 시간에 쫓기면서 일방통행로를 거꾸로 달리는 경우다. 거꾸로 가기. 이와 같이 글쓰기와 사유의 위반을 〈일방통행로〉에서 읽고 배울 수 있다. 도로 위 일방통행로를 역주행 하는 마음가짐으로 읽어 보기를 권한다. 그의 사유는 우리에게 익숙한 질서, 고정된 사유의 프레임을 걷어내는 힘이 있다. 벤야민의 지적 사유의 글쓰기는 우리에게 낯선 일방통행로이다. 일방통행로에서의 느끼는 아찔함이 아닌 사유의 아찔함 말이다. 그의 글쓰기는 낯설다. 의심의 눈길, 예민함의 눈길, 옳고 그름의 이분법적 판단이 아닌 걷고, 사유하고, 먹고, 마시고, 대화하고, 때론 사랑하는 사람을 그리워하는 글쓰기. 벤야민의 일방통행로에는 사유의 발자국, 아사 라치스를 그리워하는 마음, 생경한 글쓰기가 펼쳐져 있다.

관찰과 사유의 쓰기가 생략된 우리

"나는 아침 일찍 마르세유를 지나 역으로 간다. 가는 도중에 내가 잘 알고 있는 장소들, 그리고 내가 잘 알지 못하는 새로운 장소들 혹은 흐릿하게만 기억나는 장소들을 마주치면서 그 도시는 손에 들려 있는 한권의 책이 된다. 나는 재빨리 몇 번인가 더 그 책을 들여다본다. 보관소에서 박스에 포장되어 언제 다시 이 책을 보게 될지는 아무도 모른다."(일방통행로. 140)

벤야민은 파리의 거리 마르세유를 지나간다. 이른 아침, 그가 가는 길과 내가 가는 길은 어떤 목적을 가진 장소일 것이다. 벤야민은 다르다. 그는 도시산책자이다. 벤야민은 도시를 거닐며 관찰하고 사유하고 쓴다. 이른 평일 아침 나는 가야 할 목적지에 가기 위해 도시를 걷곤 한다. 빨리 도착하는 것이 중요하다. 목적지에 다다르기 전 수많은 직장인과 상점들과 온갖 사물들을 스치기도 한다. 교통수단을 선택하고, 귓전을 울리는 소리나 스치는 대화 내용을 듣기도 한다. 새로운 것이나 특이한 것이 없다. 정보가 필요하면 구글링으로 위치와 상품가격 등을 안내하는 간단한 글을 읽기도 한다. 기능적이고 단편적인 사고와 쓰기를 하고 있는 것이다. 여기에 관찰하고 사유하는 쓰기는 생략되어 있다.

우리와 달리 벤야민의 지나간 흔적들은 그의 기억과 쓰기를 통해 이미 지적 사유로 재창조 되었다. 도시의 풍경, 사물들이 익숙함을 떠나 낯설음으로 되살려지고 있다. 벤야민은 읽기와 베껴 쓰기의 차이점을 다음과 같이 설명한다.

"텍스트를 읽은 사람은 새로운 풍경들을 알 기회를 갖지 못한다. 그냥 텍스트를 읽는 사람은 몽상의 자유로운 공기 속에서 자아의 움직임을 따라갈 뿐이지만, 텍스트를 베껴 쓰는 사람은 텍스트의 풍경들이 자신에게 명령을 내리기를 기다리기 때문이다."(77)

도시와 책 속에서 자신에게 명령을 내리는 행위는 쓰기이다. 쓰기를 통해 나의 사유는 이전의 나와 달라진다. "말은 생각을 정복하지만 글은 그 생각을 지배한다."(100) 독창적인 사유를 갖기 위해서는 관찰의 글쓰기가 필요하다. 쓰기를 통해 사유는 다듬어지고 근육으로 길러지는 것이다. 이미지와 영상, 읽기에 길들여진 눈. 눈은 뇌가 보는 것이다. 뇌를 자극하기 위해서는 펜을 들고 써야 한다. 쓰면 뇌를 지배하는 것이다. 쓰는 것은 사물과 현상에 대한 사유를 지배한다. 내 생각이 만들어지는 것이다.

익숙함의 거부, 낯설게 하는 힘

프루스트의 〈잃어버린 시간을 찾아서〉는 문학의 상대성 이론에 비유될 만큼 빛나는 작품이다. 이 소설은 마르셸이 마들렌과자를 먹다 과거를 떠올리는 장면으로 시작한다. 의식적으로 과거를 반추하는 것이 아니다. 과자를 집어든 그 순간 과거의 기억들이 '이미지'로 펼쳐진다. 벤야민 방식으로 말하자면 과거와 현재가 섬광처럼 만나는 '순간'이다. 기억이 새롭게 펼쳐지는 순간이다. 벤야민은 우리가 개입할 수 없는 과거의 역사는 이미지로 보여 질 수밖에 없다고 말한다. 벤야민에 의하면 과거를 다루는 방법은 역사의 파편들을 주워 담아 거기서 새로운 가치들을 발견하는 넝마주이를 하는 작업이다. 〈일방통행로〉 역시 그가 산책한 도시의 온갖 소소한 사물, 길거리의 모습, 다양한 공간의 이미지를 벤야민적 글쓰기를 통하여 담아내고 있다.

우리가 어떤 대상을 바라볼 때, 그 대상은 우리 눈에 '있는 그대로' 인식되기 보다는, 머릿속의 프레임(어떤 가치나 지식)에 의해 재해석된 모습으로 인식된다. 그렇기에 우리는 사건, 사고를 실제와는 다르게, 프레임에 갇혀 사물, 사건 등을 본다. 그의 책 속 글감인 '유실물 보관소'에서 볼 수 있는 것은 낯설음이다.

"어떤 마을이나 도시를 처음 볼 때 그 모습이 형언할 수 없고 재현 불가능하게 보이는 까닭은, 그 풍경 속에 멂이 가까움과 아주 희한하게 결합하여 공명하고 있기 때문이다."(120)

공명을 다른 용어로 지칭하면 울림이다. 멂이 가까움과 부딪쳐 되울려 나오는 현상으로 새로운 풍경 즉 이미지가 펼쳐지게 되는 것이다. 순간의 낯선 풍경(파편)을 벤야민은 글로 표현했다. 그의 글은 몽타주기법으로 작성되기도 했었다. 낯설음에서 '다르게 보기'가 시작되어야 한다. 기존의 생각을 비틀고 분석도 해 보고 새로운 이미지로 변형도 해 보아야 한다. 나만의 독창적 사고를 한다는 것은 일상의 파편 속에서도 발견할 수 있다. 사람과 사물의 매력은 낯설음에서 온다. 익숙함의 거부, 매력 포인트를 발견하는 것은 기존 프레임에 의해 재해석하는 모습을 거부하는 것이다.

벤야민적 글쓰기

"지금 수집하고 정리하고 있는 단편적인 글들과 자료들이 언제 작품으로 모
아질지 알 수 없고 언제 죽음이 비수처럼 자신에게 찾아올지 모르지만, 작가
는 그 작업을 계속하고 있다. 미완의 원고를 늘 지니고 있는 사람, 사소한 글
재료들과 콘텐츠를 소중히 여기는 사람, 죽음이 자신을 멈추게 할 때까지 쓰
기를 포기하지 않는 사람, 벤야민은 이러한 사람이야말로 진정한 작가라고
보는 듯하다."(철학자들과 함께 떠나는 글쓰기의 모험, 142)

벤야민은 편집광적인 모습이 보였다고 한다. 이 책을 보면 주유소, 우
표, 세계 지도 등 일상생활을 하면서 접하는 소재를 주로 다루고 있다. 지
나가는 풍경의 파편적인 이미지를 재료로 글쓰기를 전개하고 있는 것이
다. 작가의 창작 정신이 돋보인다. 그 창작의 소재는 자신의 기억, 이미지
의 잔영, 사소한 일상의 경험, 마주하는 콘텐츠들이다. 모든 것이 글 재료
가 될 수 있다. 소소한 것으로 가득한 벤야민의 글은 몽환적이고 지적이
고 편안하다. 사진과 그림처럼 눈에 선명하게 장면을 보여주듯이 이미지
를 자아낸다. 그리고 선동적이기도 하다.

"계단주의, 좋은 산문을 쓰는 작업에는 세 단계가 있다. 산문을 작곡하는 음
악의 단계, 그것을 짓는 건축의 단계, 마지막으로 그것을 엮는 직조의 단계가
그것이다."(93)

〈일방통행로〉에는 좋은 산문을 쓰는 작업의 세 단계가 소개되어 있다. 철학자의 시선으로 쓴 글이라 쉬 그 의미를 이해하기가 쉽지 않다. 음악의 단계 - 건축의 단계 - 직조의 단계. 이들 작업은 글 재료를 모아 감상하고 배열하고 배치를 하는 장인의 작업이다. 씨줄과 날줄이 엮어져 옷감이 되듯이 새로운 창작물을 만들기 위한 작업은 하나하나의 문장을 퇴고하고 새로운 창작물로 만드는 작업이다. 벤야민은 음악이 흘러나오는 카페에 앉아 글을 쓰면 좋다고 말한다. "피아노 연습곡 소리나 사람들이 일하면서 지르는 소리들은 유난히 고요한 밤의 정적과 마찬가지로 중요하게 작용할 수 있다."(99)

글을 쓰고자 하고 지금 글을 쓰고 있는 작가는 벤야민의 13가지 명제를 주의 깊게 읽어보기를 바란다. 그 명제들을 하나씩 읽어보면 작가다움이 무엇인지 보인다. 벤야민의 작가다운 프로의식을 알 수도 있다. 이 중 나에게 해낭되는 항목은 그리 없이 보인다. 글을 쓰지를 못하는 이유를 그의 13가지 명제(98-100)에서 알 수가 있었다. 그중에 "글쓰기를 하루도 거르지 말라"는 말이 있다. 글을 쓰는 사람에 있어 매우 중요한 테제로 보인다.

얼마 전 페이스북에서 두 사람의 글쓰기를 유심히 보았다. 그들은 매일 글쓰기를 하고 있었다. 한 사람은 전문 작가였고 다른 사람은 에세이스트가 되고 싶은 젊은 주부였다. 두 사람은 매일 글을 게재하고 있었다. 전문작가 한 분은 수년째 매일 글쓰기를 하고 있었다. 그의 글은 점점 깊이를 더해 가고 있었고 일상 소재의 글들은 독자의 공감을 점차 얻고 있었다. 그에 대해 알아보니 첫 출간한 책이 고전을 읽고 서평한 것이다. 이후 사회비평과 일상적인 글쓰기로 옮겨갔다. 깊이 있는 글이 된 이유가 있었던 것이다. 다른 한분은 에세이스트를 꿈꾸는 젊은 주부였다. 일상 소재를 쉬운 단문으로 구성하여 읽는 이의 공감을 불러 일으켰다. 글쓰기의 내공이 쌓이지 않으면 읽기 쉬운 글을 쓰기가 어렵다. 그녀의 내공은 매일 쓰기의 열매로 보였다. 이들의 글쓰기는 나에게 '매일 글을 쓰라'는 메시지를 던져주었다. 쓰다 보면 글쓰기가 늘 것이다. 단, 벤야민의 이 말은 새겨야 한다. "어떠한 생각도 자기도 모른 채 흘려보내지 말 것이며, 외국인 등록 일을 담당하는 관청처럼 자신의 노트를 엄격히 관리할 것." 글을 쓰기 위한 공간과 시간 확보, 필기구와 노트, 깊은 사유와 노트의 관리, 그리고 매일 쓰기 - 나의 화두다.

아사 라치스의 거리, 사유의 발자국

벤야민의 연인, 아사 라치스. 벤야민은 바로크 비극에 대한 논문을 쓰기 위해 갔던 이탈리아 카프리 섬에서 그녀를 알게 된다. 여기서 만난 라치스를 통해 파시즘의 배경음악 속에서 '급진적 공산주의의 현재성'에 대한 통찰들을 그녀에게서 배웠다고 고백한다. 벤야민이 라치스를 만날 그 때 그는 자기 자신을 찾아내고 자신을 발견하고 새로운 세계를 탐구하고자 하는 호기심이 가득 찬 작가였다. 벤야민은 서로가 바라보는 세계에 대한 해석, 지식과 생각을 교류하면서 그 사유의 폭과 깊이는 나날이 달라지고 있었다. 라치스 역시 벤야민을 통해 성장했으며 〈혁명가의 직업〉을 펴내기도 했다. 서로의 지식과 경험에 대한 존중, 나아가 서로에 대한 존경이 두 사람의 눈 속에서 빛나고 있었던 것이다.

> "사랑은 지식에 이르는 단 하나의 길이며, 사랑은 합일의 행위를 통해 나의
> 물음에 대답한다. 사랑하는, 곧 나 자신을 주는 행위에서, 다른 사람에게 침
> 투하는 행위에서 나는 나 자신을 찾아내고 나 자신을 발견하고, 나는 우리 두
> 사람을 발견하고 인간을 발견한다. 사랑의 행위는 대담하게 합일의 경험으로
> 뛰어드는 것이다."(사랑의 기술, 53)

두 사람 모두 이런 합일의 경험을 하고 있었을 것이다. 아쉽게도 둘의
사랑은 이루어지지는 못했다고 한다. 하지만 벤야민이 그녀와의 교류에
서 얻은 경험들은 〈일방통행로〉에 그대로 녹아 있다. 벤야민은 도시의
거리를 그녀의 이름을 따 '아샤 라치스 거리'라고 불렀다. 파리의 지명이
아닌 '아샤 라치스'로 명명한 것이다. 그의 '사유의 발자국'은 책이 되었
다. 아샤 라치스 거리의 지명, 사물, 상점, 관공서, 풍경, 어린아이, 도로
등 모든 것이 그의 글의 소재가 되었다. 그는 이 거리를 걸으며 그녀를 회
상하고 그녀의 사유를 복기하며 자신만의 사유의 발자국을 남겼던 것이
다.

나의 거리와 공간에서 사유의 흔적 남기기

읽기와 듣기 중심의 생활을 오래 해왔다. 이제 글쓰기가 하고 싶어진
다. 그간 쓰기란 작가의 고유 영역이라 생각했다. 독자는 작가들이 쓴 글
을 읽고 많은 책을 섭렵하면 되는 줄 알았다. 지인 중 몇 사람은 작가로

등단하기도 했다. 자신의 이야기를 읽어주는 사람이 생긴 것이다. 쓰고 싶다. 독자는 언젠가는 작가가 된다. 어느 거리를 걸으며 벤야민처럼 사유도 해 보고 싶다. 페북 친구들처럼 일상 속의 이야기도 써 보려 한다. 벤야민의 아사 라치스 거리처럼 나만의 거리와 공간에서 사유의 흔적을 남기고 싶다. 필기구(노트북, 노트, 펜), 음악, 나만의 글쓰기 장소, 스쳐지나가는 사유와 이미지를 흘러 보내지 않고 포착하기, 그리고 매일 쓰기. 이 글을 다 쓰고 보니 미래형으로 귀결된 것 같다. 아니다. 지금 내가 쓰는 글은 현재형이다. 모든 기억과 글감과 쓰기 작업은 현재형이다. 현재형으로 계속 진행되어야 한다.

사랑의 콜라주

송은영

한 사람을 어떻게 설명할 수 있을까. 그 사람의 일생을 처음부터 끝까지 연속적으로 나열하면 그 사람에 대해 모든 걸 알 수 있을까. 사람은 다면적이고 외계와 만나며 끊임없이 변화한다. 그래서일까. 프랑스인의 인생관에는 '사람은 세상에 태어나 무덤으로 돌아갈 때까지 결국 타인을 완전히 이해하지는 못 한다.'는 인간관이 깊이 자리한다고 한다. 이해할 수 없이 계속 변하는 사람을 영원히 사랑할 수 있을까. 사랑이라는 감정의 정의가 가능한 것일까.

〈사랑의 단상〉은 롤랑 바르트의 사랑에 관한 사유를 담은 책이다. 롤랑 바르트(Roland Gérard Barthes, 1915-1980)는 프랑스의 철학자이자 비평가다. 기호학과 구조주의, 후기 구조주의에서 두각을 나타냈다. 하나의 사상에 안주하지 않고 끊임없이 새로운 것을 탐색한 전위적인 인물이기도 하다. 1977년 발간된 이 책으로 그는 대중적인 성공을 거두었다.

롤랑 바르트는 사랑을 한 부분씩 뜯어보았다. 사람처럼 사랑도 하나의 단어로 환원될 수 없기에 거대한 사랑에서 시선이 닿는 부분마다 하나씩 묘사했다. 스탕달이 소설은 거울로 세상을 한 부분씩 비춰 보이는 거라고 말한 것처럼, 롤랑 바르트는 거울로 사랑을 한 부분씩 비춰보듯 잘라냈다. 사전처럼 정의를 내리고 예를 들었다. 대중적으로 많이 읽힌 텍스트를 이용해서 독자에게 가깝게 다가가고, 자신의 해석과 경험을 덧붙여 사랑의 일면을 풍부하게 설명했다.

작가의 시선은 순서도 없고 뒤죽박죽으로 보이지만 오히려 그 안에서 묘한 리듬이 느껴진다. 막역한 사이의 대화처럼 이런저런 얘기를 하는 자연스러운 발화의 과정같이 보이기 때문이다. 그 과정에서 독자는 사랑에 관한 모호했던 생각들이 구체화되는 것을 느끼게 된다. 롤랑 바르트의 예리한 시선과 정교한 언어로 조각하듯이 깎여 있는 사랑의 일면을 보며 자신의 감정과 생각을 돌아보게 된다.

이러한 책의 구성 형식은 입체파의 그림이나 이것저것 덧붙인 콜라주를 떠올리게 한다. 〈사랑의 단상〉은 롤랑 바르트가 그린 사랑의 콜라주인 것이다. 이야기가 있지만 부분에 집중하게 되고 더 깊이 생각하게 된다. 강하게 그 감정의 순간으로 데려간다. 그래서 다음과 같은 형식을 떠오르게 했는지 모른다. 그가 만든 콜라주의 일부분을 그의 식대로 늘어놓아 본다.

사랑의 감각, 나의 사라짐

"어느 다른 날 우리는 비를 맞으며 호숫가에서 배를 기다린다. 이번에는 행복
감으로 인해 똑같은 사라짐의 충동이 내게로 온다. 이렇게 때로 불행 또는 기
쁨이 어떤 소요도, 더 이상 어떤 감정의 격분도 일으킴이 없이 그냥 내게로 떨
어진다. 그러면 나는 분해되는 게 아니라 용해되어진다. 넘어지고, 가라앉고,
녹여진다. 나를 잠시 스쳐가고, 유혹하고 만져 봤던(마치 발로 물을 만지는 것처럼)
이 상념은 다시 되돌아올 수도 있다. 그것은 엄숙한 것이라곤 전혀 없는, 정확
히 말해 부드러움(douceur)이란 것이다."(사랑의 단상, 25-26)

이런 느낌이 언제 들었던가. 그때 내 발은 걷고 있었지만, 난 느끼지
못했다. 몸이 둥둥 떠다니는 듯했다. 내 몸의 절반 이상이 이미 용해되어
있었다. 녹아있었다. 그것을 사랑으로 느꼈다. 아마 날 보는 모든 사람이
그렇게 느꼈을 것이다. 내 온몸이, 온 얼굴이 그걸 소리 없이 말하고 있었
을 테니. 사랑에 녹아있던 나의 표정은 얼마나 부드러웠을까.

"찻집을 들어서는 사람들도 그 윤곽이 조금이라도 비슷하기만 하면, 처음 순
간에는 모두 그 사람으로 보인다. 그리하여 사랑의 관계가 진정된 오랜 후에
도, 나는 내가 사랑했던 사람을 환각하는 습관을 버리지 못한다. 때로 전화가
늦어지면 여전히 괴로워하고, 또 누가 전화를 하든 간에 그 훼방꾼에게서 나
는 내가 예전에 사랑했던 사람의 목소리를 듣는 듯하다. 나는 절단된 다리에
서 계속 아픔을 느끼는 불구자이다."(67)

누군가가 생각난다. 멀리서 그 비슷한 형체를 보고 바로 옆 건물 계단 위로 몸을 숨겼던 것이 기억난다. 순간 마구 터져 나올 것 같았던 심장의 움직임도 기억난다. 왜 내가 숨었어야 했는지, 잘못한 것도 없는 내가 왜 그 마주치는 순간을 견디기 힘들어했는지 시간이 지나서 후회하지만, 혹시나 아직 지나가지 않았을까, 계단 밑에서 기다리고 있는 건 아닌가 하는 생각에 한 발도 내딛지 못했던 그 순간. 나 역시 절단된 다리에서 계속 아픔을 느끼는 불구자였다.

사랑의 언어, 몸의 언어

"내가 내 언어로 감추는 것을 몸은 말해 버린다. 메시지는 마음대로 조종할 수 있지만, 목소리는 그럴 수 없다. 내 목소리가 무엇을 말하든 간에, 그 사람은 내 목소리에서 '무슨 일이 있다는 것'을 알아차릴 것이다. 나는 거짓말쟁이이지(역인법에 의해), 배우는 아니다. 내 몸은 고집 센 아이이며, 내 언어는 예의 바른 어른이다."(74)

비언어적 요소는 말보다 더 많은 의미를 타인에게 전한다. 나도 늘 그것을 느끼고 민감하게 반응한다. '아'라는 말보다 표정과 목소리 톤, 그 여음이 더 마음속으로 파고든다. 때로는 내가 말하기 이전 이미 표정으로 결론을 던져버리기도 한다. 그것이 내 아이를 향할 때면, 난 차가운 바닷물 속에 들어간 듯 얼어버린다.

롤랑 바르트가 〈사랑의 단상〉을 통해 그리고 싶었던 것은 결국 자기 자신이 아니었을까. 그의 글에는 바르트의 날 것의 삶과 감정이 그대로 흐르고 있다. 그의 글을 읽으며, 그리고 그의 방식을 따라 글을 쓰면서 생각지도 못했던 과거와 지금의 나의 모습을 그대로 볼 수 있었다. 결국 개인으로서 알 수 있는 것은 자기 자신과 감정들뿐이다. 가슴을 파고드는 그의 사랑의 노래들은 모두 일인칭 시점이다. 하지만 모든 노래를 좋아할 수 없듯, 타인의 감정을 모두 이해하는 것도 어려운 일이다. 이것이 이 책이 쉽게 읽히지 않았던 이유일 것이다. 화가들의 자화상처럼 자신의 감정을 통해 자신을 그대로 그려낸 롤랑 바르트. 그는 누구보다 자신을 사랑했던, 사랑에 진심이었던 사람으로 기억될 것이다.

사랑을 사랑하는 그 사랑을 긍정하다

정영미

"나는 산을 사랑하는 나의 열정을 사랑한다."

　이것은 남편의 서재에 놓인 산악회 기념패에 적혀 있는 문장이다. 남편은 산을 사랑하는 사람이다. 과묵한 그가 수다스러워지는 순간이 있다. 그것은 대학교 산악회 때 설악산 1383능선을 타면서, 그리고 눈 덮인 한라산에서 길을 잃었을 때 얼마나 황홀했으며 동시에 두려웠던가에 대해 이야기할 때이다. 자신은 겁이 나서 가지 못했던 히말라야에서 목숨을 잃은 선배를 떠올리며 눈물을 짓기도 한다. 하도 들어서 나도 외울 것 같은 그 이야기들을 남편은 술만 마시면 끊임없이 늘어놓는다. 젊었을 때 혹사한 종아리의 근육이 뭉치고 뒤틀려서 이제는 바위를 탈 수 없는 그는 '산의 부재'와 '산에 대한 그리움'을 그렇게 반복되는 산에 대한 추억과 회상의 이야기로 견디고 있다. 그러나 그가 산이 그립다고 말할 때 나는 그가 진정으로 그리워하는 것이 산 자체인지 그 산을 사랑했던 자신의 열정과 젊음인지 자주 헷갈린다.

사랑은 그러한 것인지도 모른다. 롤랑 바르트는 말한다. "사랑의 주체가 사랑하는 것은 사랑 그 자체이지 대상이 아니다. 주체가 원하는 것은 그의 욕망이며 사랑의 대상은 단지 그 도구에 불과하다"고.(사랑의 단상, 55)

연인의 담론, 그 파편들

롤랑 바르트는 프랑스의 20세기 대표 지성으로 꼽히는 기호학자이자 신화학자다. 〈사랑의 단상〉은 그가 1974년부터 76년까지 3년간 파리고등연구실천학교의 세미나에서 괴테의 "젊은 베르테르의 슬픔"에 대해 강의한 내용을 정리한 책이다. 바르트는 사랑하는 사람이 병자처럼 여겨지고 그의 말들이 비이성적이라는 이유로 버림받고 무시되고 헐뜯어지고, 웃음거리가 되고 있는 문명과 과학과 실제의 세상에서 그를 구출하여 그 목소리를 듣는다.

이 책은 사랑에 대한 새로운 형식의 글쓰기이다. "나는 빠져 들어간다", "어떻게 할까", "미쳤어", "왜?"와 같은 사랑하는 이의 목소리를 글의 제목들로 삼았다, 바르트는 상상계 속에서 건져낸 사랑의 담론의 파편들을 문형이라고 부르고 모두 80개의 문형을 알파벳 순서로 배열했다. 이 책은 기승전결을 가지고 결말을 향해 나아가는 사랑의 이야기가 아니므로 목차의 순서는 '절대적으로 무의미'하다. 연인의 담론은 변증법적으로 전개되지 않으며 순서도 없고 논리도 없다. 독자는 이 책의 어느 부분을 먼저 읽어도 상관이 없고 건너뛰거나 덧붙이는 것까지도 허용될 뿐만 아니라 오히려 장려된다. 그런 의미에서 이 책은 연인들과 독자가 함께 완성해 나가는 하나의 '협동조합'이다(16). 우리도 언젠가는 한때 사랑이라는 지독한 독사에 물려 보지 않았던가. 그러므로 우리는 바르트가 수집한 이 파편들 속에서 우리가 사랑에 얼이 빠져 무의식중에 행했던 무수한 몸짓과 탄식들을 만나게 된다.

사랑의 우수, 기다리거나 사라지거나

"그 사람의 부재는 내 머리를 물속에 붙들고 있다. 점차 나는 숨이 막혀가고, 공기는 희박해진다. 이 숨막힘에 의해 나는 내 '진실'을 재구성하고, 사랑의 다루기 힘든 것을 준비한다." (37)

바르트에게 사랑은 그 사람의 '부재'를 참지 못하는 슬픔과 고통의 상태이다. 사랑하는 이는 부재하는 이에게 끊임없이 그의 부재에 대해 이야기한다. 그곳에 없는 그 사람은 들을 수 없는데도 말이다. 그 사람과 함께 있는 순간에도 상상 속에서는 여전히 그 사람을 그리워하는 것이 사랑이다. 부재는 고뇌를 낳고 그것을 견디는 상태는 고통스럽다. 그 고통 때문에 사랑을 포기하고 상상 속에서라도 그를 버리는 순간 사랑을 버린 자신에 대한 죄책감으로 또다시 고통스러워한다. 어느 쪽을 선택하든 사랑은 사랑하는 이를 괴롭게 한다.

그 사람의 부재는 필연적으로 '기다림'의 행위로 이어진다. 바르트는 사랑하는 사람을 '기다리는 사람'이며 '절단된 다리에서 계속 아픔을 느끼는 불구자'(67)라고 말한다.

"기다림은 하나의 주문이다. 나는 움직이지 말라는 명령을 받았다."(66)

"중국의 선비가 기녀를 사랑하였다. 기녀는 선비에게 '선비님께서 만약 제 집 정원 창문 아래 의자에 앉아 백일 밤을 기다리며 지새운다면, 그때 저는 선비님 사람이 되겠어요'라고 말했다. 그러나 아흔아홉 번째 되던 날 밤 선비는 자리에서 일어나 의자를 팔에 끼고 그곳을 떠났다."(69)

"부재와 기다림의 고뇌, 채워지지 않는 욕망의 짓눌림. 고행에의 충동, 숨기고 싶으면서 다시 드러내고 싶어 하는 마음의 이중성, 절망, 질투, 두려움. 한 번 시작하면 괴로움과 슬픔 사이를 끊임없이 회귀하는 사랑이라는 이름의 수레바퀴는 헤어나고 싶은데 또다시 묶이고 싶은 정념이며 출구는 없다. 이 투쟁과 시련으로부터 헤어나기 위해서는 상상 속에서라도 그가 죽거나 내가 죽어야 한다. 그러나 '이미지의 장례는 실패하면 괴롭고 성공하면 슬프다.'"(157)

이 고통의 원인은 사랑하는 이를 소유하려는 자신의 욕망 때문이다. 그 소유의 의지를 포기하는 자만이 그 고통에서 벗어날 수 있다. 사라지는 것이다. 떠나거나 죽거나 숨는 것으로 그는 비소유의 의지를 실천할 수 있다. 그러나 그것은 진정한 비소유인가? 죽음으로써 베르테르는 로테를 놓아 주었는가? 아니면 붙들어 매었는가?

그럼에도 불구하고 황홀한, 그러나 말로는 표현할 수 없는 사랑

사랑이 이토록 괴로운 것이라면 왜 사람들은 사랑에 빠지는가? 바르트는 사랑이 '우연처럼 주사위처럼 던져지는 것'이라고 말한다. 그리고 첫눈에 반하는 사랑은 '최면'과 같다.

"나는 한 이미지에 매혹된다 …. 처음에는 흔들리고, 충전되고, 얼떨떨해지고, 뒤집히고 '마비'된다."(273)

그리고 사랑은 불타오르는 한순간을 위해 안정되고 지속 가능한 가치들을 버릴 수 있는 광기 어린 에너지이다.

"불안, 의혹, 절망, 빠져나오고 싶은 욕구에도 불구하고 나는 사랑을 하나의 가치로 긍정하기를 멈추지 않는다."(43)

세상의 논리는 성공과 실패, 승리와 패배가 교체되고 대립되는 관념이지만 바르트에게 사랑과 고통, 행복과 불행은 모순적이지만 동시적이다. 사랑하는 사람은 불행하지만 행복하고 사랑의 성공과 실패는 중요하지 않다. 사랑하는 사람은 궁극적인 것을 추구하는 사람이 아니다. 사랑하는 사람은 우연과 모험을 두려워하지 않으며 사랑의 빛과 어둠을 모두 긍정하는 사람이다.

"사람들은 충족에 대해 말하지 않는다. 그래서 사랑의 관계는 그릇되게도 일

련의 긴 불평에 국한된 것처럼 보인다. … 자아는 상처를 받을 때라야만 말을 한다."(88)

사랑이 부정적이고 고통스러워 보이는 것은 이루어지지 않은 사랑의 주체만이 사랑을 토해내는 까닭이다. "충족된 연인은 글을 쓸 필요도, 전달하거나 재생할 필요도 없다."(89) 말이든 글이든 무엇인가를 표현하고자 하면 그 대상으로부터 분리되지 않으면 안 된다. 그리고 분리된 그 사랑은 자신의 욕망을 정확한 이름으로 불러보기 원하지만 그 욕망에 꼭 들어맞는 이미지와 표현을 찾을 수 없다. 그저 "난, 매혹당했어." 혹은 "정말 근사해", "당신을 사랑하기 때문에 사랑한다"라는 모호한 말만을 되풀이한다. 사랑은 어쩌면 구조화된 문명사회의 언어적 기호로는 표현할 수 없는 정념인지도 모른다. 바르트는 최초의 아담의 언어, 환상이나 변형이 배제된 자연스러운 언어, 우리 감각의 투명한 거울, 마음과 마음이 대화하는 관능적인 언어만이 사랑을 표현할 수 있다고 말하고 있다 (147). 그러므로 진실한 사랑의 모습을 표현하기 위해 가장 적합한 방식은 논리도 전개도 없는 '단상'들의 모음집이었으리라.

이 책은 각각의 가지에 시대와 공간을 뛰어넘는 다양한 이야기가 걸려 있는 큰 나무다. 독자는 새처럼 이 가지 저 가지를 옮겨 다니며 수많은 사랑의 독백을 들을 수 있다. 어느 가지에 먼저 앉더라도 상관이 없으며 사실 모든 가지에 다 앉아 볼 필요도 없다. 이 책은 그런 책이다. 개인적인 추억을 회상하며 즐겁게 읽을 수 있는 순간이 적지 않을 것이나 때로는 우리가 그동안 갈고닦아온 인과관계와 추론능력이 한없이 무력해짐을 경험할 것이다. '수많은 부호, 괄호, 생략으로 극도로 압축되어 있으며 수많은 인용문과 어원과 시니피앙을 가지고 일종의 유희를 하고 있어서 우리말로 옮기기 힘들었다'(341)는 역자의 고백처럼 낯선 언어와 표현 때문에 간혹 현기증을 느낄지도 모른다. 그러나 누구든 이 책을 읽는다면 사랑하는 대상에 가닿지 못하고 고뇌하는 연인의 고통을 맛볼 수 있는 찬란한 여정이 될 것이다. 아름답고 섬세하지만 손에 잡히지 않는 모호한 기호들은 흔들리는 화살처럼 마음을 불편하게 하지만 그 기호들은 독자의 추억과 상상 속에서 몽환적으로 떠오르는 사랑이라는 이미지의 과녁을 정확히 뚫는다. 그리하여 결국 사랑은 '사랑을 사랑하는 것'이라는 그의 동어반복을 긍정하게 되고 말 것이다.

무너진 담장 위로
묵묵히 담쟁이는 넝쿨을 잇네

정영미

시인의 집에 초대받았다. 경기도 양평군 서종면, 송라산 골짜기 어디쯤, 풀과 나무와 꽃과 새들이 주인인 산속의 집. 들고양이들이 때맞춰 사료를 거저 챙겨주는 맘씨 좋은 주인에게 재롱을 피우는 곳. 삼월이면 '햇살이 오렌지 분말처럼 바스락대고'(단풍객잔, 107), '가을이 깊어지면 대문간의 뽕나무, 불두화 나무, 수돗가 모과나무, 벗나무 가지에서 후두둑 떨어지는 낙엽이 쓸어도 쓸어도 끝이 안 보이는'(160) 단풍객잔으로의 초대였다.

〈단풍객잔〉은 시인 김명리의 첫 번째 산문집이다. 표지 날개의 짧은 작가 소개를 보니 대구에서 태어나 1983년 '탈춤' 외 4편의 시를 추천받아 〈현대문학〉으로 등단했다. 1988년 첫 시집 〈물 속의 아틀라스〉 이후 〈물보다 낮은 집〉, 〈적멸의 즐거움〉, 〈불멸의 샘이 여기 있다〉, 〈제비꽃 꽃잎 속〉 등의 시집을 펴냈다. 이 산문집은 시인이 그동안 신문, 잡지 또는 페이스북에 올렸던 단상들을 모은 것이다. 그동안 써 놓은 글들을 찾은 이사와 노트북 파손으로 많이 잃었고 겨우 되찾은 글들을 추리고 추렸다고 하는데 무려 146편이나 되는 조각글들이 산문집에 실렸다.

사랑이라는 의무

"하루의 저녁도 슬퍼할 만한데 일 년의 저녁을, 아니, 사람의 저녁을 어찌 슬퍼하지 않을 수 있겠는가."(159)

시인의 어머니는 여든넷, 8년간 이어지는 진행성 치매와 당뇨와 싸웠던 그녀는 뇌경색으로 쓰러진다. 이에 위암 판정에 패혈증까지 겹쳐 생과 사를 오가며 시인을 애닯게 하더니 결국 오가던 그 경계에서 길을 잃고 돌아오지 못하셨다. 곡기를 끊고 자신의 목으로는 미음 한 숟가락을 넘기지 못하면서도 자식들에게 '밥 든든히 먹으라'고 당부하던 모정. 그 병든 어머니를 돌보고 잃고 그리워하는 과정을 시인은 산문집의 한 꼭지를 내어 실었다.

"깊어지는가 했더니 어느새 흐드러진다. 한낮의 분홍, 저물녘 초록의 눈부심마저도 공평하게 검은색으로 변하는 밤. 흐드러짐이 소멸로, 이내 만상의 흐느낌으로 바뀌는 것도 순간일 터."(99)

눈가 주름이 분홍빛 같던 어머니를 여의고 아끼던 반려견마저 무지개다리를 건넌 후 우두망찰에 빠져 운신조차 힘들던 시인을 일으켜 세운 건 의지가지없는 길고양이들이었다.

"저 여린 생명들이 나를 기다리고 있다고 생각하면 갈바람에 어리버리 휘둘리는 생각들, 살 이유가 뭘까를 하루같이 궁리하는 나도 세상에 존재해야 할 이유가 대번에 찾아지는 것!"(203)

"이제는 관성이 되었다 해도 생명을 향한 사랑이며 무한한 의무감이 넘어진 사람을 바로 그

넘어진 자리에서 일으켜 세우는 힘 아니고 무엇이랴."(204)

누군가 혹은 무엇인가를 돌보아 본 이는 안다. 세상과 사람을 살리는 것은 칼과 힘이 아니라 여리고 약한 것들이라는 것을. 사랑과 돌봄이라는 의무는 사람을 살리기 위해 신이 인간에게 주신 선물임에 틀림없다.

아름답고 강하고 빛나는 것들

시인에게 아름답고 강하고 빛나는 것들은 힘센 것들이 아니다. 시인은 작고 여리고 곧 사라져가는 것들을 찬미한다.

"아름답고 강하고 빛나는 것들이 소쿠리 넘치게 한가득이다. 혹은 그 위로 혹은 그 사이로 느릅나무 초록그늘이며 말매미 울음소리들 번차례로 섞이어 드니…."(278)

텃밭에서 거둔 굽은 가지 예닐곱 개, 소쿠리를 반쯤 채운 자잘한 방울

토마토들이 시인에게는 아름답고 강하고 빛나는 것들이다. 찬란한 햇빛과 풍성한 바람과 그들을 휘감아 오가던 계절이 그 속에 오롯이 들어있다.

페허와 기울어진 문설주, 무너진 담장, 그 사이로 뻗어가는 담쟁이덩굴에 시인의 눈이 오래 머문다. 어두운 뜨락에 비치는 짧은 햇살, 마침내 가고 돌아오지 않는 것들에 마음을 준다. 들판에 서 있어도 시인이 보는 것은 그 안에 넘실대는 풍성한 볏 나락들과 수확의 즐거움이 아니다. '들판 끝에서 검댕이 묻은 겨울 갈대들이 기우뚱 쓸려가는 것'을 본다.

자연과 계절을 노래하지만 그곳에 보이는 것은 힘차고 싱싱한 생명력이 아니라 죽음과 소멸인 것은 어째서일까? 모든 죽어가는 것들을 사랑하려는 다짐일까? 시인은 어려서부터 천수경을 외우며 자랐다고 하는데 너무 일찍 생과 사가 같다는 것을 깨달아버린 조숙함이 생의 태도가 되어버린 까닭일까?

"유전자 구조가 인간과 거의 일치하는 생물이 나무라고 한다. 나무의 나이테를 보면 그가 감내했을 기후 조건과 생태 환경의 적응 정도를 그 촘촘함과 느슨함으로 기록하고 있음을 엿볼 수 있다. 그렇듯 자연에서 죽은 나무 또한 온 깃 벌레들에게 자신의 몸을 내어주고 흙으로 되돌아산나. 소나무는 목숨이 다했을 때 그 썩어가는 속도가 인간의 죽은 몸이 육탈하는 정도와 같다고 하지 않던가."(26)

생과 사가 다르지 않듯이 나무와 사람, 자연 속의 미물들과 사람이 다르지 않다. 가득 차고 시끄러운 도시도 결국 무엇인가가 비어 있고, 빈 절터, 담장 무너진 폐가에도 무언가는 가득 차 있다. 시인은 눈에 보이는 대로 사물을 보지 않는다. 시간과 공간을 넘어 그 다음을 또 그 다음의 다음을 본다. 가득 참 뒤에 오는 비어 있음과 비어 있음에서 이어질 가득 찬 시간과 공간이 시인의 눈에는 보이고 느껴진다. 땟국 흐르는 네팔의 아이가 준 삶은 달걀 하나에서 시인은 푸드득거리는 생명의 소리를 듣고 소년의 가장 깨끗하고 순수한 마음을 읽는다. 그래서 텅 빈 허공, 텅 빈 세상, 텅 빈 나루터를 노래하는 시인의 글들은 융숭한 고운 낱말들로 가득 차 있다.

수없이 찢고 지우고 다시 쓰는 한 줄의 문장

시인은 소설가 박영한 선생의 병상 인터뷰의 한 자락을 빌어 창작의 고통을 토로한다.

"문학, 그거 암보다 더 고통스러워!"(105)

암은 사람을 자코메티의 조각들처럼 뒤틀리고 비쩍 마른 장작처럼 만드는 고통스러운 병이다. 문학, 그것이 무엇이기에 암보다 고통스러울까? 산문집의 곳곳에서 미처 입술에까지 와 닿지 못하는 시어의 편린을 붙잡으려 허공을 휘젓다가 상처 난 시인의 마음을 본다.

"여기는 내 생의 어디쯤인가? 이곳은 내 문학이 숨 고를 어느 초라한 간이역인가? 내 시의 뼈 없이 굵은 목소리에 낯 뜨거웠던 시절이 길었다. '나의 작품은 점점 소문자처럼 작아져서, 때로는 자칫하면 먼지가 되어 사라질 것 같았다'는 회한에 가득 찬 어떤 목소리가 내 몸을 스치는 마른 나뭇가지마다 이명처럼 울려온다."(107)

"혹자들은 흔히 시인을 일러 천형의 수인이라고들 말한다. 등단이라고 한 지 마흔 해 가깝고 초등학교 시절부터 시랍시고 끄적여 온 세월이 어언 반백년을 넘어서고 있는데 도무지 자족할 만한 시 한 편 얻지 못해 스스로를 몇십 년째 위리안치하고도 간난신고가 끊이지 않는 삶이다."(136)

"시마에 들었다고 생각한 적이 있다. 첫 시집 〈물 속의 아틀라스〉를 내던 무렵의 몇 달 동안과 세 번째 시집 〈적멸의 즐거움〉을 출간하기 전의 한두 계절 동안을 누군가가 불러주는 듯이, 마치 안에서 뿜어져 나오듯이 하루에도 예닐곱 편 이상의 시를 내리닫이로 썼던 것 같다. … 하기사 시마도 늙어 사람의 집 문간에 걸터앉아 숨 고르기만을 하고 있는지 요사이는 그때의 신열 오르던 순간들, 한 구절, 한 구절 받아 적기에도 벅찼던 순간들이 매오로시 그립기만 한 것을."(135)

시인이 시마에 들어 쓴 시들이 궁금했다. 찾아보니 〈불 속의 아틀라스〉는 절판에 근처 도서관 어디에서도 구할 수 없었고 다행히 〈적멸의 즐거움〉은 한 권 빌릴 수 있었다. 그리고 시인의 시 세계를 엿볼 수 있었다.

세상에 남루만큼 따뜻한 이웃 다시 없어라.

몰골이 말이 아닌 두 탑신이

낮이나 밤이나 대종천 물소리에 귀를 씻는데

텅 빈 불상좌대 위,

저 가득가득 옮겨 앉는

햇빛부처, 바람부처, 빗물부처

오체투지로 기어오르는 갈대잎 덤불

– 적멸의 즐거움, 〈적멸의 즐거움〉, 55

위 시구에서처럼 시인은 남루함에서 따스함을 보고 텅 빈 불상좌대 위에서 온갖 부처를 보는 민감한 시적 촉수를 온몸에 휘감고 살고 있음에 틀림없다. 뻔뻔한 이 세상을 무던한 척 살아내기엔 너무나 여리다.

"시인은 일생의 매 순간마다 시의 공격을 받는다 했으니, 수없이 찢고 지우고 다시 써내려가는 한 줄의 문장, 잠든 혼을 일깨워 쓰는 한 편의 시가 생의 온갖 부잡함을 씻어내 주기를 스스로에게 다짐하고 되묻는 날들이 이어지고 있다."(109)

"시인은 자신의 입으로 생의 쇠망치를 삼켜 뭇 생명들의 상처를 꿰매는 몇 쌈 바늘로 그것을 정련해 토해내는 사람이 아닐 것인가."(108)

시가 떠오르지 않아서, 감성이 메말라서가 아니었다. 넘쳐나서다. 세상 모든 것들의 이야기가 시끄럽게 시인의 귀를 울리고 마음을 때려서이다. 그 엉킨 소리들을 하나하나 풀어내 시로 다시 엮어내기까지 숱한 낮밤을 앓았을 시인의 고통이 전해진다. 쇠망치를 삼킨 듯 가슴이 먹먹하고 바늘쌈을 입에 문 듯 입속이 아프다.

늦여름 장마에 소낙비 소리 줄기찬데 시인의 객잔은 단풍이 흐드러졌다. 무정한 세월도 쉬어가는 이곳에서 독자는 쉼을 얻고 어디에서도 듣지 못한 융숭한 서정적 어휘들로 차려진 멋진 글상을 받을 것이다. 시인의 초대 글을 여기 옮긴다.

"단풍잎 객잔 속에 온갖 시름 부려놓으시라. 한바탕 영롱하게 쉬어가시라."

김명리의 〈단풍객잔〉에 나타나는 작가혼

황산

　　김명리 시인의 〈단풍객잔〉을 읽으며 메모를 했다. 읽는 이마다 눈길이 머무는 곳이 다르고 느끼는 경험이나 글맛도 다르겠지만, 난 이 산문집을 읽으며 작가혼 혹은 문학의 정신이 드러나는 곳에 시선이 오래 멈추었다. 그리고 음미했다. 아래 인용문들은 작가의 작가혼을 엿볼 수 있는 대목들이다. 이들 문장들은 우리로 하여금 글이란, 글쓰기란, 문학이란, 문학의 혼불이란 어떤 것인가를 깊이 관조하고 맛보게 한다.

　우리 풀뿌리말의 맛깔이 신산한 삶의 아궁이에 군불 들어온 듯이나 은근하고 녹진한 갱엿 맛 나는 글을 쓰고 싶었으나 그러하지 못했다는 자책을 스스로 위로 삼아 지내던 터에.(단풍객잔, 6)
　– 머리글. 청렬과 낙조

입춘·경칩 다 지나고 꽃 시새움하는 바람이 내 집 창틀을 사납게 흔들어대는 이즈음이면 나도 모르게 중얼거리곤 하는 소동파蘇東坡의 시구詩句가 있다. …… 당송시대唐宋時代의 시인들, 특히 소식蘇軾 동파의 삶과 시에 내 마음이

간 데 없이 이끌기 시작한 것은 퍽 오래 전 일이다.(30)

- 샤샤의 집에는 봄이 왔을까?

밤을 새워 글을 쓰고 나무를 쪼개고 노래는 빚는 일이 저기 저 하염없이 굴러 떨어지고 있는 마음들을 한 번 온전히 받아보자꾸나 하는 안타까운 몸짓 아니었던가.(44)

- 산골 민박집 방에 엎드려

"아무 것도 씌어있지 않은 텅 빈 페이지에 더 많은 시가, 이야기들이 씌어지겠지. 모두가 물 위에 쓴 낱말들이어서 한 글자도 남겨지지 못하고 흘러가고 부서져 흩어질지라도."(75)

- 하루

"이데올로기는 변수지만 인간은 상수, 작품의 생명력은 단발적인 이념성보다는 궁극적이고 보편적인 것에 잇닿을 때 얻어진다"는 선생의 목소리가, 『머나먼 쏭바강』의 박영한이 머나먼 곳으로 떠나기 직전 병상의 인터뷰에서 마지막으로 한 "문학, 그거 암보다 고통스러워!"라는 말이 가슴에 파고드는 요즈음이다.(105)

- 암보다 문학이 더 고통스러웠다

여기는 내 생의 어디쯤인가? 이곳은 내 문학이 숨 고를 어느 초라한 간이역인가? 내 시의 뼈 없이 굵은 목소리에 낯 뜨거웠던 시절이 길었다. "나의 작품은 점점 소문자처럼 작아져서, 때로는 자칫하면 먼지가 되어 사라질 것 같았다"

는 회환에 가득 찬 어떤 목소리가 내 몸을 스치는 마른 나뭇가지마다 이명처럼 울려온다.(107)

– 쇠망치를 삼켰으니 바늘을 꺼내야 한다

시인은 일생의 매 순간마다 시의 공격을 받는다 했으니, 수없이 찢고 지우고 다시 써내려가는 한 줄의 문장, 잠든 혼을 일깨워 쓰는 한 편의 시가 생의 온 갖 부잡함을 씻어내 주기를 스스로에게 다짐하고 되묻는 날들이 이어지고 있 다.(109)

– 옛 수첩을 태우며

펼치는 매 쪽에서 작가의 신변잡기가 유지처럼 배어나는 소설은 식상한지 오 래, 자신의 뼛속에서 우려내지 않은 도통한 시들이 이제는 지겹다.(118)

– 하품을 하면서 세계를 집어삼킨다?

시가 갈망하는 긴장이 바로 저, 삶이라는 고누 잡히지 않는 빽빽한 물체에 맞 닿아 내지르는 오갈 데 없는 소리(울음)의 현絃을 고르는 일 아니겠는가 하는 생각.(121)

– 소리의 현

시마詩魔에 들었다고 생각한 적이 있다. …… 하기사 시마도 늙어 사람의 집 문간에 걸터앉아 숨고르기만 하고 있는지 요사이는 그때의 신열 오르던 순간 들, 한 구절 한 구절 받아 적기에도 벅찼던 순간들이 매오로시 그립기만 한 것 을.(135)

- 시마

한 작가, 한 시인의 높고 외롭고 청청淸淸한 정신이 머물었다 떠난 집터만큼 광활한 울음터가 세계 문학사에 더 어디 있겠는가.(170)
- 도스토예프스키의 홍차

알베르트 자코메티도 "불타는 건물에서 나는 램브란트 작품보다 고양이를 먼저 구할 것"이라고 했다니 엄마의 삼우제 지내고부터 운신조차 힘들던 몸에 활기가 되살아나기 시작한 것도 저 아이들의 애타는 기다림 때문이려니.(204)
- 사랑이라는 의무

벌써 여러 해째 거두고 있는 천변의 길고양이들까지 합해 몇 푼 안 되는 원고료를 다 들이고도 빠듯한 사료비와 약값에 작으나마 인세가 보태지니 가난한 서생의 품값으로야 이만하면 천만다행한 일 아니겠는가 싶기도 하다.(216)
- 마리가 왔어요!

그때로부터 참으로 오래 동안 내 책상머리에는 오르한 파묵의 저 문장이 붙어 있었으니, 누렇게 색 바랜 저 종잇장을 이제는 떼어내고 침전의 시간들 속 그나마 맑게 떠오른 몇 점의 부유물 / 나의 시편詩篇들을 그 자리에 턱 하니(!) 붙여놓이도 될 때가 온 것이 아닌가 짐짓 궁리 중이다.(231)
- 문학을 통해

그러나 내가 아직껏 글쓰기로 밥 먹듯 밤을 지새우는 사람이어선가. 책을 쓴 저자들, 잡지를 만들기 위해 밤잠을 설친 이들을 생각하면 오래 묵어 너덜거리는 책 한 권 버릴 때조차도 손끝이 떨리지 않을 수 없다.(234)

– 책상을 줄 수야 없으니까

1분 후면 녹아내릴 눈과 2분 후면 소거될 눈의 자취들이 천년을, 만년을 살아내겠다는 듯이 으스러지게 뒤엉켰다 삽시에 흩어지는 것이 시의 사운드, 시의 정신, 시의 블루스 아닌가 생각해 보는데… 그나저나 춤, 블루스 추어 본적이 어언 백만 년은 된 듯하구나.(281)

– 이월 블루스

페이스북에서의 글쓰기, 읽기란 훗날의 나 자신 혹은 여러 읽는 이들에게 어떤 기억이나 의미로 남게 되고 해석되어질 것인가를 거듭 생각해 보게 되는데, 오늘 문득 나 자신에게 주어진 대답이 카프카의 저, "고독과 공동체 사이의 경계지……"로 이어지는 문장들과 크게 어긋나지 않을 성 싶다.(282)

– 인산후

2021년 발간되어 베스트셀러로 주목받은 있는 김명리 시인의 산문집 〈단풍객잔〉은 단숨에 읽을 책이 아니다. 시간을 두고 간간히, 자주 혹은 하루 몇 편씩 읽으면 좋겠다 싶다. 시인은 우리나라 주요 여류 시인 중 한 사람이며, 토속어와 순우리말을 정갈하게 사용하며 극강의 서정시를 쓰는 시인으로 평가받는다.

〈단풍객잔〉은 시인의 첫 산문집이고 지난 수십 년간 지면을 통해 발표하거나 고이 모아둔 단편들을 모은 것이다. 그러니까 오랜 숙성 기간을 거친 글들이다. 문집 하나 내려고 막 쓴 글들이 아닌 거다. 그런 면에서 그의 내면과 삶의 흔적이 그대로 드러난다고 보아도 될 성싶다.

나는 〈단풍객잔〉을 읽으며 그의 투철한 예술혼을 물씬 느꼈다. 마치 동서양의 여러 예술가들과 작가들과 우리 문학계의 거장들이 지녔던 작가정신에 융합된 듯 자신을 '시인'으로 이해한다. 그리고 삶 전체가 시에 젖어있는 듯하다. '내 문학'이라는 세계를 인식하고 있고 '나의 시편들'이라고 부른다. 늘 아니 평생 글을 쓰고, 숱한 밤을 새워가며 글을 쓰기도 한다. 혼신의 힘을 다하여 글을 쓰고, 이를 다시 고치고 버리고 다시 쓰는 등 피 말리는 퇴고의 정신도 물씬 묻어난다. 내가 메모한 인용문에서만 그런 것이 아니다. 아마 〈단풍객잔〉이 그런 과정을 거쳐 탄생하였으리라.

이 산문집에 대해 다른 이의 입이나 서평문을 통해 듣는 것은 무언가 큰 착오를 남길 것 같다. 직접 맛보고 경험하라는 말 외에는 달리 할 말이 없다. 감각적이거나 자극적이지 않고 매우 절제되어 있고 생략된 여백이 많은 글들인데, 잔잔한 파도가 밀려든다. 찬찬히 읽으라고 권하고 싶다. 산문인데도 온통 운문적이다. 긴 문장의 글도 많은데 시적이다. 스케치하듯이 읽을 수 없는 에세이들, 그니마 직절한 읽기방식은 렉시오 니비나(Lectio Divina)나 묵상과 같은 방식의 읽기가 좋을 것 같다. 읽고 멈추고, 접어두기. 그리고 다음에 읽기.

3부

∴

자유의 노래들

19세기 철학자 프리드리히 니체는 자유정신을 노래했다.
많은 작가들이 그에게 영감을 받았다.
서구에서 '니체 작가'라고 불리는 대표적인 작가로
서머싯 몸, 헤르만 헤세, 니코스 카잔차키스, 밀란 쿤데라 등을
들 수 있을 것이다.
체코의 작가 보후밀 흐라발 역시
〈너무 시끄러운 고독〉에서 니체를 언급한다.
그 역시 넓은 의미에서 니체 작가라 할 수 있을 것이다.
조르바, 자유인의 대명사가 된 실존 인물
한탸, 노동자이자 고전을 읽는 구도자
차라투스트라, 니체가 창안한 철학적 인물
작품 속의 이 세 사람은 각각 자유를 노래하고
정신의 자유를 선택하며 살았다.
여기 이들의 자유의 노래를 담았다.

니코스 카잔차키스의 〈그리스인 조르바〉
보후밀 흐라발의 〈너무 시끄러운 고독〉
프리드리히 니체의 〈차라투스트라는 이렇게 말했다〉

자유, 조르바처럼

박순옥

　우리는 자유를 꿈꾼다. 인간은 대지에서 태어났지만, 무엇에도 얽매이지 않는 창공의 새가 되고 싶다. 누구나 자유를 원하지만 '자유'의 모습을 구체적으로 생각해 본 적은 많지 않다. 자유는 막연하고, 우리의 발은 대지에 묶인 듯 무겁기만 하다. 니코스 카잔차키스의 〈그리스인 조르바〉는 대지에 발을 딛고 인간으로서 자유를 만끽한 한 인물을 소개한다. 조르바는 작가가 실제 만났던 사람이다. 작가는 자신의 영혼에 지대한 영향력을 끼친 사람으로 호메로스, 베르그송, 니체 그리고 조르바를 꼽았다. 소설에서 화자인 '나'는 조르바를 지금까지 찾아다녔던 바로 그 사람이라고 했다. 조르바, 그는 어떤 사람일까.

　니코스 카잔차키스는 현대 그리스 문학을 대표하는 작가이고, 노벨 문학상 후보로 수차례 이름을 올렸다. 그는 크레타섬에서 태어났고 파리에서 유학을 하면서 베르그송과 니체의 철학에 영향을 받는다. 카잔차키스는 인간의 한계를 극복하려는 투쟁하는 인간을 추구했고, '20세기 오디세우스'라 불리며 세계 곳곳을 여행했다. 보이는 존재와 보이지 않는 존재, 육체와 영혼, 물질과 정신 등 상반된 개념이 하나로 조화되는 길을 찾고자 그는 끊임없이 투쟁하는 삶을 살았다.

우리는 새롭게 태어나고 싶다. 새해를 맞이할 때, 인생 책을 만났을 때, 좋은 사람과 함께 할 때. 소설 속 '나'는 자신이 모순과 주저로 점철된 반생(그리스인 조르바, 139)을 살았다고 말한다. '나'의 고백은 우리의 고백이기도 하다. '나'는 이제 삶의 방식을 행동하는 인생으로 바꾸려고 하고 (13), 크레타 해안 폐광이 된 갈탄광을 빌려 노동자들과 새로운 생활을 해보기로 결심한다. "날 데려가시겠소?"(14) 크레타 섬으로 가는 배를 기다리는 '나'에게 낯선 남자가 말을 건다. 그가 바로 살아있는 가슴과 위대한 야성의 영혼을 가진 사나이, 조르바이다.

조르바는 온몸으로 삶을 즐긴다. 그는 온갖 풍파를 겪었고 삶의 상처가 많다. 하지만 여전히 열린 마음과 뜨거운 가슴을 지녔다. 그의 인생에서 여자와 산투르(santoor)는 빼놓을 수 없다. 조르바의 사랑은 거침없이 정열적이고 그의 예술은 맑고 순수하다. 조르바는 산투르를 치며 노래한다. 마음먹은 대로 밀고 나가라! 후회하지 말고, 주저하지 말고. 그것이 네가 너를 잃지 않는 것이라고(206). 소설 속 '나'가 오랜 기간 잉크와 펜으로 배우려던 것들을 조르바는 피와 살로 싸우고 입맞춤하며 인생의 진리를 발견했다. 그의 말은 살아 움직이는 대지의 언어로 따뜻하고 인간미가 넘쳐서 '나'의 영혼에 안식을 준다.

새롭게 보다

"저 건너 가슴을 뭉클거리게 하는 파란 색깔, 저 기적이 무엇이오? 당신은 저 기적을 뭐라고 부르지요? 바다? 바다? 꽃으로 된 초록빛 앞치마를 입고 있는 저것은? 대지라고 그러오? 이걸 만든 예술가는 누구지요? 두목, 내 맹세코 말하지만, 내가 이런 걸 보는 건 처음이오!"

"당신 눈에는 안 보이는가요? 두목, 봐요. 저 모든 기적 뒤에 도사리고 있는 마술을 말이오."(260)

어린아이는 매일매일이 새롭다. 모든 사물이 생소하고 왜 어째서를 묻는다. 조르바는 노인이지만 아침마다 꽃과 나무, 새를 물끄러미 보고 신기해서 감탄한다. 그는 어린아이처럼 대상을 바라보고 자신의 눈앞에 펼쳐지는 새로운 세계를 본다. 눈앞에 보이는 것을 제대로 보지 못한다면, 그 너머에 보이지 않는 존재의 의미도 생각하기 어렵다. 조르바처럼 매사를 처음처럼 대하면 우리가 사는 세계가 새롭게 보이지 않을까.

충분히 채우다

"내가 뭘 먹고 싶고 갖고 싶으면 어떻게 하는 줄 아십니까? 목구녕이 미어지도록 처넣어 다시는 그놈의 생각이 안 나도록 해버려요. … 그날부터 나는 버찌를 먹고 싶다고 생각한 적은 없습니다. 언제 어디서 버찌를 보건 내게 할 말이 있습니다. 이제 너하고는 별 볼일이 없구나 하고요."(224)

인간은 욕망한다. 우리는 시작하지만 충분히 즐기지도, 사랑하지도, 살아보지 못해서 아쉬움이 남는다. 심지어 이성의 끈에 묶여 시도조차 하지 않는 경우도 많다. 조르바는 인간임을 인정해야 한다고 말한다. 달리 말하면 인간이 욕망을 참고 견디어 극복하는 것은 어려운 경지이다. 욕망은 비우는 게 아니라 채워야만 자유로울 수 있다는 조르바의 방식은 지극히 인간적이다.

순간에 집중하다

"나는 자신에게 묻지요. '조르바, 지금 이 순간에 자네 뭐 하는가?' '잠자고 있네.', '일하고 있네.', '여자에게 키스하고 있네.' … '이 세상에는 아무것도 없네. 자네와 그 여자 밖에는. 키스나 실컷 하게.'"(309)

우리는 문득 과거를 떠올리며 과거의 그때가 행복했다라고 깨닫는다. 행복은 현재 진행형보다는 과거 완료형에 어울린다며 눈앞의 행복을 제대로 느끼지 못한 채 흘려보낸다. 조르바는 어제 일도 내일 일도 생각하지 않는다. 지금 이 순간에 일어나는 일이 중요하다. '지금 나는 무엇을 하고 있는가'라는 질문은 오늘, 지금 이 순간을 집중하게 한다.

나는 〈그리스인 조르바〉를 세 번째 읽는다. 누군가의 인생 책으로 자주 소개되었던 소설이라 그 내용이 궁금했다. 첫 번째는 '나'와 조르바의 만남에서 독서를 멈췄다. 조르바가 어떤 사람인지 알지 못한 채 이십대를 보냈다. 두 번째는 조르바의 행동이 '자유'인지 '방탕'인지 소설을 읽는 내내 혼란스러웠다. 한편으로는 자기 내키는 대로 사는 조르바가 내심 부러웠다. 세 번째는 소설 속 '나'에 감정이입이 되었다. '나'는 삶을 누구보다 많이 사랑한다고 생각했지만, 형이상학적인 근심과 염려로 무엇 하나 제대로 해보지 못했다고 반성한다. 아직 늦지 않았다며 다짐하는 '나'에서 내 모습이 보인다. '나'와 조르바의 만남은 우연이 아니라 그가 오랜 기간 열망했고, 찾으려고 노력했기 때문이다. 조르바의 방식을 채용해서 자신은 책으로 책을 정복해보겠다고 말하는 장면은 그가 자신의 춤을 추겠다는 선언이고, 니코스 카잔차키스의 삶과도 겹쳐 보인다.

자유는 생각을 실천하는 것이다. 인간은 죽음, 시간 등 필연적으로 주어진 한계가 있다. 한계를 인정하면서도 그 한계를 뛰어넘으려는 자유의지가 행동으로 바뀔 때, 우리는 행복하고 자유롭다. 모든 사람에게 이번 생은 한 번뿐이다. 우리는 삶을 사랑하고 각자가 원하는 삶이 있다. 우리는 조르바가 되고 싶은 것이 아니라, 조르바처럼 살고 싶다. 내 인생, 내 욕망을 채워 나가는 순간순간 우리는 자유로워질 수 있다. '미련', '후회', '아쉬움' 대신 '충분히', '집중해서', '즐기며' 살고 있다고 말할 수 있다면, 지금 우리는 자유다.

동년배 조르바가 내게 전하는 말

윤영선

직장 은퇴 후 니코스 카잔차키스의 〈그리스인 조르바〉를 두 번 읽었다. 그리고 방금 나는 이 작품을 세 번째 읽기를 마쳤다. 마치 미련이 있다는 듯 내가 이 작품읽기를 세 번이나 시도한 이유가 있다. 실존인물로 알려진 조르바란 인간에 대해 내가 받았던 강렬한 인상을 다시 한 번 확인하고 싶어서다. 나와 동년배인 60대 중반의 남성이 이토록 거침없이 자기 욕망에 충실한 삶을 살았다는 게 부러운 한편으로 도저히 믿기지 않았다. 나는 지금 그의 의식세계와 삶의 태도의 어떤 점에 내가 끌렸는지 좀 더 구체적으로 확인하고 나의 글로 표현하고 싶다. 지금 내가 이 글을 쓰는 이유다.

그리스 크레타 섬 해안의 갈탄광을 중심으로 전개되는 소소한 사건들이 줄거리의 거의 전부이다. 낯선 곳이긴 하지만 내겐 그저 평범한 삶의 일상처럼 느껴졌다. 내게 오로지 중요한 건 두 주인공, 화자인 나와 조르바란 인간의 조우다. 어쩌면 정반대의 유형이라 해야 할 두 사람이다. 화자는 젊은 인텔리고, 어느덧 노년에 들어선 조르바는 무학식의 떠돌이 노동자다. 화자는 책을 통해 삶을 사유하는 인간인 반면, 조르바는 세상에 대한 경험을 통해 육감적으로 삶을 이해했다. 자기 공부 방식에 회의를 품은 화자에게 조르바와의 만남은 결과적으로 인생의 전기를 마련해준 일생일대의 행운이었음을 작품은 들려준다.

붓다를 찾는 화자, 야생의 인간 조르바를 만나다

갈탄광을 임차한 자본가이자 사업주가 된 화자는 내심 돈벌이보다는 자기 삶의 양식을 바꾸는데 관심이 더 많았다. 그는 지금까지의 책벌레에서 벗어나 새로운 인생을 경험하기를 간절히 원했다. 책과는 상관없는 노동자, 농부와 같은 단순한 사람들로부터 삶의 새로운 의미를 깨닫고 싶었다. 그가 읊조린 다음 말이 그것을 암시한다. "이제껏 너는 그림자만 보고서도 만족하고 있었지? 자, 이제 내가 너를 실체 앞으로 데려갈 테다."(15) 이 말을 들은 화자는 아늑하게 자신을 품어주는 섬과 바다의 풍광들을 바라보고 호흡하며 지금까지와는 다른 자신의 모습을 상상했다.

화자가 늘 화두처럼 가슴에 품고 다녔던 것은 붓다의 깨달음이었다. 그는 삼라만상의 무상함과 자기존재의 허망함 앞에서 그 무엇에도 집착하지 않는 삶의 해법을 찾고 싶었다. 하지만 그가 진실로 원한 것은 형이상학으로서의 깨달음이 아니라 실제 삶에서의 해방이었다. 이런 화자 앞에 우연히 나타난 키 크고 몸이 마른 60대의 노인, 그가 바로 알렉시스 조르바였다. 운명처럼 크레타로 향한 배 위에서 조르바가 느닷없이 화자에게 자신을 데려가 달라고 부탁한 것이다. 화자의 눈에 비친 조르바는 다음의 문장으로 요약된다.

> "살아 있는 가슴과 커다랗고 푸짐한 언어를 쏟아 내는 입과 위대한 야성의
> 영혼을 가진 사나이, 아직 모태인 대지에서 탯줄이 떨어지지 않은 사나이였
> 다."(22)

마케도니아에서 태어난 조르바는 일찍이 안 해본 일과 안 가본 곳이
없었다. 학교 문턱을 밟아보지 못한 그는 소위 문명이라는 것들과는 거
리가 먼 인간이었다. 그에게 가르침을 준 것은 오로지 삶의 현장에서의
생생한 경험뿐이었다. 그것을 통해 그는 스스로 세상의 이치를 깨달으며
자기 삶의 방향을 찾아나갔다. 화자의 눈에 들어온 조르바의 첫인상은
삶의 원시성을 그대로 간직한 인간이었다. 자신을 '금방 죽을 것처럼 사
는 사람'으로 소개한 그는 영혼과 육체가 한 덩어리로 뭉쳐진 주체할 수
없는 욕망의 인간이었다. 그는 한마디로 몸의 감각에 충실한 야생의 인
간이었다.

조르바 스타일, 지금 이 순간을 살라

늘 곁에 그리스 전통악기 산투르를 끼고 다닌 조르바는 마음이 동할
때면 어김없이 악기를 연주하고 춤을 추며 여자를 탐했다. 하지만 갈탄
광 갱도에 들어서는 순간 그는 일에만 몰두하는 인간으로 돌변한다. 이
런 자신에 대해 그는 "이제 일에 몸을 빼앗기면, 머리꼭지부터 발끝까지
가 잔뜩 긴장하여 이게 돌이 되고 석탄이 되고 산투르가 되어버린"(161)

다고 말하기까지 한다. 조르바로부터 삶의 기쁨을 간접 체험한 화자가 그를 뱀에 비유한다.

"아프리카인들이 왜 뱀을 섬기는가? 온몸으로 땅을 쓰다듬는 뱀은 대지의 모든 비밀을 알 수밖에 없기 때문이다. 그렇다. 뱀은 늘 어머니 대지와 접촉하며 동거한다. 조르바의 경우도 이와 같다."(94)

화자는 조르바와 달리 자신과 같은 교육받은 자들을 공중을 나는 새들처럼 골이 빈 존재에 비유한다. 문명의 때를 거부하는 "조르바는 모든 사물을 매일 처음 보는 듯이 대하는"(77) 감각적이고도 충동적인 인간이었다. 그는 자신을 다음과 같이 소개한다.

"조르바 역시 딴 놈들과 마찬가지로 짐승이오! 그러나 내가 조르바를 믿는 건, 그놈이 유일하게 내가 아는 놈이고, 유일하게 내 수중에 있는 놈이기 때문이오. 나머지는 모조리 허깨비들이오. 나는 이 눈으로 보고 이 귀로 듣고 이 내장으로 삭여 내어요. 나머지야 몽땅 허깨비지. 내가 죽으면 만사가 죽는 거요. 조르바가 죽으면 세계 전부가 나락으로 떨어질 게요."(82)

거친 말투의 조르바에게 중요한 것은 오로지 '지금 여기'뿐이었다. 자기 안에는 브레이크가 없다고 말하는 그에게 최고의 삶이란 오로지 지금 이 순간의 삶을 최대로 향유하는 것이었다.

조르바가 죄 따위를 두려워하지 않는 것은 우리 안에 죄를 사하는 "하느님 같은 물 묻은 스펀지"(220)가 있다고 생각하기 때문이다. 조르바에 의하면 자연의 법칙을 거스르지 않고, 자연의 리듬에 충실하며 살아갈 때만이 인간은 우주와 완벽한 조화를 이룰 수 있다. 화자는 이런 조르바를 원죄의식이 없는 문명 이전의 인간으로 규정한다. 조르바는 세상만사에 아무런 두려움이 없었다. 마침내 조르바로부터 새로운 삶의 환희로 나아갈 가능성을 발견한 화자가 자기 생각을 명쾌히 정리한다.

"붓다는 최후의 인간이었다. 반면 우리는 겨우 시작에 서 있다. 우리는 아직 충분히 먹은 것도 마신 것도 사랑한 것도 아니었다. 우리는 아직 채 살아보지 못했다. 이 섬약한 늙은이는 숨을 헐떡이면서 우리에게 너무 일찍 찾아와 버렸다. 우리는 되도록 그를 빨리 내몰아야 한다!"(196)

화자는 자신에게 번뇌의 우상은 더 이상 필요하지 않으며 그 자신 붓다의 복무를 완수했다고 선언한다.

이 작품에는 여성을 폄훼하는 듯이 보이는 조르바의 발언이 종종 등장한다. 그는 여성을 가여운 동물로 보고 남성이 기쁘게 해주어야 한다는 표현을 서슴지 않는다. 문학작품 속의 이런 표현을 여성 비하라고 오독하는 것은 넌센스다. 우리는 조르바의 목소리 속에 감춰진 내면에 귀 기울일 필요가 있다. 한때 해양을 누비던 해군제독들의 여인이었다가 이제는 늙고 병든 오르탕스를 대하는 조르바는 진심으로 그녀를 존중한다. 그에게는 여인의 젊고 늙음, 아름다움과 추함 따위는 하등 중요하지 않았다. 그에게는 오로지 "모든 여자 뒤에는 위엄이 있고 신성하고 신비스러운 아프로디테의 얼굴"(64)이 있을 뿐이다. 조르바가 여자를 인간이 아니라고 했을 때 그것은 여자만을 두고 한 말이 아니었음이 분명하다. 인간이기 이전에 동물로서의 욕망을 타고난 모든 존재들에게 그는 강한 연민을 품고 있었다.

한편, 조르바의 종교관도 눈여겨 볼 필요가 있다. 그의 말과 행동 속에는 선과 악의 이분법이 존재하지 않는다. 인간에게는 하느님과 악령이 동시에 존재하고 그 어느 쪽의 요구도 무시하지 말아야 한다고 그는 화자에게 수시로 말한다. 그에 의하면 참된 하느님은 인간의 어떤 행동도 관대하게 용서하는 존재다. 따라서 어느 쪽이든 아무 것도 행하지 않는 인간이야말로 하느님의 벌을 받아 마땅한 자다. 조르바가 들려주는 하느님의 우스갯소리에서 그의 이런 생각을 읽을 수 있다.

"만일 그 사과를 먹으면 너는 망하는 거야. 하지만 먹지 않으면, 그래도 여전히 망하는 거야. 내가 네게 무슨 충고를 해줄 수 있겠냐? 네 꼴리는 대로 하라!"(191)

조르바, 나에게 말하다

이제 내가 대답할 차례다. 조르바는 나에게 무엇을 깨우쳐 주있을까? 자기처럼 동년배 노년인 내게 그는 무슨 말을 하고 싶었을까? 너무도 선명하게 다가오는 한 단어. 그것은 다름 아닌 자유, 자유다. 화자가 조르바를 처음 만나 대화를 나눌 때 인간이란 무슨 뜻이냐고 묻는다. 그는 단호

하게 대답한다. "자유라는 거지!"(24)

조르바가 바로 니체가 말하는 그 위버멘쉬가 아닐까. 니체가 말하는 위버멘쉬, 즉 초인은 모든 진리를 포섭하는 신과 같은 존재가 결코 아니다. 자기 존재의 있는 그대로의 모습을 긍정하고 몸의 소리에 충실하며 끝없이 도전하고 실험하는 인간, 즉 조르바 같은 사람이 바로 초인이다. 저 멀리서 차라투스트라의 목소리가 들려온다.

"인간은 극복되어야 할 무엇이다. 그대들은 자신을 극복하기 위해 무엇을 했는가?"(니체, 차라투스트라는 이렇게 말했다, 머리말)

차라투스트라의 목소리를 들으며 조르바를 떠올리는 내가 내게 묻는다. 나는 진정으로 나 자신을 극복했는가? 나는 진정 자유의 인간인가? 나는 불교도이며 붓다의 가르침을 좋아한다. 붓다는 이 허무의 세상에서 그 어느 쪽에도 휩쓸리지 않는 중도의 길을 제시했지만 조르바는 똑같이 느꼈던 이 세상에 대해 어쩌면 정반대의 해법을 내놓았다. 어느 쪽이 맞을까? 조르바의 삶의 태도가 위험한 건 아닐까? 그러자 조르바가 다시 내 귀에다 대고 이렇게 속삭인다.

'너의 욕망은 이미 수많은 경험을 통해 너 안에서 충분히 걸러지고 순치된 것이니 결코 의심하지마라. 네가 사람을 죽이겠느냐, 성희롱을 하겠느냐? 젊은 날 네가 저지른 잘못들도 다 용서받았거늘 지금 너는 무엇을 주저하느냐? 네 안에는 지금 인간에 대한 연민이 깊이 자리 잡고 있지 않느냐? 그러니 생이 다하는 날까지 네 욕망에 충실하며 살다 떠나라. 그렇게 사는 것이 마지막까지 가장 건강하고 행복하게 사는 길이다.'

소설 속 화자는 조르바를 통하여 자기 가슴 속에 지녔던 깨달음의 인간 붓다를 넘어 원시의 인간으로 나아갔다. 저자 카잔차키스의 묘비명에는 다음과 같은 글귀가 새겨져 있다. "나는 아무것도 바라지 않는다. 나는 아무것도 두렵지 않다. 나는 자유다." 그렇다. 나는 자유다. 지금 나는 붓다의 길과 조르바의 길이 다르지 않음을 확신한다. 내 마음 속에 붓다의 가르침을 깊이 되새기면서 조르바처럼 살고자 다짐한다. 진정한 자유의 삶을 향하여.

존재의 나들목에서 저항하기,
새로운 가능성 긍정하기

김민수

체코 작가 보후밀 흐라발의 소설 〈너무 시끄러운 고독〉은 1960년대 공산주의 체제 하의 프라하를 배경으로 한다. 모국어로 쓰였지만 자신이 태어난 곳에서 판매 금지된 이 작품은 작가가 66세(1980년)가 되었을 때 비로소 타국의 언어로 공식 출간되었다. 소설의 화자인 '나'는 한탸라는 인물이다. 퀴퀴하고 어두컴컴한 지하실에서 생쥐들과 함께 삼십오 년 간 책과 폐지를 압축했다. 은퇴를 5년 앞두고 있던 그는 은퇴 후 평생 모은 돈으로 압축기를 사들이고자 했다. 기계를 외삼촌 집 정원에 두고 매일 폐지 한 꾸러미씩 만드는 삶을 꿈꾸었다.

소설에는 제2차 대전이 끝난 후 공산화된 체코에서 지식인들이 겪었던 수난이 간접적으로 묘사된다. 이들은 압축기 속의 책과 폐지처럼 억압 받았고 자신이 몸담았던 직장에서 쫓겨났다. 소설에 등장하는 철학교수, 중앙난방 제어실의 근무자들, 프라하의 하수구와 시궁창 청소부, 성당 관리자가 그런 예다. 지식인들은 사고하는 인간으로서 체제가 강요하는 상식과 충돌하는 '위험한' 존재들이었기에, 삶의 터전에서 추방당했다. 소설에는 하수구에 사는 회색 쥐와 검은 시궁쥐에 대한 언급이 여러 차례 언급된다. 하수구속 세계 역시 인간 사회의 모습을 그대로 닮았다. 두 종류의 쥐들이 전쟁을 벌인 결과 검은 시궁쥐가 패배했다. 시궁쥐는 추방당한 지식인들이었다. 나치가 대학을 폐쇄하기 전까지 흐라발은 법학을 공부했던 지식인이었다. 그 역시 시대 속에서 자유로울 수 없었고, 다른 지식들처럼 수많은 직업을 전전했다. 폐지 작업공은 그중 하나일 뿐이었다. 이 이야기에는 시대를 관통했던 작가의 경험과 사유가 고스란히 녹아있었다.

시끄러운 두 소리 - 기계소리 vs. 멈추지 않는 사유

한탸는 압축기의 버튼을 번갈아 누르며 책과 폐지를 정육면체 꾸러미로 만들었다. 기계가 작동하는 사이 그는 단지에 받아 놓은 맥주를 마시며 버려진 책들을 펼쳐 읽곤 했다. "사상이 내 안에 알코올처럼 녹아들 때까지. 문장은 천천히 스며들어 나의 뇌와 심장을 적실 뿐 아니라 혈관 깊숙이 모세혈관까지 비집고 들어온다."(너무 시끄러운 고독, 10) 이것이 그의 책읽기 방식이었다. 작업 중 발견한 희귀 도서는 집에 가져가 쌓아두기도 했다. 이렇게 하기를 삼십오 년, 그는 마침내 '현자'가 되었다. 비록 목욕이라면 질색인데다 몸에서 맥주와 오물 냄새가 진동해도 가방에 든 책만 생각하면 더할 나위 없이 행복했다. 오죽하면 자신의 일을 '신께서 축복하신 직업'이라고 생각했을까. 그의 머리는 보물 같은 문장과 사유가 가득한 '알리바바의 동굴'이었다. 단조롭게 반복되는 작업 중에도 그의 상상은 '생각들로 조밀하게 채워진 고독 속'에서 결코 멈춘 적이 없었다. 그의 고독이 너무나 시끄러웠던 이유다.

한탸는 독신으로 지냈지만 젊은 시절엔 그에게도 러브 스토리가 있었다. 비록 똥에 얽힌 사건으로 번번이 이루어지지 않았지만 말이다. 프라하 교외에 사는 옛 연인 만차를 보러 갔을 때, 한탸는 잿빛 머리가 된 그녀의 새 집을 보았다. 만차는 '사랑과 온전한 의지'로 자신의 집을 갖게 되었고, 심지어 '정신적인 열정'으로 자신을 사랑하고 자신의 모습을 조각하는 남자까지 곁에 두고 있었다. 그녀는 나름의 방법으로 자신의 삶과 러브 스토리를 완성해가고 있었다. 한탸의 러브 스토리는 또 이렇게 사라져 버렸다.

어느 날 쥐들이 책을 올려둔 천개를 갉아대는 소리에 잠들지 못했던 한탸는 젊은 시절 자신의 삶에 갑자기 나타난 집시 여자를 떠올렸다. 그는 집시 여자의 이름도 몰랐지만, 여자는 한탸의 퇴근길에 따라와 집에서 함께 살게 되었다. 매일 저녁 그녀는 장작용 널빤지를 구해와 불을 지피고, 스튜와 소시지로 저녁을 차렸다. 하지만 어느 날 갑자기 나타났을 때처럼 예고도 없이 사라졌다. 게슈타포에 붙잡혀 나치의 집단수용소에서 희생되었기 때문이다. 한탸의 러브 스토리는 이처럼 온전히 이루어진 적이 없었다.

인간 존재의 나들목 – 폐지 압축기

한탸는 사랑이 실패로 끝나고 낭패를 겪을 때마다 '하늘은 인간적이지 않다'고 되뇌었다. 이 말은 소설 전체에서 되풀이된다. 무심한 세계에 던져진 존재의 운명을 응시하는 화자의 만트라였다. 냉혹한 현실을 견디기 위해 필요한 마법의 주문처럼 말이다. 압축기에는 두 가지 색의 버튼이 있었다. "녹색 버튼을 누르면 압축판이 전진하고, 붉은색 버튼을 누르면 후진한다. 이것이 세상의 기본적인 움직임이다. 헬리콘의 밸브나 반드시 원점으로 돌아오는 원처럼."(44) 화자가 반복적으로 떠올리는 이 표현은 언제든 삶의 관성에 매인 인간의 모습을 직관한 말처럼 느껴진다. 그에겐 세상만사가 '동시성을 띤 왕복운동'(69)이었다. 현실은 한탸의 삶에 결코 '다정한' 모습으로 다가오지 않았다. 하지만 그는 압축기의 왕복운동을 오랫동안 지켜보면서 '상반되는 것들에 균형을 부여하려는 욕구에 의해 조화가 이루어지는'(37) 세상의 원리를 마침내 터득하게 되었다.

어느 날 항아리에 담긴 맥주를 통째 들이키며 일하던 한탸는 사람의 환영을 보았다. 〈성경〉과 〈도덕경〉의 주인공 예수와 노자였다. 압축기의 전진/후진 버튼에 대응하듯 예수와 노자는 각각 '미래로의 전진/낙관의 소용돌이'와 '근원으로의 후퇴/출구 없는 원'을 표상한다. 예수는 탄생(나옴), 노자는 죽음(들어감)에 대응하기도 한다. 폐지가 작업장에 도착하여 압축기로 들어가는 것은 일종의 죽음(노자)이었고, 꾸러미가 되어 나오는 것은 부활(예수)인 셈이었다. 유명 화가의 복제화와 아름다운 문장이 있는 페이지가 펼쳐진 책이 포개져 압축되면, 폐지 꾸러미는 새로운 생명을 얻었다. 책이 파괴되며 만들어진 꾸러미는 이제 새로운 예술작품이 되었다. 그가 압축기로 하는 작업은 아름다움을 창조하는 행위였다.

물성을 지닌 책과 폐지를 맨손으로 꾸리는 작업은 한탸가 '인간임'을 스스로 확인하는 과정이었다. 문장이 자신의 뇌와 혈관에 스며들게 하고, 자신의 상상력과 의지로 새로운 작품을 창조할 수 있었으니까. 폐지 더미 속에서 멋진 책 한 권을 찾아내리라는 희망으로 조기 출근과 2시간의 추가 근무도 삼십오 년 동안 마다하지 않았다. 압축기의 버튼을 번갈아 작동시키며 폐지를 '작품'으로 만드는 일은 그의 삶 자체였다. 연인과의 사랑은 제대로 이루어지지 않았지만, 압축기와 함께하는 작업은 그에게 유일하고 '온전한 러브 스토리'였다. 압축기는 그에게 절대적인 의미를 지닌 삶의 구심점이었고, 세상만사를 통찰하게 해주는 사유의 토대였던 셈이다. 세상만사의 원리가 밀물과 썰물처럼 끊임없이 왕복운동 하는 기계를 통해 이해되었다. 기계 속의 책처럼 존재를 억압하더라도 한탸의 상상력으로 만들어지는 꾸러미처럼, 모든 존재는 고유한 가치를 지닌 채 거듭날 수 있었다. 폐지 압축기는 만물이 거쳐 가는 존재의 나들목이었다.

추방당한 이방인, 새로운 가능성을 선택하다

행복한 삶은 영원하지 않았다. 부브니에 거대한 압축기가 들어선 후, 견고하게 보였던 한탸의 삶은 토대부터 흔들리기 시작했다. 새 압축기를 보러 간 그는 폐지가 지닌 종이의 감촉, 감각적인 매력에 무감한 채 장갑을 끼고 일하는 작업자들에 모욕감을 느꼈다. 문명이 만들어낸 거대한 새 책 더미가 그대로 폐기되는 모습에 안타까워하고, 맥주 대신 우유와 코카콜라를 들이켜는 젊은 일꾼들에 용기마저 잃었다. 휴가나 여가 계획을 이야기하는 젊은 작업자들의 모습에 좌절하기도 했다. 그는 작업량을 채우느라 지난 삼십 오년 간 한 번도 휴가를 즐기지 못했기 때문이다. "나는 보수를 받고 일하는 사람일 뿐이었다"(99)는 독백에는 평생 일해온 자신의 존재 가치가 부정당한 좌절과 체념의 감정이 배어 있다.

거대한 압축기를 보고 온 뒤 사흘 만에 한탸는 새로운 시련과 마주했다. 사회주의 노동당원 청년들이 그의 자리를 차지했기 때문이다. 그의 존재는 기계부품처럼 대체되었다. 이제 평생 일했던 직장을 떠나 백지를 처리하는 인쇄소에서 다시 일을 시작해야 했다. 작업 현장에서는 생산성 향상을 위해 획일적이고 새로운 방식이 도입되었다. 새 일꾼들은 한탸의 압축기로 불과 한 시간에 다섯 꾸러미를 만들어냈다. 청년들을 칭찬하는 소장을 뒤로하고 한탸는 피로감과 굴욕감에 몸이 마비되었다. 새로운 상황과 기계는 그를 배신했고 오랫동안 누렸던 그의 작은 기쁨을 짓밟았다. 그는 스스로 쓸모 있는 인간임을 보여주려 했지만 이내 좌절했다. "나는 새로운 삶에 절대로 적응할 수 없을 것이었다"(106)는 말에서 추방당한 인간의 깊은 좌절감과 극도의 피로감이 느껴진다.

한순간 삶이 뒤바뀐 한탸에게도 변화에 필요한 시간이 주어졌다. 하지만 그는 '비인간적인' 작업 방식을 거부했다. 작업장을 나와 여러 술집을 전전하며 맥주와 럼주를 번갈아 마신 뒤 다시 같은 카페로 돌아왔다. 현실의 중력으로부터 벗어나지 못하고 다시 원점으로 회귀하는 고단한 시시포스의 운명을 떠올리게 한다. 그의 모습은 예수의 이미지에 상응하는 '미래로의 전진', '낙관의 소용돌이' 속으로 뛰어드는 모습이 아니라, 오히려 노자로부터 떠올린 '근원으로의 후퇴', '출구 없는 원' 주변에서 맴도는 인간의 모습과 닮았다. 마침내 한탸는 평생 동고동락했던 압축기 속으로 들어간다. 압축기 속에서 녹색 버튼을 누름으로써 그는 폐지와 하나가 되었다.

"그 무엇도 나를 내 지하실에서 몰아낼 수 없을 것이다."(131) 압축기에 들어간 한탸가 절대 고독 속에서 스스로에게 외치듯 떠올린 이 말이 내게 못 박히듯 들어왔다. 평생 몸담아온 장소와 시간의 역사를 부정당한 존재가 저항하며 홀로 내뱉은 선언이었다. 그는 생산성 향상만을 추구하는 획일적인 시스템의 모순을 민감하게 감지했으며, 나아가 상상력이 사라지고 비인간적으로 변해버린 작업 환경을 거부했던 것이다.

이 지점에서 허먼 멜빌이 창조했던 한 인물, 바틀비가 떠오른다. 비평가들은 멜빌이 〈필경사 바틀비〉에서 합리화된 자본주의 체제가 안고 있는 노동 및 인간 소외의 문제를 다루었다고 말한다. 바틀비는 자신을 고용한 변호사가 지시한 일에 이렇게 대답한다. "안하는 편을 택하겠습니다."(필경사 바틀비, 45) 그리고 사무소에서 일을 시작한지 '사흘' 만에 작업을 거부하며 수동적인 저항을 시작했다. 흐라발의 소설 속 인물, 한탸 역시 새 압축기를 보고 온 뒤 '사흘' 만에 작업장 밖에서 방황하다 작업장으로 돌아와 삶을 마감한다. 바틀비와 한탸가 각자에게 주어진 현실 자체를 거부하고 이에 맞서 죽음을 택했던 상황은 사망한 지 '사흘' 만에 부활한 예수의 행보와 대척점을 이룬다. 여기에서 한탸와 바틀비의 비타협적인 선택이 행위의 단순한 부정은 아니었다. 암묵적으로 혹은 상식적으로 기대되었던 순응하는 현실 자체를 부정하고 무화한 것이다. 두 인물의 저항은 미약하게나마 자본가들 혹은 권력이 만들어 놓은 게임 규칙 자체를 거부한 셈이었다. 이들은 아무도 예상하지 못했던 가능성을 '선택'함으로써, 새로운 차원의 가능성을 긍정하는 상상력마저 보여주었다.

한탸가 새로운 현실에 적응하여 백지를 처리하는 작업장으로 가지 않고, 압축기로 들어가 '삶의 근원으로 후퇴'하기로 한 선택은, 감옥에서 식사를 거부하고 죽음을 기다리는 바틀비의 선택과 접점을 이룬다. 두 인물 모두 사유하는 인간으로서 죽음을 선택했다. 이들의 행위는 상식이 폭력으로 작용하며 존재를 소외시키고 추방하는 현실 자체를 전복하는 새로운 차원의 긍정행위다. 이는 '상반되는 것들에 균형을 부여'하는 주체적 의지의 행위이기도 하다. 한탸가 간파했다는 그리스도의 냉혹한 말 "나는 평화를 주러 온 게 아니라 검을 주러 왔다"(37)는 바로 이 지점을 정조준하고 있다.

정리하자면 두 소설은 인간 존재의 부조리한 상황을 담고 있다. 흐라발과 멜빌은 정치 및 경제 여건의 변화로 추방되고 소외된 인간을 숙고했다. 바틀비와 한탸는 세상이라는 게임의 규칙을 만든 설계자·기득권의 관점에서 볼 때 패배한 존재다. 그럼에도 이들은 이 세계의 규칙과 상식을 거부하고 삶의 본질을 관통하며 흐르는 존재의 가치를 지켜냈다.

한탸는 스스로 선택한 고독을 끝까지 사랑했다. 모든 이가 한탸의 방식을 따를 수는 없을 것이다. 우리는 주어진 현실에서 결코 자유롭지 못하니까. 하지만 메마르고 엄혹한 현실에서도 우리는 각자 자신만의 러브 스토리를, 소박해도 자신만의 예술작품을 계속 만들어갈 수 있는 존재다. 다만, 여기에는 약간의 상상력이 필요할 뿐이다.

나의 온전한 러브 스토리

하준

〈너무 시끄러운 고독〉은 겨우 132쪽에 불과한 짧은 소설이지만 결코 가볍지 않은 소설이다. 책을 압축기에 넣어 농축한 것처럼 그 밀도가 높다. 보후밀 흐라발은 '한탸'라는 한 늙은 남자의 생애를 통해 특이한 서사를 전개한다. 노동자 한탸를 통해 반복적인 노동을 해야 하는 인간, 그리고 노동자를 대신하는 기계의 등장 이후 인간 삶의 방식의 변화를 보여준다. 아울러 책들에 특별한 애정을 보인 한탸를 통해 인간다움의 본질과 실존적 고뇌에 대한 깊은 통찰을 보여준다. 8장으로 구성된 짧은 소설은 이야기가 시작되는 장(章)마다 작가의 개성이 물씬 풍겨난다. 맨부커상 수상자인 줄리언 반스는 작가에 대해 이런 찬사를 보낸다. "보후밀 흐라발은 폭발적인 유머와 고요하면서도 부드러운 디테일을 지닌, 가장 세련된 소설가다. 우리는 흐라발을 읽어야 한다." 체코의 작가 밀란 쿤데라역시 보후밀 흐라발을 일컬어 '우리 시대를 대표하는 체코 최고의 작가'라고 극찬했다.

체코를 대표하는 작가, 보후밀 흐라발

보후밀 흐라발(Bohumil Hrabal, 1914년 출생)은 체코 소설가로 20세기 후반에서 가장 널리 알려지고 가장 개성 있는 작가로 명성을 얻었다. 그는 카렐대학에서 법학을 공부했지만 문학사, 예술, 철학에도 관심이 있어 많은 강의를 듣게 된다. 나치 점령 이후 대학들이 문을 닫은 탓에 1946년에서야 학업을 마칠 수 있었다. 전쟁 중에는 철도원으로 일했다. 코스토믈라티(Kostomlaty)에서의 철도원 생활은 그의 작품에도 반영되어 있다. 보험사 직원, 외판원, 전신 기사 등 다양한 직업을 전전했다. 1949년부터는 클라드노(Kladno)의 제철소에서 막일꾼으로 일한다. 크게 다친 후에 폐지 꾸러미 같은 재활용품 수거하는 일을 하고 나중에는 극장에서 무대 장치 담당하는 일을 한다. 흐라발의 삶에는 밀란 쿤데라처럼 체코의 영욕의 역사가 고스란히 남아있다. 그는 49세(1963년)에 처음 소설을 쓰기 시작했다. 소설가로서는 뒤늦게 등단하게 된 것이다.

그의 삶과 소설을 음미해 보면, '미국 하류 인생의 계관시인' 찰스 부코스키(1920-1994)가 생각난다. 그 또한 뒤늦게 작가로 데뷔했다. 그의 작품은 지극히 솔직하고 인간적이며 모든 서민과 노동자의 삶에 대한 성실한 연민과 동정이 작품 속에는 면면히 흐르고 있다. 보후밀 흐라발의 이 작품도 "자유나 저항 같은 거창한 단어보다 '연민'이라는 단어가 떠오르게 된다."(너무 시끄러운 고독, 141)

흐라발이 폐지 수거의 경험을 통해 본 '무분별한 발전으로 인해 오히려 퇴보하는, 노예화되고 우둔해진 사회에 대한 정치적이며 철학적인 우화'(139)를 〈너무 시끄러운 고독〉에 표현했다면, 부코스키는 우체국 직원으로 10년 넘게 일한 경험을 녹여 불안정한 비정규직 우체국 노동자로서 젊은 시절에 풍요로운 미국 사회의 밑바닥 생활을 신랄하게 풍자했다. 두 작가는 여러모로 비슷한 시기와 변화하는 사회상을 작품으로 녹여 놓았다.

실존적 고민을 하는 나만의 공간

"삼십오 년째 나는 폐지 더미 속에서 일하고 있다. 이 일이야 말로 나의 온전한 러브 스토리다. 삼십오 년째 책과 폐지를 압축하느라 삼십오 년간 활자에 찌든 나는, 그동안 내 손으로 족히 3톤은 압축했을 백과사전들과 흡사한 모습이 되어버렸다."(9)

주인공 한탸가 거주하는 홀레쇼비체 거리. 그곳 삼층에 있는 그의 공간은 책들로 넘쳐난다. 저장실과 창고는 물론 화장실에도 책이 가득하고, 찬장도 마찬가지다. 주방은 창문과 화덕으로 이어지는 통로로만 겨우 다닐 수 있고, 화장실엔 비집고 앉을 자리만 남아있다. 그는 지하 어두운 공간에서 자신의 압축기와 함께 은퇴할 날만을 기다린다. 그에게 독서는 기분 전환이나 소일거리가 아니다. 물론 쉽게 잠들기 위한 방편의 행위도 아니다. 그에게 독서는 반복적인 노동에 지친 삶의 활력소이자 실존적 자각의 토대로 사유하는 삶을 이어나가게 하는 하나의 장엄한 행위였다. 그는 독서와 함께 맥주를 즐겨 마신다. 그가 지난 삼십오 년 동안 마신 맥주의 양이면 올림픽 경기장의 풀이나 잉어 양식장도 가득 채울 수 있다.

책을 좋아하는 이들은 자신의 우주를 조성할 수 있는 자기만의 사유의 공간(서재)을 마련하는 꿈을 갖는다. 그리고 그 사유의 공간을 책으로 채우는 걸 좋아한다. 책을 펼쳐 잉크와 종이 향기를 마시면 심신이 안정된다. 그 공간에 책이 가득하면 사유도 충만해지는 것을 느낀다. 책을 읽었는지 읽지 않았는지는 그리 중요하지 않다. 책을 좋아하는 애서가의 삶은 대부분 사유의 공간에서 이루어진다. 소설 속 주인공 한탸는 진정한 생각들은 바깥에서 온다고 생각하여 자신만의 공간, 지하실에서 책과 함께 스스로 사유를 하고 있었다. 그리고 그 옆에는 피로를 덜어내고 자아의 막대한 소진을 줄이기 위한 맥주가 있었다. 애서가에게 책은 거대한 우주, 사유의 세계를 만들어 준다. 애서가의 일생은 책을 중심으로, 사유의 공간을 중심으로 돌아간다.

나는 아직 서재가 따로 없지만 커다란 책장들을 가지고 있다. 매일 책장에 꽂혀 있는 책들을 마주하며 일상을 보낸다. 지금까지 읽어온 책, 읽어갈 책을 보면 나의 실존적인 삶과 관련된 책들이 상당히 많다.

"만약 한 권의 책에서 자신의 실존적인 삶과 관련된 무언가를 얻고 싶다면, 책을 '해석'하는 것보다 그 책에서 당신이 무슨 '고민'을 발견하느냐가 더 중요하다. 작가의 고민과 작품의 고민, 그리고 당신이 책 속에서 발견한 고민들을 연결시키며 깊이 생각해보라. 즉 해석하지 말고 고민을 발견하라. 그러면

한 권의 책은 당신에게 다른 방식으로 말을 걸어올 것이며, 색다른 전율과 기쁨을 만나게 될 것이다."(네 번째 책상 서랍속의 타자기와 회전목마에 관하여, 43)

한탸 곁에 있는 책들은 시대를 뛰어넘어 변함없이 읽을 만한 가치를 지니는 책들이었다. 일명 고전들이다. 한탸는 고전 속에서 자신에게 질문을 던지며 스스로 사유하는 힘을 길렀다. "나의 생각을 언제나 더 크고 새로운 감탄으로 차오르게 하는 두 가지가 있다. 내 머리 위의 별이 총총한 하늘과 내 마음속에 살아 있는 도덕률이다." 칸트가 말한 '모든 인간을 수단이 아니라 목적으로 대하라'는 도덕법칙을 생각하며, 그는 도덕률을 별이 총총한 하늘만큼 놀랍고 경이로운 것으로 생각했다. 한탸의 공간은 그의 우주이자 삶의 목적이었으며, 자신 및 세상과 대화하는 성스러운 공간이었다. 갈망한다. 나의 책장 역시 한탸의 빛깔로 채워지기를.

사유하는 인간

소설 속의 주인공 한탸는 삼십오 년째 '시시포스의 신화'처럼 폐지를 압축하는 반복된 노동을 지속하고 있다. 되풀이되는 노동 속에서 그는 쥐들과 책과 함께 살아가고 있다. 시시포스가 산 정상에 바위를 올리는 모습처럼 한탸는 반복적으로 압축기의 녹색버튼과 빨간색 버튼을 교대로 누른다. 시시포스는 굴하지 않고 바위를 굴려 산 정상으로 옮기는 의지를 지녔다면, 한탸는 종이 더미에서 구해낸 장서를 읽으며 근본적인 변화의 가능성을 찾겠다는 열망을 지녔다. 반복적으로 해야 하는 일에 대해 부정적인 생각을 가진 이들은 시시포스의 형벌을 끔찍하게 여길지도 모른다. 그런데 과연 그럴까? 의외로 시시포스는 그리 힘들지 않았는지도 모른다. 시시포스는 끊임없이 장서를 읽으며 생각하는 인간으로 변신한 한탸의 모습일 수도 있다. 책들과 폐지 꾸러미가 압축기에 들어가는 모습을 보며 흐뭇해하는 한탸처럼 시시포스도 정상으로 올린 바위가 다시 시원하게 내려가는 모습을 보고 쾌감을 느꼈을 수도 있다. 한탸는 바위를 옮기며 사유하는 시시포스의 모습과 닮았다.

한탸는 부브니에서 엄청난 크기의 수압 압축기 한 대가 자신의 압축기 스무 대 분량의 일을 해낸다는 것을 알았다. 그는 직접 부브니로 향했다. 그는 부브니의 거대한 기계를 보고 온 뒤로 자신의 은퇴 이후의 삶이 무너져 내릴 것으로 생각했다. 부브니의 멈출 줄 모르는 컨베이어 기계(거대한 압축기)에서는 비인간적으로 일을 해치우고 있었다. 인간적이지 않은 비인간적인 일은 무엇일까? 그는 작업 중인 젊은 남녀 노동자의 오렌지색이나 푸른색 장갑을 끼고 노란 미국식 캡을 쓴 특이한 모습, 등 뒤로 가느다란 멜빵이 십자형으로 교차하는 작업복, 천장에선 환풍기가 윙윙대고, 거대한 컨베이어 기계가 무시무시한 힘으로 종이를 짓누르는 광경을 본다. 그는 부브니에서 근대의 종말을 상징적으로 본다. 그는 이 광경에서 그저 '보수를 받고 일하는 사람일 뿐'인 노동자들과 '비인간적인 일'을 보았다.

그럼 '비인간적 일'의 대칭되는 '인간적인 일'은 무엇인가? 브루니의 거대한 기계의 움직임 아래서 노동자들은 생존을 넘어 여행과 여가 활동을 꿈꾸게 되었다. 기계는 유니폼을 입은 쾌활한 노동자들에게 여가시간을 제공했으며 사람들은 컨베이어가 멈춘 휴식시간이면 간식을 꺼내 웃고 떠들었고 근사한 휴가 계획을 짰다. 하지만 한탸는 달랐다. 그는 일을 따라잡느라 가차 없이 추가로 근무하며 하루쯤 쉬는 날이 찾아와도 수당을 받기 위해 일하러 갔다. 그는 보수를 받고 일하는 사람이었다.

"사르트르 양반과 카뮈 양반이, 특히 후자가 멋들어지게 글로 옮겨 놓은 시시포스 콤플렉스는 지난 삼십오 년 동안 내 일상의 몫이었다"(93)

하지만 한탸는 매 꾸러미에서 책을 한 권씩 꺼내 읽었다. 책들은 그를 고대 그리스에 던져놓았고 디오니소스적인 관점에서 세상을 바라보는 안목을 가지게 했다. 책과 함께한 시간은 실존적 고뇌와 예술과 창조, 미의 창출을 꿈꾸는 '인간적인 일'을 하는 사유하는 시간이었다. 한탸는 지식과 진리의 토대로 실존의 해방을 꿈꾸었다. 우리는 한탸가 실존의 해방을 고뇌하는 부분에서 한나 아렌트가 말하는 관조적 활동 및 '정신적인 삶'의 소중함을 발견하게 된다.

너무 시끄러운 고독

이 소설은 시시포스 신화를 모티프로 삼은 듯 지하실에 스스로를 감금한 한 남자의 끝없는 노동과 고뇌를 담고 있다. 코린토스의 왕이었던 시시포스는 정상에 도착하면 굴러떨어지는 돌을 다시 정상에 올려놓아야 하는 영원한 형벌을 받은 인간이다. 그는 굴러서 떨어지는 돌을 보며 다시 내려가 처음부터 다시 올려놓아야 했다. 그 고된 노역을 영원토록 반복해야 했다. 삼십오 년째 주인공 한탸는 폐지 더미 속에서 일하고 있다.

자살, 스스로 자신의 목숨을 끊는 행위에 대해 철학적으로 고민해 보는 것은 실존에 있어 마지막으로 부딪히는 질문이다. "참으로 진지한 철학적 문제는 오직 하나뿐이다. 그것은 바로 자살이다."(시지프 신화, 15) 〈시지프 신화〉에서 카뮈는 세 가지 선택지를 마련했다. 자살하든가, 종교에 의탁하든가, 반항하든가. 첫 번째 선택지인 자살은 해결책이 못 된다. 자살은 부조리 문제를 해결하는 것이 아니라 죽음으로 해소할 뿐이다. 강력하게 저항하거나 부조리를 견뎌내지 못하고 주저앉아 백기 투항해 버리는 것과 다름없다. 이는 죽음으로 도망가는 행위 즉 체념에 불과하다. 두 번째 선택지는 종교에 귀의하는 것이다. 카뮈는 주로 기독교의 신을 이야기하는데, 그에 따르면 자기를 포기하고 신에게 귀의하여 자기를 내맡기는 행위는 역시 부조리를 정면으로 마주하는 것이 아니라 비겁하게 회피하는 한 방법이라고 했다. 마지막 선택은 반항하는 것이다. 카뮈는 반항을 추천한다.

"유일하게 일관성 있는 철학적 태도는 곧 반항이다."(시지프 신화, 82) "그것은 바로 나의 반항, 나의 자유 그리고 나의 열정이다. 오직 의식의 활동을 통해 나는 죽음으로의 초대였던 것을 삶의 법칙으로 바꾸어 놓는다. 그래서 나는 자살을 거부한다."(시지프 신화, 97)

이 소설에서 한탸는 끝내 자신의 압축기 속으로 걸어 들어가 스스로 목숨을 거둔다. 카뮈는 자살로는 부조리의 문제를 해결하지 못한다고 했지만, 한탸는 스스로 죽음을 선택함으로써 프로그레수스 아드 푸투룸(근원으로의 전진)과 레그레수스 아드 오리기넴(미래로의 후퇴)을 선택한 것이다. 세상은 일제히 전진하는가 싶다가도 느닷없이 후퇴하고, 세상사는 절룩거리며 반대 방향으로 기울어진다. 그 덕분에 세상은 절름발이 신세를 면하게 된다. 그에게 있어 자살은 부조리에 대한 반항으로 동시성을 띤 활기찬 왕복운동이다. 삼십오 년째 절망적이고도 시끄러운 세계의 고독 속에서 실존적 해방을 꿈꾼 그가 자살을 선택한 것은 마지막까지 실존적 고뇌를 거듭하다가 결론 내린 '너무 시끄러운 고독'인 것이다.

하늘은 인간적이지 않다

이 소설에는 작가 흐라발이 폐지 꾸리는 인부를 하면서 살았던 시기의 신산스러운 삶의 경험들이 고스란히 녹아있다. 찰스 부코스키가 우체부로 생활하며 직접 겪었던 삶을 〈우체국〉이라는 이야기로 꾸려냈던 것처럼. 소설을 읽다보면 "하늘은 인간적이지 않다"는 말이 빈번히 등장한다.

한탸는 지난날의 추억이 된 사랑을 간직하고 있다. 젊은 시절의 연인이었던 만차는 똥과 관련된 일련의 사건으로 그를 떠났다. 그녀가 그와 헤어진 것은 치욕을 겪고 명예를 지키기 위함이있다. 또 나른 연인 일본카, 그녀는 우연한 계기로 햔타의 집에서 함께 지내게 된 집시 여인이었다. 그녀는 열광이라고는 모르는 여자였으며, 난로에 불을 지펴 자신의 스튜를 끓이고 한탸의 맥주단지를 채우는 것 외에는 아무것도 바라지 않는 여자였다. 그녀가 갑자기 떠났다. 그 이후로 다시는 돌아오지 못했다. 그녀는 마이다네크 혹은 아우슈비츠 수용소의 어느 소각로로 보내어졌다. 하늘은 결코 인간적이지 않다.

한탸에게는 외삼촌이 있었다. 외삼촌은 철도직원이었다. 그는 프라하 근교에 있는 집 정원에 선로 변경 초소를 두고 나무들 사이에 철로를 설치해 한탸에게 길을 열어준 음유시인이기도 하다. 그런 그가 그 선로 변경 초소에서 뇌졸중으로 죽음을 맞이했다. 그가 죽었던 시기는 휴가철이어서 직원들이 모두 숲과 호수로 떠나고 없는 사이였다. 주변에 아무도 없어 7월의 폭염 속에 그의 시신은 보름이나 쓸쓸히 초소에 방치되어 있었다. 외삼촌의 유해를 수습한 한탸는 못에 걸려 있는 철도원 모자를 외삼촌의 머리에 씌우고 외삼촌의 손가락 사이에는 임마누엘 칸트의 아름다운 글귀를 끼워 넣었다. 그렇게 외삼촌을 하늘로 보냈다. 쓸쓸히 시체를 수습하는 사람 역시 하늘보다 인간적이라고는 할 수 없다.

하늘은 인간적이지 않다. 이 발화는 활자에 찌든 한탸가 삼십오 년째 책과 폐지를 압축하면서 배운 지혜이자, 자조 섞인 독백이다. 절망적이면서도 숭고한 아름다운 표현이기도 하다.

"하늘은 인간적이지 않다. 그래도 저 하늘을 넘어서는 무언가가, 연민과 사랑이 분명 존재한다. 오랫동안 내가 잊고 있었고, 내 기억 속에서 완전히 삭제된 그것이."(86)

깊은 울림이 남는다. 오래 망각하고 기억 속에 삭제해 버린 연민과 사랑을 되찾는 일, 그것이 인간적이 되는 길일 게다. 하늘은 결코 인간적이지 않다. 하지만 타인에 대한 연민과 사랑을 포기하지 말자. 삶을 나의 온전한 러브스토리로 만들자. 단, 너무 애쓰지 말 것, 하늘은 인간적이지 않기에.

차라투스트라가 전하는 건강한 삶의 비법

윤영선

　이상하다. 차라투스트라의 말을 듣는 이번 한 주 내내 나의 몸 상태는 최상이다. 몸속 어딘가에서 자꾸만 힘찬 에너지가 솟는 것 같다. 거울을 보니 얼굴 혈색도 좋다. 니체의 〈차라투스트라는 이렇게 말했다〉를 읽으며 내가 받은 인상을 다음 한마디로 표현하고 싶다. "아, 이 책은 훌륭한 섭생의 비법을 안내하는 책이구나!" 이 책이야말로 다른 어떤 명약이나 영양제보다 노년에 이른 나를 더욱 건강하고 활기차게 만들어 준다는 생각이다. 니체철학에 공감해서일까. 차라투스트라의 천둥 같은 소리가 나의 심장을 고동치게 한다. 다음번엔 또 다른 관점에서 읽겠지만 이번만큼은 건강한 삶의 비법에 초점을 맞추어 읽고 싶다. 특별히 와 닿았던 부분을 발췌하고 여기에 제목과 짧은 단상을 붙여본다.

아이가 되라

"아이는 순진무구함이며 망각이고, 새로운 출발, 놀이, 스스로 도는 수레바퀴, 최초의 움직임이며, 성스러운 긍정이 아닌가. 그렇다. 창조라는 유희를 위해서는, 형제들이여, 성스러운 긍정이 필요하다. 이제 정신은 자신의 의지를 원하고 세계를 상실한 자는 이제 자신의 세계를 되찾는다."(차라투스트라는 이렇게 말했다. 민음사, 38)

대부분의 인간은 낙타로 살아간다. 평생 등에 무거운 짐을 지고 인내와 순종의 삶을 살아간다. 이것이 자신의 운명이라 여기며 고통스런 삶을 수용하며 살아간다. 간혹 사자로 살아가는 사람이 있기는 하다. 그는 자유롭게 살기를 원한다. 하지만 아이가 되어 완전한 자기 자신으로 사는 사람은 극히 드물다. 돌아보면, 나의 지난날도 대부분 낙타의 삶이었다. 그러다 50대 초반쯤 되어 나는 "으르렁"거리며 낙타의 삶을 거부하기 시작했다. 그렇게 사자가 되어 내 삶의 자유를 찾아 나갔다. 하지만 아직 멀었다. 한 단계 더 변화되어야 한다. 아이가 되어야 한다. 자유의 정신을 구속하는 모든 것들을 망각하는 아이. 긍정의 수레바퀴를 돌리며 유희하는 아이. 삶의 하루하루를 새롭게 창조하는 긍정의 아이콘으로 거듭나야 한다. 노년은 다시 아이가 되어 살기에 좋은 나이다. 남은 생, 아이로 살자.

몸의 소리에 귀 기울여라

"감각과 정신은 도구이자 장난감에 지나지 않는다. 감각과 정신의 뒤에는 자기(Selbst)가 있다. 자기는 감각의 눈으로 찾고 정신의 귀로 듣는다. 자기는 언제나 듣고 있으며 언제나 찾는다. 그것은 비교하고 강요하고 정복하고 파괴한다. 그것은 지배하며 또한 자아(Ich)의 지배자이기도 하다. 그대의 사상과 감정의 배후에는, 형제여, 강력한 명령자, 알려지지 않은 현자가 있으니, 그 이름이 자기다. 그것은 몸속에 살고 있고, 그것은 그대의 몸이다."(51)

지금까지 나는 누구의 목소리를 들으며 살아왔는가? 자아? 그래, 자아라 불리는 것이다. 하지만 이 자아의 정체란 도대체 무엇인가? 한마디로 그것은 나의 목소리가 아니다. 누군가로부터 주입받은 어떤 것들을 나의 자아라 착각하며 살아왔을 뿐이다. 자아 이전에 자기를 찾아야 한다. 자기야말로 진정한 나의 정체성이다. 자기를 통해 표출되는 감각과 정신에 귀 기울여라. 그것이야말로 진실한 나의 욕망이요 의지다. 그것은 다름 아닌 내 몸이 내는 생명의 소리다. 죽는 날까지 마치 나무속을 흐르는 물의 소리를 듣는 것처럼 몸의 소리에 귀 기울이며 살아야 한다. 여기에 내생의 모든 답이 숨겨져 있다.

웃어라, 웃는 법을 배우라

"우리는 분노함으로써 죽이는 것이 아니라 웃음으로써 죽인다. 자, 이제 중력의 영을 죽이자!"(65)

"얼마나 많은 일이 아직도 가능한가! 그러므로 부디 그대들 자신을 넘어서서 웃는 것을 배우라! 그대들의 마음을 고양시켜라. 그대들 멋지게 춤추는 자들이여. 높게! 더 높게! 그리고 멋지게 웃음 짓는 것도 제발 잊지 마라!"(518)

언제부턴가 나는 웃음이 만병 치유의 묘약임을 알게 되었다. 그래서 자주 입꼬리를 살짝 올리며 활짝 웃는다. 웃으며 나는 쓸데없는 근심걱정과 집착에서 벗어난다. 하지만 나는 정작 웃어야 하는 이유는 잘 몰랐다. 차라투스트라가 그 이유를 가르쳐주었다. 내가 웃어야 하는 이유, 웃는 법을 배워야 하는 진실한 이유는 나로 돌아가기 위해서다. 정신을 구속하고 삶을 노예로 만드는 '중력의 영'에서 벗어나 나라는 존재로 살기 위해서다. 중력의 영을 분노로 물리칠 수는 없다. 오로지 웃음으로서만 가능하다. 수많은 실패를 경험하는 나를 중력의 영이 비웃을 때 나는 분노가 아닌 웃음으로 살짝 무시하며 내 길을 간다. 그럴 때 나는 가볍고 높게 춤추며 내 운명의 주인공이 될 수 있다.

나만의 방식으로 도전하는 전사가 되라

"많은 병사들이 눈에 보이긴 하지만, 나는 많은 전사들을 보고 싶다. 병사들이 걸치고 있는 옷을 사람들은 유니-폼이라고 부른다. 하지만 그들이 그 제복으로 감추고 있는 것이 유니-폼하지는 않기를."(77)

"그러므로 그대들은 순종과 투쟁의 삶을 살도록 하라! 오래 - 산다는 것이 무슨 보람 있는 일인가! 아낌 받기를 원하면서 어찌 전사라 하겠는가!"(79)

오랫동안 나는 남들과 똑같은 유니폼을 걸치고 살아왔다. 남들과 똑같은 생각, 남들과 똑같은 방식으로 살고자 노력했다. 그렇게 사는 것이 안전하다고 생각했다. 남들과 다른 나만의 길을 걸으려면 왠지 불안하고 자신이 없었다. 한마디로 내겐 용기가 부족했다. 차라투스트라가 "인간은 극복되어야 하는 그 무엇"이라고 말했을 때 그것은 더 이상 안주하려는 타성에서 벗어나 위험하지만 진정 자기 자신이 되기를 포기하지 말라는 뜻이다. 나는 남들과 똑같은 옷을 입으며 살 필요가 없다. 자신에게 주어진 운명을 받아들이되 그것을 최선을 다해 자기 것으로 만드는 삶, 이것이야말로 진정 아름다운 삶이 아닌가. 얼마 전 나는 에머슨의 다음 글을 본 적이 있다. "자기 밖에서 자기를 구하지 마라."

자유로운 영혼으로 살아라

"이 인간쓰레기들을 보라! 그들은 부를 끌어 모으지만 그 때문에 점점 더 가난해진다. 그들은 권력을 탐하며, 무엇보다도 권력의 지렛대인 많은 돈을 탐한다. 이 무능한 자들이! ……그들 모두 왕좌에 오르려고 한다. 행복이 왕좌에 앉아 있으리라 생각하는 것. 그것이 그들의 망상이다!"(83)

"위대한 영혼들에게는 아직도 자유로운 삶이 활짝 열려있다. 참으로, 적게 소유한 자는 그만큼 더 적게 지배된다. 찬양할지어다. 소박한 가난을!"(84)

나의 영혼이 힘들고 고달팠던 이유는 무엇일까? 단도직입적으로 남들과 똑같은 것을 가지려 했기 때문이다. 남들처럼 부와 권력과 명예를 탐하는데 혈안이 되었기 때문이다. 그것이 잘 사는 것인 줄 착각했기 때문이다. 하지만 그 착각은 나의 것이 아니었다. 진실로 나의 자기, 내 몸이 욕망한 무엇이 아니었다. 그렇게 나는 점점 더 가난해져갔다. 그렇게 나는 난쟁이가 되었고, 행복은 저 멀리 달아났다. 나에게 삶은 이런 것이라고 강제로 주입하는 중력의 영에게서 벗어나야 한다. 이 모든 속박에서 벗어나 진정 자유로운 사람으로 거듭나야 한다. 결코 껍데기의 편안함을 구하지 마라. 적게 소유함으로써 적게 지배당하는 인간이 되라. 노년은 이를 실천하기에 가장 좋은 나이다.

고독을 두려워하지 말고 즐겨라

"달아나라, 벗이여. 그대의 고독 속으로! 내가 보기에 그대는 위인들이 내는 요란한 소음에 귀먹는가 하면 소인배들의 가시에도 마구 찔리고 있다. 숲과 바위는 그대와 더불어 기품 있게 침묵할 줄 안다. 그대가 사랑하는 나무처럼 되라. 바다 위로 넓은 가지를 펼치고서 말없이 귀 기울이고 있는 나무처럼 되라."(85)

"위대한 일은 모두 시장과 명성을 떠난 곳에서 일어난다. 옛날부터 새로운 가치의 창안자들은 시장과 명성을 떠난 곳에서 살아왔다. 달아나라, 벗이여. 그대의 고독 속으로. 그대는 독파리 떼에게 마구 쏘이고 있다. 달아나라, 사나운 바람이 거세게 불어오는 것을!"(87)

나는 왜 큰 사람이 되지 못했는가? 나는 왜 삶의 보람을 느끼지 못했는가? 사람들 속에서, 시장에서 내 삶을 영위하고자 했기 때문이다. 그들 소리에 주눅 들고 그들의 함성에 파묻혀 나를 잊어버렸기 때문이다. 하지만 여기서는 나만의 위대한 삶은 불가능하다. 그들을 떠나 나만의 고독 속으로 침잠하라. 떠들썩한 사람들 속에서 삶의 안위를 구하지 마라.

거기엔 굴종과 무의미의 삶이 있을 뿐이다. 그들을 떠나 나만의 찬바람 부는 고독 속으로 들어가라. 거기서 환하게 웃으며 높이 도약하라. 고독 속에서 나는 가치를 창조하고 빛난다. 어리석은 자, 약한 자를 위한 약삭빠른 조언에 속지 마라. 고독 속에서 나는 더 건강하고 행복한 삶을 살 수 있다. 노년은 고독을 즐기기에 더없이 좋은 나이다.

창조하는 자, 예술가적 삶을 살아라

"형제들이여, 그대들의 정신과 그대들의 덕으로 하여금 대지의 뜻에 종사케 하라! 만물의 가치는 그대들에 의해 새로이 정립되어야 한다. 그러므로 그대들은 투쟁하는 자가 되어야 한다! 창조하는 자가 되어야 한다!"(134)

"아, 그대 인간들이여, 돌 속에는 하나의 형상이, 내가 바라는 형상들 중에서 가장 뛰어난 형상이 잠들어 있다! 아, 그 형상이 단단하고 흉하기 그지없는 돌 속에서 잠들어 있어야 한단 말인가!"(150)

오랫동안 나는 모방의 삶을 살아왔다. 나보다 더 오래 살았고 더 많이 배웠다는 사람들로부터 받은 가르침에 충실하도록 노력해 왔다. 나는 그게 정답이고 바른 길이라고 생각해 왔다. 그러나 노년에 이른 지금 생각해보니 그것은 반드시 따라야 할 옳은 길은 아니었고, 일종의 사기라는 생각이 들기도 한다. 그 어디에도 나는 없었다. 나는 단지 다른 사람의 삶을 흉내 내며 살아왔을 뿐이었다. 왜 나는 대지에 굳건히 발을 딛고 나의 몸의 소리에 귀 기울이지 않았던가? 무엇이 두려웠던가? 완전한 진리,

보편이란 없다. 오로지 나 자신, 개별적 존재로서의 내가 있을 뿐이다. 그 개별자로서의 내가 나의 삶, 나의 가치를 창조한다. 학자가 아닌 예술가적 삶을 살아라. 디오니소스의 축제를 즐기는 창조의 인간으로 살아라.

삶의 우연을 받아들이고 마음껏 춤추어라

"만물 위에는 우연이라는 하늘, 순진무구함이라는 하늘, 의외라는 하늘, 자유분방함이라는 하늘이 있다. 그것은 참으로 축복일 뿐 결코 모독이 아니다."(293)

"그대는 신성한 우연들을 위한 무도장이며, 신성한 주사위와 주사위 놀이를 하는 자들을 위한 신들의 탁자다! 그것이 내게는 바로 그대의 맑음이다."(294)

'새옹지마'라는 고사성어가 있다. 인생의 결과에 대해 연연할 필요가 없다는 뜻이다. 그것은 단 한 번도 우리의 과제가 된 적이 없다. 그런데 우리는 어떻게 사는가? 좋은 결과가 나오면 무슨 축복이라도 받은 것처럼 들뜨고 나쁜 일이 생기면 하늘의 저주라도 받은 것처럼 침울해한다. 이 얼마나 어리석고 부질없는 짓인가. 우리가 할 일은 삶의 주사위 놀이를 받아들이고 마음껏 그 유희를 즐기는 것뿐이다. 이 우연의 무도장 위에서 내가 살고 싶은 삶을 최대로 펼치며 힘차게 살면 그만이다. 그러므로 내 삶은 언제나 맑음이다. 더 이상 무엇을 바라리. 〈그리스인 조르바〉의 작가 카잔차키스의 묘비에 새겨진 글귀가 생각난다.

"나는 아무 것도 바라지 않는다. 나는 아무 것도 두려워하지 않는다. 나는 자유다."

자립하고, 실패에 굴하지 마라

"고귀한 영혼의 기질은 이렇다. 그러한 영혼은 아무것도 공짜로 얻으려 하지 않으며, 삶에 있어서는 특히 그러하다. 천민의 부류는 공짜로 살려고 한다. 그러나 삶으로부터 내맡김이라는 은혜를 입은 우리 다른 사람들은 언제나 깊이 숙고한다. 그에 대해 어떻게 가장 잘 보답할 수 있는가를! 이렇게 말하는 것은 참으로 고귀하지 않은가. 삶이 우리에게 약속한 것, 그것을 우리는 삶에 대해 지키고자 한다."(353)

"한 사물이 귀한 종에 속하면 속할수록, 그것이 성공할 가능성은 더 적어진다. 그대들, 여기에 있는 차원 높은 인간들이여, 그대들 모두는 실패작이 아닌가? 용기를 내라. 그게 어쨌단 말인가! 얼마나 많은 일이 아직도 가능한가! 마땅히 웃어야 하는 방식으로 그대들 자신을 비웃는 것을 배우라!"(513)

그러므로 남에게 의존하지 마라. 공짜 의식을 버려라. 그것은 천민 의식이다. 어떻게 되었든 내 삶은 온전히 나의 것이다. 그것이 어떤 모습으로 어떤 결과를 초래하든 그런 것에 마음을 빼앗기지 마라. 하늘을 보며 운명을 탓하지 마라. 내 삶의 연주자이고 무용수인 나는 내가 살고 싶은 삶을 연출하고 실행하는 신성한 권리를 부여받았다. 그 이상 더 좋은 축복이 어디 있으랴. 성공이란 말에 현혹되지 말고 실패란 말에 주눅 들지 마라. 중요한 것은 지금 여기서 어떻게 최선을 다하여 사는가이다. 거기엔 무수한 번민과 고뇌가 뒤따른다. 하지만 이 자체가 얼마나 멋진 일인가. 나 스스로 나에게 주어진 삶을 개척하는 것, 이 얼마나 성스러운 일인가. 죽는 날까지 나는 두 발을 단단히 대지에 딛고 앞으로 걸어갈 것이다.

지금 여기의 삶을 사랑하라

"그대들은 신을 사유할 수 있는가? 만물을 인간이 생각할 수 있고, 볼 수 있고, 느낄 수 있는 것으로 변화시키는 것. 그대들은 그것을 진리에의 의지라고 불러야 한다! 그대들은 자신의 감각을 그 궁극까지 사유해야 한다! 그리고 그대들의 세계라고 부르는 것, 그것은 우선 그대들에 의해 창조되어야 한다. … 그러면 그대들은 그대들의 행복에 도달하게 되리라!"(147)

허먼 멜빌이 〈모비딕〉에서 한 말이 생각난다. '신성한 진리라는 것이 과연 존재한다면, 그것은 언제나 변화될 수밖에 없는 것이며 결코 완성될 수 없는 것이다.' 그렇다. 인간 세계에서 완전한 진리란 없다. 내가 살고 싶어 하고 최선을 다해 사는 지금 여기에서의 삶만이 진리다. 멜빌은 행복은 지성이나 상상 속에서가 아니라 우리 신체가 머무는 일상의 자리에 있다고 본다. 아내와 심장, 침대, 식탁, 안장, 난롯가, 정원, 책상, 벤치, 찻잔 등과 같은 것들 말이다. 그는 '표면에 머무르며 사는 능력을 기르라'고 강조한다. 나에게 이 말은 '그러므로 지금 여기, 나에게 주어진 이 삶을 사랑하라'는 말로 들린다. 나에게 주어진 삶, 주어진 운명을 최선을 다해 살아가는 것, 이것이 곧 자신을 사랑하는 사람의 태도가 아닐까.

이런 사람에게는 후회란 있을 수 없다. 행복에 겨운 나는 그저 웃는다.

나 스스로 위버멘쉬가 되어야 하리. 결코 실망하거나 좌절하지 않으리. 차라투스트라의 다음의 말을 가슴에 새기며 살아가리.

"언젠가 나는 것을 배우려는 자는 우선 서고 걷고 달리고 뛰어오르고 기어오르고 춤추는 것을 배워야만 한다. 나는 것을 한꺼번에 배우지는 못하는 법이다!"(346)

내가 춤추는 날은

김향숙

"내가 무슨 죄가 많아서 온몸에 아프지 않은 곳이 없구나! 얼른 죽기나 했으면." 구순을 넘긴 어머님이 읊으시는 단골 트로트다. 그럴 때마다 나는 이렇게 말한다. "어머님, 개똥밭에 굴러도 이승이 낫다고 하잖아요. 이렇게 정신이 맑으신데요. 힘내세요." "매일 이렇게 아픈데 무슨 낙으로 사니?" "오늘은 저와 놀아요. 내일은 도련님이 오신다니 더 즐거운 날이 될 거예요." 두꺼운 책 차라투스트라와 마주하니 시어머님과 주고받던 대화가 떠오른다. 인생의 막바지에서 신체적 고통과 삶의 의지가 꺾인 사람들에게 니체는 어떻게 살 것을 주문했을까?

차라투스트라의 탄생

사람들은 니체를 망치를 든 철학자, 생철학자라고 한다. 그는 당시 사람들에게 깊숙이 뿌리내리고 있는 플라톤의 이원론과 기독교의 목적론을 해부하고 그 형이상학적인 허구를 폭로하였다. 신의 죽음을 선언한 그의 말은 이러한 맥락에서 나온 말이다. 그는 기존의 모든 가치와 그에 따른 노예적 삶의 태도를 비판한다. 그는 상식을 깨는 질문으로 사람들을 당황하게 했다. 니체는 왜 이런 질문을 계속했을까? 그는 인간의 삶이 가여웠다. 세상은 신의 노예들로 넘쳐났고, 그들은 어떻게 살아야 할지를 몰라 방황하고 있었기 때문이다.

니체는 자신의 오랜 철학적 사유를 통해 얻은 깨달음을 〈차라투스트라는 이렇게 말했다〉에 담았다. 이 책은 고대 페르시아 종교 창시자인 '차라투스트라'와의 대화 형식으로 이루어져 있지만 실은 니체 자신의 독백이다. '차라투스트라'는 니체가 창안한 철학적 인물이라고 할 수 있다. 이 책은 차라투스트라의 하산으로 시작된다. 그는 지혜를 전파하기 위해 사람들을 찾아 나선다. 인간들에 대한 실망으로 산에 오르내리기를 거듭한다. 4부로 구성된 책은 인간의 삶을 긍정하는 니체의 철학이 고스란히 담겨 있다.

"보라! 나는 너무 많은 꿀을 모은 꿀벌이 그러하듯 나의 지혜에 싫증이 나 있다. 이제는 그 지혜를 갈구하여 내민 손들이 있어야겠다. 나는 베풀어 주고 싶고 나누어 주고 싶다. 사람들 가운데서 지혜롭다는 자들이 새삼스레 자신들의 어리석음을 가난한 자들이 새삼스레 자신들의 부유함을 기뻐할 때까지."(차라투스트라는 이렇게 말했다. 책세상. 12)

문학적 상징과 은유로 가득한 이 책의 많은 문장들은 단숨에 그 뜻을 헤아리기가 쉽지 않다. 각 부에 제시된 글의 주제를 보면 연관성이 있다고 하나 연결성을 찾아내려면 제법 노력해야 한다. 하지만 그 문학적인 표현과 힘찬 문장들은 필사하고 싶을 정도로 매력적이다. 차라투스트라여, 나 질문을 던지니 그대의 지혜를 나누어주시길.

어떤 사람이 되어야 하는가

니체는 인간의 삶을 광대가 밧줄을 타는 과정에 비유하고 있다. 밧줄은 인생이다. 그곳엔 온갖 위험이 도사리고 있다. 기술적인 문제만으로 해결될 수 없다. 발과 발 사이의 힘 조절과 몸의 균형을 잡을 수 있을 때 건너갈 수 있다. 니체는 이 장면을 통해 균형 잡힌 삶을 살기란 쉽지 않음을 보여준다.

> "나 너희에게 '위버멘쉬'를 가르치노라. 사람은 극복되어야 할 그 무엇이다. 너희는 사람을 극복하기 위해 무엇을 했는가? 지금까지 존재해 온 모든 것들은 그들 이상의 것을 창조해왔다. 그런데도 너희는 이 거대한 밀물을 맞이하여 썰물이 되기를 원하며 사람을 극복하기보다는 오히려 짐승으로 되돌아가려고 하는가?"(16-17)

위버멘쉬(Übermensch)는 초인, 즉 극복하는 자다. 무엇을 극복한다는 것일까? 인간에게 주어진 모든 한계 및 자기 자신을 넘어선다는 의미일 것이다. 한 사람의 우주가 온전하기 위해서는 초인이 되어야 한다고 니체는 말한다. 그는 노력해 보지도 않고 주어진 것을 자유라고 착각하며 주저앉아 있는 사람을 짐승이나 다름없다고 말한다. 차라투스트라의 입을 빌어 니체는 말한다. 사람은 대지처럼 자신을 키우는 흙이 되어야 하며, 어려움을 받아들이고 새로운 것을 생성하는 바다가 되어야 한다고. 그렇다. 사람 하나가 온 우주다. 인간의 나약함과 나태함을 깨우는 정신을 지닌 위버멘쉬는 나의 롤 모델이다.

> "형제들이여, 사자조차 할 수 없는 일을 어떻게 어린아이는 해낼 수 있는가? 왜 강탈을 일삼는 사자는 이제 어린아이가 되어야 하는가? 어린아이는 순진무구요 망각이며, 새로운 시작, 놀이, 제힘으로 돌아가는 바퀴이며 최초의 운동이자 긍정이다."(40)

낙타는 불굴의 정신으로 버티는 정신이고, 사자는 자유를 쟁취하는 용기를 가진 정신이며, 어린아이는 창조의 정신을 가졌다. 우리는 세 가지 인간 유형을 겪으면서 성장한다. 한 단계에 머물러 있지 않아야 한다. 때로는 순환을 거치기도 한다. 현재의 한계를 뛰어넘고 건너갈 때 생기는 힘을 변화라고 한다. 변화는 자유로운 정신을 소유한 자의 몫이다. 자유로운 정신은 주체적인 인간을 잉태한다. 그는 창조적인 삶을 주도할 것이다.

우리가 극복해야 하는 건 무엇인가

흔히 니체를 생철학자라고 부른다. 생(生), 생명, 삶을 거듭 강조하고 있기 때문이다. 그의 철학에 의하면 생명이 있는 곳에서만 의미가 있다. 생명은 한 개체의 고유한 힘이다. 주체적인 삶의 의지다. 세상에는 우리의 의지를 꺾는 일들이 얼마나 많은가.

"오직 생명이 있는 곳, 거기에 의지가 있다. 그러나 나 가르치노라. 그것은 생명에 대한 의지가 아니라 힘에의 의지라는 것을! 생명체에 있어서 많은 것이 생명 그 자체보다 더 높게 평가되고 있다. 그러한 평가를 통해 자신을 주장하는 것, 그것은 힘에의 의지다."(193)

생명은 생존의 의지다. 니체는 이를 힘의 의지라고 했다. 그는 인간의 의지가 과도한 경쟁을 부추기는 것이 아니라 성취감이 되어야 한다고 말한다. 작은 행복이 쌓이면 큰 어려움을 이길 수 있고, 한 번의 기쁨으로도 평생을 살아가는 힘이 될 수 있다. 차라투스트라가 거울을 자주 들여다보았듯이, 나의 눈과 귀를 틀어막는 선과 악, 도덕, 규범, 진리에 갇혀 살고 있는 건 아닌지 자주 점검해 봐야 한다. 나를 속박하는 기존의 가치들을 극복할 때 주체적인 삶을 살 수 있다.

"깨친 사람이라면 적을 사랑할 줄 알 뿐만 아니라 벗을 미워할 줄도 알아야 한다. 영원히 제자로만 머문다면 그것은 선생에 대한 도리가 아니다. 너희는 어찌하여 내가 쓰고 있는 이 월계관을 낚아채려 하지 않는가? 너희는 나를 숭배한다. 그러나 그 숭배가 어느 날 뒤집히기라도 하면 어찌할 것인가? 입상에 깔려 죽는 일이 없도록 조심할 일이다."(130)

우리는 살아가면서 어려움에 부딪힌다. 시험의 실패, 경제적인 부족함, 사랑의 실연 등 희망을 걸었던 것에 절망하기도 한다. 니체는 모든 것을 버리고 미련 없이 떠나라고 한다. 그렇다고 그것을 영원히 잃어버린 건 아니다. 그동안 우리는 실패하지 않을 수 있는 힘을 기를 수 있다. 이

것이 극복이다. 극복은 배움의 길이다. 배움은 생명이 가진 고유의 의지다. 고로 인간은 자신을 극복하는 힘을 타고났다. 자신을 극복하는 것은 진정한 극복이다.

> "죽음을 맞이해서도 너희 정신과 덕이 이 대지를 에워싸고 있는 저녁놀처럼 활활 타오르기를 그렇지 않으면 너희의 죽음은 실패로 끝난 것이리라. 나의 벗, 너희가 나로 인해 이 대지를 더욱 사랑하도록, 나 그렇게 죽고 싶다. 나를 낳아준 대지의 품속으로 돌아가 편히 쉬고 싶다."(119)

죽음에 대한 잠언을 마주하자 시어머님이 생각난다. 그녀의 들판에서는 죽음이란 없다. 꺼져가는 생명도 그녀의 손끝에서는 부활을 꿈꾼다. 식물이 땅을 뚫는 힘, 때로는 껍질을 벗고 나오는 것도 그녀의 능력처럼 느껴진다. 그녀는 농부로서 초인이었다. 정성을 기울인 만큼 결실을 얻을 수 있고 생명은 거짓이 없다는 믿음으로 살아왔다. 씨앗을 뿌릴 때도 한곳에 세 알 이상씩 심었다. 새와 대지와 자신이 나눌 정도로 넉넉한 마음을 담았다. 오직 자신의 능력으로 생명을 주도했으며, 새끼들의 앞가림에도 주저함이 없었다. 그러나 이제는 그녀가 무너지려 한다.

니체는 죽음도 삶의 한 과정이라고 했다. '죽음이 제때에 찾아오도록 하는 것'이 초인의 삶이라고 했다. 나는 초인이 된 농부 앞에서 망설인다. 우주 만물이 변화하듯 생로병사를 겸허히 받아들여야 함을 그녀도 분명 알고 있을 것이다. 자존심 강한 그녀가 타인 앞에서 "얼른 죽고 싶다."라고 말하는 것도 그녀의 정당한 삶의 의지일 것이다. 나 또한 지금 죽음이 온다면 아무렇지도 않을 수 있을까? 답할 수 없다. 자신의 인생은 자신의 것이기 때문이다. 죽음은 우리가 의지해 온 대지를 향해 가는 길이라고 생각하며 받아들이는 연습을 해야 한다. 죽음도 우리가 극복해야 할 과제다.

어떻게 살아야 하는가

삶을 힘들게 하는 것은 무엇인가? 니체는 모두가 마음에서 오는 것이며 이를 극복할 때 삶은 자유로워진다고 한다. 이는 자신의 인생에 대한 책임감일 수도 있다. 그렇다면 우리는 어떻게 살아야 하는가?

"나 가르치노니 자기 자신을 건전하며 건강한 사랑으로써 사랑하는 법을 배워야 한다. 자기 자신을 참고 견디며 쓸데없이 방황하는 일이 없도록 하기 위해 그리고 진정 자기 자신을 사랑하는 법을 배워야 한다는 것은 고작 오늘과 내일을 위한 계명이 아니다. 그것은 오히려 기예 가운데서 가장 섬세하고 교묘하며 궁극적인 그리고 가장 큰 인내를 요구하는 기예인 것이다."(317)

내 안에 있는 상처를 회피해서는 나 자신을 사랑할 수 없다. 나의 적을 제대로 알고 벗어나기 위해 노력해야 한다. 니체는 노력을 방황이라고 했다. 방황하는 과정에서 터득하는 것이 배움이다. 니체는 자신을 사랑하기 위해서는 다양한 훈련을 요구한다. 정신과 신체가 요구하는 것을 배우고 나서야 비로소 내가 누구인지를 알게 된다는 것이다. 나를 알게 되는 배움의 과정이 나를 사랑하는 길이다. 우리는 자신을 사랑하는 삶을 살아야 한다.

"모든 것은 가고, 모든 것은 되돌아온다. 존재의 수레바퀴는 영원히 돌고 돈 다. 모든 것은 죽고, 모든 것은 다시 소생한다. 존재의 세월은 영원히 흐른다. 모든 것은 꺾이고 모든 것은 다시 이어진다. 똑같은 존재의 집이 영원히 지어 진다. 모든 것은 헤어지고 모든 것은 다시 만나 인사를 나눈다. 존재의 반지는 이렇듯 영원히 자신에게 신실하다. 매 순간 존재는 시작된다. 모든 여기를 중 심으로 저기라는 공이 굴러간다. 중심은 어디에나 있다. 영원이라는 오솔길 은 굽어 있다."(359-360)

영원회귀 사상은 니체가 전하고자 하는 메시지다. 우주 만물은 끊임없 이 반복해서 흐르지만 인간의 삶은 한 번뿐이다. 삶은 매 순간 다름을 의 미한다. 초록이 아름다운 이 계절, 봄은 늘 오지만 나의 봄은 해마다 다르 다. 자신부터 변해 있다. 만나는 사람, 장소, 내용이 다르다. 봄은 또 오지 만 올해 같은 나의 봄은 다시없다. 지금 이 순간은 단 한 번뿐이다. 그렇 기에 지금 여기에서 축제처럼 살아야 한다.

삶이 즐겁기 위해서는 건강해야 한다. 니체는 신체를 소중히 여길 것 을 강조했다. 그래야 만이 자기 자신을 명령권자로 만들 수 있다고 한다. 우리는 몸은 무시하고 자아만 중시하는 경향이 있다. 이것은 천국에 가 는 것은 영혼이라는 기독교적 목적론에서 굳어진 것이라고 한다. 결국 우리가 신체를 보호하는 것은 우리의 내면에 귀를 기울이는 것이 된다. 건강한 육체에 건강한 정신이 깃든다는 말을 실감하게 한다.

"나는 사내와 계집이 이러하기를 원한다. 한쪽은 전쟁에 능하고 다른 쪽은 아이를 낳는데 능하되, 머리와 발로 춤추는 데 있어서는 모두 능하기를. 춤 한 번 추지 않은 날은 잃어버린 날로 치자. 그리고 큰 웃음 하나 함께 하지 않는 진리는 모두 거짓으로 간주하자!"(348)

"일체의 그 가운데서 나는 피로 쓴 것만을 사랑한다. 쓰려면 피로 써라, 그러면 너는 피가 곧 넋임을 알게 될 것이다. 다른 사람의 피를 이해한다는 것은 쉬운 일이 아니다. 그래서 나는 게으름을 피워가며 책을 뒤적거리는 자들을 싫어한다. … 피와 잠언으로 글을 쓰는 사람은 그저 읽히기를 바라지 않고 암송되기를 바란다."(63)

참으로 심오한 문학적 표현이다. 어떻게 인간의 삶을 이렇게 아름답게 표현할 수 있을까? 그래서 사람들은 이 책을 철학과 문학의 두물머리라고 말한다. 피로 쓴 글이란 아마 자신의 삶과 혼이 그대로 담긴 글을 말하는 것이리라.

인간의 특성에 충실하면서 즐겁게 춤추듯이 맡은 바 일을 할 수 있다는 건 축복받은 삶이다. 춤춘다는 건 자유로움이며 가벼움이다. 사람마다 신체를 사용하여 표현하는 방법은 다양할 것이다. 내가 춤추는 날은 글을 쓰는 날이다. 신체를 단정히 하고 앉아 부산스럽게 펼쳐진 책 사이로 나의 손과 머리는 피아노 건반을 터치하듯 글을 쓸 것이다. 나의 정신이 춤이 된 내 글들을 웃으면서 불러내고자 한다.

차라투스트라와의 만남은 참으로 긴 여정이었다. 그의 열정적인 가르침에도 불구하고 나는 매번 그의 입술만 쳐다볼 뿐이었다. 그러나 이번에는 '춤추는 날, 웃는 날, 너는 네 인생의 주인공, 지금 여기서 네 삶을 맘껏 사랑하라.'라는 인생 예찬을 조금은 알아들을 수 있었다. 무거운 책이 가벼워졌고 내가 춤추는 날을 만났다.

4부

:
:

마음을 만지는
지혜

마음을 탐구하기 위해 정신분석학을 공부하는 것도 좋다.
명상과 영성의 세계로 여행을 떠날 수도 있다.
온갖 심리학 이론과 임상 사례들을 탐구하는 것도 도움이 된다.
하지만 정작 우리에게 필요한 것은
우리 삶에 직접 적용할 수 있는 마음에 대한 이야기들이다.
우리의 질문은 단순하다.
어떻게 관계를 맺을까?
어떻게 하면 덜 아프고, 상처를 주고받지 않을 수 있을까?
나의 고통과 타인의 상처를 어떻게 어루만질까?
아파하는 사람을 어떻게 도울 수 있을까?
여기 마음 이야기 세 권을 담았다.

정혜신의 〈당신이 옳다〉
문요한의 〈관계를 읽는 시간〉
베셀 반 데어 콜크의 〈몸은 기억한다〉

요즈음 마음이 어떠세요

박순옥

누군가가 "잘 지내시죠?"라고 안부를 물으면, 우리는 으레 별일 없이 잘 지낸다라고 답한다. 특별한 일 없는 일상의 안온함을 의미하는 '별일 없이'는 '나'보다는 나를 둘러싼 환경에 초점이 맞추어져 있어서 내 감정 상태가 어떤지를 잘 살피지는 못한다. 감정은 존재의 핵심이다. 내 가치관, 신념, 견해는 책, 부모, 스승 등 외부적인 영향을 받아서 형성된 것이라 오롯이 내 것이라고 주장하기 어렵다. 감정은 내가 '나'를 느끼는 것이고, 한 존재의 상태를 나타낸다. 지금의 '나'는 삶을 살아오면서 느꼈던 모든 감정의 총체다. 내 감정을 살피는 것은 '나'를 주목하고 내 존재를 깨닫는 일이다.

〈당신이 옳다〉의 저자 정혜신은 30여 년간 정신과 의사로 진료실이 아닌 현장에서 수많은 사람들을 만났다. 저자는 오랜 현장경험과 내공을 바탕으로 실질적으로 도움이 되는 치유법, 적정심리학을 제안한다. 우리는 일상에서 자주 문제에 부딪히고 인간관계에서 오는 갈등으로 힘들어한다. 마음의 고통을 겪고 있는 사람은 자신의 고통을 공감하는 존재가 있는 것만으로 치유를 받는다. 공감은 사람 마음을 구석구석 살펴서 그의 마음이 전체적으로 보이면서 도달하는 깊은 이해이다. 저자는 삶의 고통 속에서 우리 자신을 돕고 가족과 이웃에게 직접적으로 도움을 줄 수 있는 치유가 바로 공감이라고 말한다.

> "엄마는 그러면 안 되지. 내가 왜 그랬는지 물어봐야지. 선생님도 혼내기만 해서 얼마나 속상했는데. 엄마는 나를 위로해 줘야지. 그 애가 먼저 나한테 시비를 걸어서 내가 얼마나 참다가 때렸는데. 엄마도 나보고 잘못했다고 하면 안 되지"(당신이 옳다. 160).

〈당신이 옳다〉는 책 제목에서부터 이미 치유 받는 기분이다. 우리의 마음은 날씨와 같다. 맑은 날도 흐린 날도 있고 어떤 날은 하루에도 몇 번씩 상태가 변한다. 우리가 느끼는 모든 감정들은 모두 그럴만한 이유가 있다(49). 마음이 힘들고 괴로울 때, 우리는 자신의 고통을 누군가 봐주길 바란다. 하지만 정작 가까운 사람조차 내 마음을 이해하지 못해서 더욱 외로움을 느끼기도 한다. "당신이 옳다"는 당신의 마음을 지지한다는 뜻이다. 허기진 마음을 달래주는 소박한 집밥과 같은 치유가 진심이 담긴 말 한마디에서 시작한다.

삶이 막막할 때 나조차 나를 수용하지 못하는 경우가 많다. 내 감정에 대해 믿음과 지지는 심리적 안정감을 준다. 내 감정이 잘못되지 않았다는 안심이 있어야 자신의 상황과 감정을 이성적으로 볼 수 있다. 공감은 한 사람의 존재 자체, 그 사람이 살아오면서 애쓴 시간과 마음씀에 대한 반응이다(142). 누군가의 공감은 한 사람의 존재를 수용하는 일이다.

'나'에 대한 공감이 먼저

우리는 개별적 존재다. 사람과 사람 사이에는 경계가 있다. 개인이 살아온 환경, 인간관계 등 개인적 맥락이 모두 다르기에, 각자의 경계를 인정하고 존중해야 서로에게 힘이 되는 관계가 된다. 또한, 관계가 유지되려면 그 관계가 기쁨과 즐거움, 배움과 성숙, 성찰의 기회이어야 한다(203). 공감은 누가 이야기할 때 잘 들어주고 긍정해 주는 것으로 생각하지만 이건 감정노동(117)이다. 타인을 공감하기 위해 '나'를 희생해서는 안 된다. 공감은 '나와 너 모두에 대한 공감(192)'을 의미하며, '나' 자신을 먼저 공감하는 사람이 '너'를 공감할 수 있다. 공감자는 자기에 대한 감각이 살아 있는 사람이다(229). '나'에게 집중하고 '나'의 마음을 살피는 사람이 공감자가 될 수 있고, 타인의 마음도 공감할 수 있다.

배우고 익히는 공감

섣부른 위로는 마음의 고통을 겪는 사람에게 상처를 줄 수 있다. 세상에는 배워야 하는 고통, 배워야 공감할 수 있는 고통이 많다(125). 누군가 고민을 이야기했을 때 우리이 언어는 뭐라 말해야 할지 몰라서 방황한다. 그리고 뭐라도 해야 할 것 같아서 충고나 조언, 평가나 판단(충조평판)을 한다. 충조평판은 고통에 빠진 사람의 고통은 제거하고 상황만 인식할 때 나오는 말이다(106). 우리는 상대방이 겪은 고통의 상황이 아니라 고통을 겪은 그의 마음에 주목해야 한다. "지금 네 마음이 어떤 거니?"(107). 다정한 시선으로 우선 그의 마음을 물어야 한다. 공감은 제대로 알고 이해했을 때 절로 일어날 수 있다.

공감, 삶을 살아가는 동력

마음의 고통이 심해지면 존재 자체가 위협을 느낀다. 정확한 공감은 응급상황에서 한 사람의 생명을 구하는 심리적 CPR(심폐소생술)이다(110). '나'의 존재가 사라지려는 순간에 '나'와 '나'의 이야기에 주목해 주는 한 사람은 '나'를 다시 숨 쉴 수 있게 한다. 한 사람과의 연결은 이 세상과 다시 연결되고 삶을 다시 살아갈 수 있는 힘이 된다. "아무리 힘든 일이 있어도 그게 끝이 아니구나. 해결하고 벗어날 수 있는 거구나. 엄마는 언제나 내 편이구나"(309). 삶의 고비에서 '내편인증'이 있으면, 한 사람의 일상이 회복되고, 삶을 더욱 단단하게 살아갈 수 있게 한다.

내가 아는 '공감'은 타인을 위한 공감이었고, 타인에게 받는 공감이었다. 누구나 '나'의 존재를 인정받고 싶다. '나'의 존재를 주목해 주고, '나'의 감정을 살피는 한 사람이 있다면 '나'는 참 행복한 사람이다. 지금껏 나는 든든한 지원군을 밖에서 찾고 있었다. '나'의 상황과 '나'의 감정을 잘 이해하고 공감할 수 있는 공감자는 바로 나 자신이다. 우리는 먼저 '나'에게 주목하고 존재의 안부를 물어야 한다. 요즈음 마음이 어떠세요?

가장 강한 치유의 힘, 공감

송은영

나 아닌 다른 이를 이해한다는 건 어떤 것일까. 우리는 보통 한 사람이 자라난 환경과 걸어온 길을 보고 이런 사람이겠구나 하는 대략적인 틀로 그 사람을 파악하려 한다. 하지만 사람은 각자가 유일한 존재다. 어떤 범주에 넣어 이해할 수 있는 존재가 아니다. 타인을 어떻게 이해하면 좋을까. 정혜신은 〈당신이 옳다〉에서 공감을 통해 다른 사람을 이해할 수 있다고 말한다. 공감(共感), 한자 그대로 풀어보면 감정을 함께 한다는 뜻이다. 상대의 감정을 그와 같은 방향에서 봐주는 것, 이것이 이해의 시작이자 치유의 시작이다. 저자가 책에서 말한 감정과 공감하는 방법 그리고 적정심리학을 살펴보자.

한 사람의 핵심은 감정

"경력이나 그가 속한 집단의 특성으로 한 사람을 미루어 짐작하고 규정하는 것은 집단 사고다. … 집단 사고는 유일성이나 개별성 같은 한 존재의 심리적 S라인을 두루뭉술하게 지워버린다. … 집단 사고로 '그'에 도달할 수 없는 것

은 당연하다. 그럼에도 사람들은 집단 사고로 상대를 파악하고 대우한다."(당신이 옳다, 247)

"여러 유형론의 틀 앞에서 '모든 인간은 유일하고 개별적인 존재'라는 명제는 초라하고 부질없는 말처럼 들린다. … 사람을 어느 특정 유형으로 바라보는 일반화의 시선은 그가 어떤 존재인지를 모르게 한다. 그 시선으로는 절대 개별적 존재의 그를 만날 수 없다."(253)

약력을 통해 그 사람을 얼마나 잘 알 수 있을까. 타이틀, 겉모습만 알 수 있을 뿐이다. 저자는 어떤 설명이 필요 없을 정도로 알려지기도 했지만, 과거의 행적보다 이 책 속의 말과 행동으로 그녀가 어떤 사람인지를 알 수 있다. 그녀의 약력을 몰라도 책을 읽으면서 그녀를 느낄 수 있는 건 진심과 감정이 느껴지기 때문이다. 정혜신은 바로 이 감정이야말로 한 사람의 모든 것을 담고 있는 정수라고 말한다.

"한 사람이 제대로 살기 위해 반드시 있어야 할 스펙이 감정이다. 감정은 존재의 핵심이다. 한 사람의 가치관이나 성향, 취향 등은 그 존재가 누구인지 알려주는 중요한 구성 요소들이지만 그것들은 존재의 주변을 둘러싼 외곽 요소들에 불과하다. 핵심은 감정이다. … 내 감정은 오로지 '나'다. 그래서 감정이 소거된 존재는 나가 아니다. 희로애락이 차단된 삶이란 이미 나에게서 많이 멀어진 삶이다."(57)

한 인간을 둘러싼 껍질을 뚫고 들어가면 그 안에는 감정이 있다. 그것이 다른 사람과 구별되는 본질이다. 하지만 이 사회는 감정을 그런 식으로 보아오지 않았다. 감정을 미성숙함의 표현으로 보고 이성으로 통제 가능한 것으로 여겼다. 긍정적인 감정만 수용하고 부정적인 감정은 무시하고 억누르려 했다. 지금 이 사회는 아픈 사람들이 넘쳐난다. 우리나라 자살률은 2019년 기준 OECD 국가 1위다. 우리는 심리적으로 위급한 사회에 사는 것이다. 저자는 공감을 통해 심리적 심폐소생술(CPR)이 가능하다고 한다.

공감은 심리적 CPR

"심각한 내 고통을 드러냈을 때 바로 그 마음과 바로 그 상황에 깊이 주목하고 물어봐 준다면 위로와 치유는 이미 시작된다. 무엇을 묻느냐가 아니고 나에게 집중하고 나의 마음을 궁금해 하는 사람이 존재하는 것 자체가 치유이기 때문이다."(80)

"자기 존재와 그 느낌을 만나고 공감 받은 사람은 특별한 가르침이 없어도 자신에게 필요한 깨달음과 길을 알아서 찾게 된다. 그것이 정확한 공감의 놀라운 힘이다."(149)

인간이란 존재의 핵심이 감정이기에 그 감정을 인정받아야 심리적으로 살아날 수 있다. 이것이 〈당신이 옳다〉의 핵심이다. 하지만 우리는 공감을 머리로 알뿐 마음으로 하는 방법은 잘 모른다. 저자는 전문가들도 마찬가지라고 자신도 그랬다고 고백한다. 다행히 공감은 타고나는 것이 아니라 배우는 것으로 누구나 익힐 수 있다고 한다. 상대방의 감정에 집중해서 내 감정을 전하는 것이 시작이다. 그리고 그 감정을 제대로 알 수 있을 때까지 물으면 된다.

"잘 모르면 우선 찬찬히 물어야 한다. 내가 모르고 있다는 것을 인정해야 시작되는 과정이 공감이다. 제대로 알고 이해할 수 있을 때까지 조심스럽게 물어야 공감할 수 있다. 그래서 공감은 가장 입체적이고 총체적인 파악인 동시에 상대에 대한 이해이고 앎이다."(127)

"공감은 내 생각, 내 마음도 있지만 상대의 생각과 마음도 있다는 전제하에 시작한다. 상대방이 깊숙이 있는 자기 마음을 꺼내기 전엔 그의 생각과 마음을 나는 알 수 없다는 데서 시작하는 것이 관계의 시작이고 공감의 바탕이다."(269)

집밥 같은 적정심리학

저자는 여러 사례를 통해 공감의 방법을 알려준다. 자기라면 이런 말을 했을 거라고 보여준다. 그녀는 학교와 병원 안에서보다 트라우마가 가득한 현장에서 이런 방법들을 얻게 되었다. 정혜신은 이것을 적정심리학이라고 부른다. 적정이란 적정기술에서 가져온 개념이다. 과학기술이 발달한 시대에 간단한 기술이 없어 인간다운 삶을 살지 못하는 이들을 위해 생겨난 기술. 그런 적정기술처럼 전문적인 지식이 없어도 실전에서 쓰일 수 있는 소박한 심리학, 집밥 같은 심리학이 바로 적정심리학이다.

이것으로 우리는 자신의 감정을 돌보고 가족과 이웃도 도울 수 있다.

"'경계'를 품은 공감, 그 입체적인 공감은 집밥 같은 치유, 적정심리학의 핵이다. 잘 모르고 보면 '어, 저걸 가지고 뭘 할 수 있단 말이야'라고 할 수도 있지만 공감의 위력은 어떤 힘보다 강하다. 이것은 부유하든 가난하든, 강자든 약자든, 많이 배웠든 못 배웠든, 노인이든 아이든 누구에게나 적용된다. 공감이 뭔지 제대로 알게 되면 종이로 접은 새가 비둘기가 되어 날아가는 마술을 마음에서 경험하게 될 것이다."(27)

〈당신이 옳다〉가 책의 제목인 이유는 공감의 표현 중 하나라도 확실히 알려주고 싶어서일 것이다. 저자가 책에서 말한 감정, 공감, 적정심리학에 대한 어떤 설명보다 중요한 것은 표현 방법이기 때문이다. 하지만 생각과 말을 전하기란 쉽지 않다. 이 책의 영감자 이명수가 집에 두고 몇 번을 봐야 한다고 말한 이유다. 정혜신은 우리의 삶은 고통 그 자체고 인간은 본질적으로 우울한 존재라고 말한다. 이런 인생의 파도를 헤쳐 나가려면 기술 습득은 필수 아닐까. 오늘도 "당신이 옳다!"를 되뇌어 본다.

오티움에 이르는 여정의 시작

김성보

"인간의 고민은 전부 인간관계에서 오는 고민이다."

심리학자 알프레드 아들러의 말이다. 정신과 의사인 저자는 '사람은 사람으로 태어나는 것이 아니라 일생을 통해 사람으로 되어간다'고 본다. 그렇기에 사람의 변화와 발전 가능성에 주목한다. 저자는 2004년부터 이 시대 심리학의 과제는 고통의 치유를 넘어 '마음의 수양'과 '삶의 성장'에 있다고 보고, 정신과 임상의의 관점에서 벗어나 성장심리학자로서 글을 쓰고 상담을 하고 있다.

〈관계를 읽는 시간〉의 저자 문요한은 인간관계에서 비롯된 어려움과 내면을 치료하는 의사로 살아왔다. 그럼에도 불구하고 자기 자신에게도 '인간관계는 늘 어려웠다'고 고백한다. 저자는 인간관계에는 틀이 있다고 말한다. 관계틀이 그것이다. 어린 시절에 만들어진 '아이-어른'의 관계에서 만들어진 관계틀을 어른이 되어서는 '어른-어른'의 관계틀로 바꿔야 한다고 강조한다. 어른인 사람의 인간관계가 계속 힘들다면 반드시 관계의 틀을 살펴보아야 한다는 것이다. 그 이유는 우리는 자신도 모르게 어린 시절의 관계방식으로 오늘의 관계를 맺고 있기 때문이다.

바운더리, 상생하는 관계의 열쇠

저자는 '바운더리(boundary)'라는 개념을 통해 인간관계의 문제 진단과 해법에 접근하고 있다. 이를 위해 '바운더리'를 과거의 관계틀을 이해하고, 어른의 관계틀로 바꾸는데 효과적인 도구로써 소개하고 여러 임상 사례들을 근거로 제시한다. 저자가 말하는 바운더리는 인간관계에서 '나'와 '나 아닌 것'을 구분하게 하는 자아의 경계이자, 관계의 교류가 일어나는 통로가 된다(관계를 읽는 시간, 11). 자아의 진짜 모습은 혼자 있을 때가 아니라 관계 안에서 바운더리라는 형태로 그 실체를 드러낸다. 이 바운더리의 핵심 기능은 보호와 교류다. 보호와 교류의 기능이 잘 작동하는 사람은 굳이 거리를 두려고 애쓰지 않고 자신을 속이거나 희생하며 인간관계를 맺지도 않고 자신을 돌보면서도 친밀해질 수 있고, 좋은 것은 받아들이고 해로운 것은 내보낼 수 있다고 한다. 저자가 말하는 바운더리 심리학을 들어보자.

"바운더리 심리학은 … 당신의 관계를 재구성 하는 변화의 심리학이다. 나는 당신이 자신을 돌보면서 상대와 친해지고, 당신이 당신의 모습으로 살아가려는 것처럼 상대를 상대의 모습으로 살아가도록 존중하고, 갈등을 피하기보다 갈등을 풀어갈 줄 알고, 상대를 염두에 두되 원치 않는 것은 거절하고 원하는 것은 구체적으로 표현하는 사람으로 변화하기를 바라며 이 책을

썼다."(12)

바운더리를 건강하게 세우는 여정

1부에서 저자는 정신과 의사로서 상담사례를 통해서 바운더리에 대해서 말한다. 바운더리는 '인간관계에서 나타나는 자아와 대상과의 경계이자 통로'를 말한다(63). '나'와 '상대'로 구분하는 경계를 말한다. 바운더리는 자신을 보호할 만큼 충분히 튼튼하되, 동시에 다른 사람들과 친밀하게 교류할 수 있을 만큼 개방적이어야 한다고 한다. 바운더리의 기능은 '자타식별', '자기보호', '상호교류', 그리고 '자기표현' 등으로 소개한다. 바운더리가 만들어지는 과정을 충분히 이해하기 위해서는 '대상항상성', '애착손상' 개념을 명확하게 이해할 필요가 있다.

2부에서는 바운더리에 문제가 생기면 어떤 일이 일어나는지 구체적으로 살펴본다. 역기능적 관계 양상을 네 유형으로 구분하여 이들의 심리상태 이해를 시도한다. 저자는 관계교류를 X축, 자아분화를 Y축으로 하여 시각적으로 보여준다. 이 유형 모델은 바운더리가 건강한 사람을 중심에 두고 순응형(누군가와 불편해지는 건 너무 싫어), 돌봄형(네가 기뻐야 나도 기뻐), 방어형(나한테 신경 좀 쓰지마), 지배형(자기밖에 모르는 사람들)으로 구분한다. 이는 독자에게 자기 자신을 살펴볼 수 있는 명료한 분석의 틀을 제시하는 점에서 가치가 있다고 할 수 있다. 하지만 해결이 필요한 증상을 네 가지 유형으로 단순화 또는 일반화하는 것은 한계가 있다는 생각이 들기도 한다.

3부에서 저자는 진정한 인간관계란 '나도 좋고 너도 좋은 관계를 맺고 유지하는 능력'으로 좋은 관계를 위해서는 건강한 바운더리의 다섯 가지 기능이 잘 작동해야 한다고 한다(172). 다섯 가지 기능은 1) 관계 조절 능력, 2) 상호존중감, 3) 상대의 마음과 함께 자신의 마음을 헤아리는 것, 4) 높은 갈등회복력, 5) 자신을 솔직하게 표현하는 것을 소개한다. 앞서 2부에서 소개한 네 가지 유형에 대한 치유와 회복을 위해 필요한 것들이다.

　4부에서는 바운더리를 건강하게 재구조화하기 위해 시도해 볼 수 있는 방법들을 제안한다. 관계의 역사 이해하기(16장), 애착손상 치유 연습(17장), 자기표현 훈련 P.A.C.E(18장), '아니오' 연습(19장), '자기 세계' 만들기(20)로 마친다. 이 가운데 18장을 살펴보면 바운더리를 건강하게 다시 세운다는 것은 '나도 존중하고 상대도 존중하는 상호존중의 태도'로 인간관계를 맺는 것이라 한다(267). 이것을 위해 Pause(멈춤) - Awareness(자각) - Control(조절) - Expression(표현) 네 단계 훈련을 정의한다. 먼저 자동적인 반응을 멈추고, 다음으로 감정과 욕구, 책임을 자각하고, 그다음으로 안팎의 상황을 파악하고, 마지막으로 솔직하지만 절제된 표현을 하는 훈련을 제안한다.

　정신과 의사들의 책을 읽다보면 환자들의 이야기가 예외 없이 소개된다. 환자들의 이야기를 읽다보면 어느새 읽는 나 역시 그 환자들과 크게 다르지 않다는 생각을 하게 되고, 나 자신의 증상을 사례에 비춰 분석해보고 원인과 대안을 찾고 있는 모습을 발견하게 된다. 그때마다 필요한 것은 나라는 사람을 제대로 진단하고 새롭게 만들어줄 수 있는 비법과 같은 내용에 절실한 마음을 갖게 된다.

나의 오티움을 향하여

이 책은 건강한 바운더리를 다시 세우는 관계 연습을 소개한다. 예외 없이 나라는 사람의 삶과 생각도 그 틀에서 드러나게 된다. 네 가지 유형 가운데 어느 한 유형에 꼭 들어맞는다 하기 보다는 어떤 것에는 약간, 어떤 것에는 많이 포함되어 있는 것이 내 모습이었다. 자기를 돌아보기 원하는 사람들에게는 효과적인 진단 도구를 제공한다. 이 책을 읽고 이 도구를 사용한 이는 예외 없이 적잖은 기쁨을 얻게 될 것이다.

인간관계는 내 생각대로 되지 않는다. 서로 엇갈리고 빗나간다. 그래서 인간관계는 언제나 어렵다. 많은 사람들이 취미로 바둑을 둔다. 그 가운데 실력이 향상되는 사람은 많지 않으나 실력이 향상되고 성장하는 사람에게는 특징이 있다. 그런 사람에게 예외 없이 있는 것이 복기하는 습관이다. 자신의 바둑을 살펴보고 왜 돌을 거기에 두었으며 그 결과가 어떠했는지를 평가하는 일이다. 복기에는 아픔이 따른다. 하지만 복기 과정을 통해서 나아갈 수 있다. 인간관계 역시 다르지 않다. 복기하는 과정을 통해서 상처와 아픔에서 회복하고 더 멀리 나아갈 수 있다.

나에게도 지난 시간들은 그러한 노력의 반복이었다. 그리고 이제는 복기를 거의 끝낸 지점에 서 있다. 복기는 앞으로도 계속될 것이다. 나는 일을 좋아했다. 일은 언제나 피곤마저도 해결해 주는 청량제, 영양제와도 같았다. 그러한 일을 손에서 놓고 나니 인간관계도 대부분 유통기한이 있다는 말이 실감이 났다. 세월이 약이라는 말도 조금은 알 것 같다. 앞으로 나에게 필요한 것은 또 무엇일까 생각해왔다.

저자는 20장에서 '건강한 자기세계를 만들라'고 제안하며 '오티움(Otium)'을 소개한다. 오티움은 '영혼을 기쁘게 하는 능동적인 여가'를 말한다. 일이 내 영혼을 기쁘게 해주는 것이라면 굳이 오티움이 필요 없겠지만 그렇지 못하다면 우리는 오티움을 발견해야 한다고 한다(316). 오티움이 깊어지면 자기만의 색깔과 향기를 갖게 되어 주위의 관심을 끌게 되고, 서로의 관심사를 공유하고 공통의 경험 안에 머무를 때, 우리는 서로에게 좋은 인간관계를 맺을 수 있다고 한다. 자기 세계를 세우고 그곳을 통해 걸어 나갈 때 우리는 자아와 관계의 균형을 맞춰갈 수 있다(317).

지금 나의 오티움은 어떠한가? 나에게는 간서치 친구들이 있다. 나이는 30대부터 60대까지 다양하다. 기업, 언론, 출판, 학생으로 구성되었고 읽는 취향도, 미술, 과학, 자기계발, 법률, 역사 등 다양하다. 우리는 만나면 막걸리부터 시작해서 그 집의 종류별 술과 메뉴를 싹쓸이 하기도 한다. 하지만 마지막에는 모두가 휴대폰을 들고 말한다. 지난 3개월 동안 읽은 책 가운데 다른 사람에게 추천할 수 있는 좋은 책 3권을 소개하라고, 소개된 책을 정리하면 20권이 훌쩍 넘는다. 오로지 책 읽기를 좋아하기 때문에 만난다. 다른 이해관계는 없다. 만약 책 읽기를 더 이상 좋아하지 않는다면 그때는 각자 자기의 길을 가겠지만 이 여정을 오티움으로 삼아 계속하며 새로운 것을 찾아 출발하고자 한다.

오티움을 찾아 새롭게 여정을 시작하려는 사람들에게 일독을 권한다. 이 책이 등불이 되어줄 것이다.

나와 너 사이에서 춤추는
하늘 바람과 별과 시

이영미

〈관계를 읽는 시간〉은 서울의 옛 동네 서교동에 그 둥지를 틀고 있는 학습공동체 '대안연구공동체(CAS)'의 '100권 서평쓰기'에 당당히 선정된 책이다. 처음 대안연구공동체의 '100권 서평쓰기' 목록에서 이 책을 발견하고 의외라고 생각했다. 책의 구성이나 내용의 전개가 시중에 나와 있는 자기계발류에서 흔히 볼 수 있는 전형성을 고스란히 가지고 있었기 때문이다. 어떤 문구에는 친절하게도 강조라도 하는 듯 컬러 밑줄을 그어 놓았기도 했다. 각 챕터 별로 마지막 쪽에는 번호를 매긴 단계별 요약본까지 제공하고 있다. 주로 동서양 고전과 인문학 저서 위주로 구성된 100권의 리스트에 대중서에 해당되는 이 책이 들어간 이유가 궁금해졌다.

이 책은 총 4부 20장으로 구성되어 있다. 각 부당, 5장을 균등하게 배치하여 균형감이 있다. 기획 단계부터 아주 정밀하게 계산된 것이라는 감이 온다.

전체적으로 1, 2부에서 문제를 제기하고 3-5부에 걸쳐 해법을 제시하고 있다. 1부에서는 바운더리의 개념과 기능에 대해 설명하고, 독자가 스스로의 인간관계를 생각해 보도록 다양한 사례를 보여준다. 2부에서는 바운더리의 4개 유형, 순응형·돌봄형·방어형·지배형에 대한 각각의 관계방식과 문제를 다양한 사례를 통해 풀어나가고 있다.

3부에서는 행복한 관계의 조건으로 건강한 바운더리를 위한 다섯 가지 필수조건을 제시하고 있다. 관계의 깊이를 조절하는 관계조절력, 어울리되 기계적 대칭성에 갇히지 않게 하는 상호존중감, 상대의 마음뿐 아니라 내 마음을 헤아리는 공감력, 갈등을 피하는 것보다 더 중요한 갈등회복력, 그리고 솔직한 자기 표현력이다.

4부에서는 자기계발서의 백미인 비법전수를 하고 있다. 현재 어떤 바운더리의 상태이던지 행하기만 하면 건강한 바운더리로 바꿀 수 있는 비법을 제시한다. 관계의 역사 이해, 애착손상 치유 연습, 자기표현 훈련 P.A.C.E, '아니오' 연습, '자기세계' 만들기, '오티움'이다.

너와 나 사이, 바운더리 세우기

관계를 읽을 때 가장 먼저 해야 할 일은 나의 바운더리를 공고히 하는 것이다. 그러면 바운더리란 무엇인가? 저자는 '인간관계에서 나타나는 자아와 대상과의 경계이자 통로'라고 말한다. 그리고 가장 건강한 상태의 바운더리에 대해 이렇게 설명하고 있다.

"바운더리는 자신을 보호할 만큼 충분히 튼튼하되 동시에 다른 사람들과 친밀하게 교류할 수 있을 만큼 개방적이어야 한다."(관계를 읽는 시간, 62).

바운더리는 나와 너를 구분하는 경계이다. 우리들은 흔히 내 생각이라고 생각했지만 실은 다른 사람의 생각이거나 내 욕구인 줄 알았는데 내 욕구가 아니라 내가 사랑하는 사람이 내게 기대하는 욕구였음을 깨닫게 되는 경우가 있다. 적절한 경계선을 설정하는 것이 나의 정체성과 자유의지를 보호하는 가장 효과적인 방법이다. 이때 회피의 방어기제를 경계하고 피할 수 없는 '외로움'의 옵션은 수용할 수 있어야 한다.

"함께 있되 거리를 두라. 그래서 하늘 바람이 너희 사이에서 춤추게 하라."(7)

저자 문요한이 프롤로그에 인용한 칼릴 지브란의 시(詩)의 한 구절이다. 저자는 자신의 주장을 전개하기 위해 대상관계론 등의 심리학 이론과 함께 책 곳곳에서 시(詩)를 절묘하게 어우른다. 어려웠던 자신의 인간관계 경험 속에서 한때의 해법으로 찾았던 '상대와 일정한 거리를 두는 것'에 빗대어 들려주고 있다.

정신과 의사가 되어서 이것이 '회피'의 다른 이름이라는 것을 알게 되었다는 자조 섞인 고백을 하고 있지만, 책의 말미에서 말하는 성숙한 인간관계를 위한 자아확장의 경지에 이르기 위해 꼭 넘어서야만 했던 어떤 문턱이 아니었을까? 하늘 바람은 너와 나의 바운더리를 넘나들 수 있는 연결고리 같은 것이 아닐까 하는 생각이 든다.

저자는 바운더리의 효용성을 주장하면서 독자들에게 끊임없는 이분법적 변주를 들려준다. 건강한-불건강한, 과분화-미분화, 분리-연결 등으로. 그러나 이것은 어느 순간 연결과 통합의 조화를 보여준다. 이때 '변화'가 구현된다. 자아의 성장이라는 '미성숙한 희미함'의 혼란을 끝내 품어내며 결국은 '성숙한 희미함'으로 올라서는, 가장 '나다운 나'로 서게 되는 순간, 그때 비로소 우리는 누군가와 함께 하는 관계의 진정한 기쁨을 알게 된다.

이쯤에서 이런 궁금증이 생기지 않는가? 적절한 거리란 어느 정도의 간격을 말하는 걸까? '하늘 바람'이란 무엇을 말하는 걸까? 그리고 왜 춤춘다는 표현을 가져왔을까? 무엇보다 가장 궁금증을 자아냈던 것은 이것인데, 왜 관계를 읽는다고 말하고 있을까? 마음속에 떠오른 질문들을 안고 책을 읽어나가기 시작했다.

저자 문요한은 정신과 의사이자 작가이다. 의사 문요한은 이제 더 이상 환자진료를 하지 않는다. 대신 원하는 사람에 한해 상담을 하고 있다. 현재는 심리학 학문공동체 정신경영아카데미(심학원) 대표이다. '의사'보다는 '자기 돌봄'을 주 연구주제로 삼고 있는 '성장심리학자'로 불리길 원하는 것 같다. '변화경영'의 대가 故구본형 소장의 제자들 중 한 분이라 남다른 관심을 가지고 이 책을 읽기 시작했다. 그래서인지 글에서 변화와 성장의 가능성의 끈을 놓치지 않고자 하는 모습이 보인다.

바운더리를 넘어서, 우리 사이

돈보다 책이 더 많은 우리 집 사방 벽면을 꽉 채우고 있는 책장들을 살펴봐도 '인간관계'와 관련된 책은 거의 발견되지 않는다. 비교적 인간관계에 대해서는 별 고민이 없었다는 건가? 연애를 책으로 배우는 경지까지는 아니라도, 뭔가 고민이 생기면 관련 독서부터 시작하는 습성이 있는지라 있을 만도 한데, 의외로 없다.

이상하다. 학창시절을 포함하여 사회생활의 역사가 결코 짧지 않다. 가장 감수성 민감한 10대 후반 소녀시절과 30대 중반까지의 시절을 사관학교와 군대에서 집단생활을 하며 보냈다. 한시라도 혼자가 허용되지 않는 단체생활, 어디를 가든 줄과 열을 벗어나면 안 되는 규율이 있는 생활이었다. '나와 너'의 구분은커녕 오직 '우리'만이 존재하는 세계관 속에서 오랜 생활을 보냈음에도 말이다.

근데 자세히 들여다보니 흥미로운 점이 발견되었다. 오히려 내 책장은 내면에 대한 탐구와 관련된 책으로 꽉 차 있었다. 저자는 '타인과의 관계'만큼, 어쩌면 그보다 더 비중 있게 '자신과의 관계'에 대해서 강조하고 있다. 마지막 장 '바운더리의 재구성' 편에서도 나답게 사는 법을 강조하고 있다. '관계의 역사'를 이해하고 자신을 세우는 훈련을 통해 '자기 세계'를 구축하고, '스스로 기쁨을 만들어내는 오티움'에 대한 이야기의 흐름 속에서 자신과의 관계에서부터 타인과의 관계가 시작된다는 것을 알 수 있다. 그래서 나도 살아가면서 겪게 되는 관계의 모든 문제를 스스로를 탐구하고 읽어내는 것에서 풀어내려고 했던 것 같다.

하지만 성숙한 사람들이나 구현할 수 있는 '내 탓이오'나 '자기성찰' 또는 '자기반성' 등의 높은 경지는 아니었던 것 같다. 어쩌면 자책에 더 가까웠던 것 같다. 관계의 유형에서 군이 찾아보자면 '순응형'일까? 타인의 감정에 쉽게 감염되었고, 그 영향력에서 벗어나는 것이 어려워서 내 감정을 살피는 것은 뒷전이었다. 내면을 탐구하는 것에 그토록 많은 시간과 에너지를 들였음에도 여전히 나 자신과 가까워지지 않는 것 같은 괴리감에 많은 시간을 방황하기도 했다.

이 책을 읽으며 나와 나와의 관계, 나와 타인과의 관계를 다층적으로 볼 수 있었다. 나는 스스로에게는 '방어형' 또는 '지배형'이었고, 타인에게는 '순응형' 또는 '돌봄형'이었다. 마치 빛과 그림자처럼 일상 속에서 관계의 모습으로 나타났다. 미성숙함에 머물 땐 방어기제로 취약함으로 나타났지만, 나이가 들어가며 성숙함으로 올라설 땐 오히려 이것이 삶의 기술이 되기도 하였다. 이른바 '처세'이다. 그래서 이 책은 심리학에 기반한 자기계발서이기도 하면서 처세에 관한 책이기도 하다. 한편으로 내 관계의 틀에서 사유를 시작하여 부모님과 그 윗대 조부모의 관계의 역사까지 그 장대한 흐름을 의식하게 되면서, 지금 겪고 있는 갈등들이 조금은 가벼워지는 것 같은 느낌이 들었다. 나의 역사는 큰 연결의 바다 속에서 한 방울 정도에 불과한 사건이라는 자각이 들었다. 명상을 할 때 내가 있는 공간을 의식하면서 무한한 의식의 바다로 나아갈 수 있듯이 말이다.

'사람이 온다는 것은 실로 어마어마한 일이다. … 한 사람의 일생이 오기 때문이다.' 정현종 시인의 시 〈방문객〉의 구절이다. 홀로 산속에서 깨달음을 얻는 선각자들도 있지만 나 혼자서는 온전히 성장하기 어렵다. '너'라는 '한 사람'의 일생을 반복적으로 맞이하는 과정 속에서 우리 모두는 관계의 달인이 되고 깨달은 자가 되어간다.

문득 30년도 지난 그 시절, 야간 행군 끝에 철모를 베고 나란히 누운 전우와 나 사이로 살랑 스치던 땀 냄새와 옅은 화장품 향이 묘하게 섞인 봄바람이 코끝에 다시 느껴진다. 마치 칼릴 지브란의 '하늘 바람'처럼 '춤추며' 그와 나의 사이를 '우리'로 연결하던 그때.

이제는 바운더리를 넘어서 우리 사이를 생각한다. 온통 나로만 가득 찬 세상에서 나 이외의 다른 존재들과, 그물망처럼 펼쳐진 인드라망의 관계 속으로 두려움 없이 풍덩 빠진다. 바운더리를 의식하되, 그것을 넘어서기 위해 발을 내딛는다. 그 끝에 이루 말할 수 없는 기쁨이 있으리라 기대하며.

몸은 말한다

백희영

일상 속 트라우마의 흔적들

사람이 트라우마를 대하는 방식은 크게 두 가지다. 마주하거나 숨기거나. 어느 쪽이든 트라우마는 우리 몸과 마음에 심한 타격을 준다. 〈몸은 기억한다〉는 트라우마 치료에 일생을 바친 콜크 박사의 30여 년간의 치료 일지라고 할 수 있다. 외상 후 스트레스 장애(PTSD) 연구 권위자인 콜크 박사는 이렇게 강조한다.

"인간은 회복 능력이 굉장히 우수한 생물이지만 정신적 외상 경험은 흔적을 남긴다."(몸은 기억한다, 23)

이 책을 처음 봤을 때, 지금 내가 전공하는 정신분석상담학 분야와 맞닿은 부분이 많아서 매우 흥미로웠다. 책에 소개된 대부분의 사례는 일상에서 누구나 겪을 수 있는 일이다. 어릴 때 생긴 트라우마는 성인이 되어도 사라지지 않고 억압된 무의식으로 존재할 수 있다. 콜크 박사도 환자를 치료하면서 자신에게 숨겨져 있던 트라우마를 발견한다. 트라우마로 인해 의학적 치료가 필요한 상태까지는 아니더라도 작가처럼 나도 몰랐던 트라우마가 내 몸 안에 흔적으로 남아있을 수 있다.

작가는 "트라우마는 할 말을 잃게 만든다"(365)라고 말한다. 자신의 트라우마를 말로 표현하는 것도 어느 정도 회복이 된 후에야 가능하다. 나의 경우만 봐도 그렇다. 남의 얘기는 잘 들어주지만 정작 내 얘기는 잘하지 못한다. 특히 내 인생의 트라우마로 남은 부분은 아직 생채기가 덜 나아서 딱지가 앉고 떨어져 흔적이 되려면 한참 멀었다. 콜크 박사에 의하면 물리적 시간은 지났지만 끔찍했던 경험은 당사자가 과거에만 머물러 있도록 만들기 때문이다. 애써 묻어두었던 기억을 끄집어내어 다시 상처를 헤집는 일은 많은 용기를 필요로 한다.

익숙한 두려움에 갇힌 사람들

트라우마를 가진 사람의 가장 큰 문제는 계속 그 상태에서 머물러 있으려고 한다는 점이다. 콜크 박사는 "위험이 따를지도 모르는 새로운 방법을 택하는 대신, 익숙한 두려움에 갇혀 있으려 하는 것"(67)이라고 분석한다. 유대인 출신의 사회심리학자 에리히 프롬은 〈자유로부터의 도피〉에서 그토록 자유를 갈망하던 독일인이 자유를 버리고 나치를 지지함으로써 히틀러에게 복종하는 아이러니를 깊이 분석한다. 프롬에 의하면 인간은 불안정한 자유 대신 나치즘에 동의하는 독일인처럼 예측 가능한 현실에 안도감을 느낀다고 한다. 익숙한 것에 자신의 한계를 규정지으면 예측 불가능한 일에 맞닥뜨렸을 때 원래대로 돌아가려는 항상성이 작용하는 원리와 같다.

트라우마를 입은 사람이 겁쟁이라서, 상처받기 두려워서 그런 것만은 아니다. 작가의 말대로 트라우마를 입은 사람은 평생을 그것과 상대하며 사는데 온 에너지를 다 쏟아서 새로운 환경에 대응할 조금의 에너지도 남아있지 않기 때문이다. 평생 트라우마를 치료해 온 콜크 박사조차 이렇게 언급한다.

"외상 후 스트레스 장애 환자가 완전히 회복되는 경우는 드물다."(348)

트라우마로부터 완전 치유나 회복할 수 없다면 함께 조화롭게 살 방법을 터득해야 한다. 트라우마에 잠식당하거나 먹히지 않는 것만으로도 다행인데 어떻게 균형을 유지할 수 있을까. 우선, 트라우마와 나를 분리시키는 작업이 필요하다. 트라우마를 가진 일부분도 나의 모습이지만 그게 내 전부는 아니다. 내 마음 안에 여러 개의 방이 있다고 가정하고, 트라우마를 한 방에 몰아넣고 문을 잠가 버릴 수도 있다. 혹은 트라우마에 상처받은 자신을 외면하거나 자책하지 말고 있는 그대로 인정하는 것부터 시작할 수 있다. 물론, 작가의 말대로 불가능에 가깝다.

트라우마로부터 소유권 회복하기

콜크 박사는 30년간 수많은 임상 경험을 통해 트라우마 환자의 약물치료 효과를 입증한다. 그가 단순히 약물치료의 획기적인 성과와 성공 사례만을 줄줄이 나열했다면 굳이 이 책을 일반인이 볼 필요가 있을까. 바로 이 지점에서 작가가 환자를 얼마나 진심으로 대하는지 알 수 있는 대목이 나온다.

"나는 정신 질환의 약물치료에는 심각한 단점이 따르며 초점을 흐려 문제의 원인을 보지 못하게 될 수도 있다는 사실을 깨달았다. 뇌-질병 모델은 사람들의 운명을 각자의 손에서 넘겨받아 통제하고, 의사들과 보험회사가 환자의 문제를 대신 책임지고 해결하도록 만든다. 지난 30년 이상 약물치료는 정신의학계의 핵심으로 자리 잡았지만, 그 결과는 미심쩍은 수준이다."(77)

왜 이럴까? 트라우마는 몸과 마음 모두 밀접한 영향을 끼치기 때문에 약물치료를 하면 즉각 반응이 온다. 하지만 그때뿐이다. 마치 감기 바이러스처럼 증상에 대해 치료만 할 뿐, 면역은 되지 않는다. 점점 약물에 내성이 생기면 용량을 늘려서 의존도만 심해질 뿐 원하는 효과를 얻기가 힘들다. 현재로서는 이보다 나은 대안이 없으므로, 아예 하지 않는 것보다 낫다는 자조적 위안을 핑계 삼는다.

이 책의 작가는 의사지만 환자의 몸과 마음을 통합적으로 치료하는 데 중점을 두고, 대체 요법으로 마사지나 요가 등을 추천하기도 한다. 나 역시 마음이 힘들 때 땀 흘리는 운동을 하거나 몸을 움직여서 효과를 보았다. 마음 챙김의 가장 빠른 방법은 우리 몸을 돌보는 데 있다. 이 지점에서 내가 하고자 하는 일을 발견했다. 약물치료를 받을 정도는 아니거나 혹은 장기간 약물치료를 받는 사람들이 내가 상담할 수 있는 사람들이다. 겉으로는 평범한 사회생활을 하는 것처럼 보이지만 트라우마가 남긴 흔적 때문에 힘들어하는 사람을 대상으로 정신분석 상담을 하는 것이 나의 소명의식이다. 오랜 고민 끝에 다시 입학한 대학원에서 내가 할 수 있는 일이 뭘까 끊임없이 고민해 왔다. 지금도 그 고민은 진행 중이지만, 이 책에서 어느 정도 해답을 얻었다.

콜크 박사는 트라우마에서 회복하려면 자신의 몸과 마음에 대한 소유권을 찾아야 한다고 강조한다. "정신적 외상은 현재를 살아가지 못하게 하기 때문에 자신에 대한 통제력을 되찾으려면 트라우마와 다시 만나야 한다."(323) 과거에서 벗어나려면 과거와 더 가까워져야 하다니 이 얼마나 역설적인 일인가.

트라우마는 크든 작든 우리 몸에 흔적을 남긴다. 이 고통이 무엇인지조차 알아채지도 못할 만큼 자신을 잃어버려도 우리 몸이 대신 말한다. 잊고 있거나 괜찮은 줄 알았던 일이 전혀 그렇지 않다는 것을 마음보다 몸이 먼저 알아차린다. 지난 시간 그렇게 몸이 외치는 소리를 외면했던 나 자신이 원망스러웠다. 부끄럽지만 차마 인정할 수 없었다. 이를 인정하는 순간 '나약한 인간'이라는 꼬리표가 붙으니까.

콜크 박사는 "그대로 두면 트라우마는 더 심각한 트라우마를 만들고, 상처는 사람으로 하여금 다른 사람에게 상처를 입히게 만든다"(551)라고 경고한다. 우리는 이 끔찍한 악순환의 고리를 끊어내려면 트라우마로부터 빼앗긴 몸과 마음의 소유권을 되찾아 와야 한다. 작가는 변화하려면 "마음을 열고 자신의 내적 경험을 받아들이라"고 조언한다. 자기 자신을 발견하고 이를 언어로 표현하는 일은 통찰을 얻는 것과 같다. 물론 내적 현실을 표현할 말을 찾는 일은 매우 고통스러운 과정이 될 수도 있지만 이는 필요한 일이다. 저자는 내면의 감정에 다가가는 가장 효과적인 방법은 바로 글쓰기라고 말한다(376). 트라우마와 관련된 자신의 기억과 감정, 생각들을 흘러나오는 대로 꺼내어 쓰는 '자유로운 글쓰기'를 한 이들은 기분이 한결 나아지고, 보다 긍정적인 태도를 갖게 되고, 신체 건강도 개선되었다는 통계결과도 소개한다(378).

이 책을 읽으면서 나 자신의 트라우마를 다시 떠올리는 것은 고통스러웠다. 책과 나를 감정적으로 분리하기가 힘들었다. 끝까지 읽고 나자 마치 작가에게 치료를 받은 것처럼 마음이 제법 홀가분해졌다. 이 글의 앞부분을 읽으면서 나는 인간이 트라우마를 대하는 방식에 대해 이렇게 생각했다. '마주하거나 숨기거나' 둘 중 하나라고. 책을 다 읽은 후 생각이 달라졌다. 우리는 트라우마를 마주하거나 숨기는 것이 아니라 트라우마가 '흔적이 되거나 여전히 진행 중이거나' 둘 중 하나라고. 둘 중 어느 쪽이든지 내 몸은 기억한다.

우리의 진짜는 몸에 있다

권미주

수년 전, 내 상담실로 들어왔던 20대 후반의 여성은 담담하게 자기 이야기를 시작했었다. 몇 달간 그녀를 만나면서 수시로 보였던 그 손목의 자해자국이며, 중심을 잡지 못하고 흔들리는 눈동자를 가질 때면 어김없이 목소리는 얕아지고 이야기는 논리적으로 이어지지 않았다. 그녀는 말하곤 했다.

"저도 알아요. 내 잘못도 아니었고, 지나간 일이고, 지금 난 안전하다는 걸. 그런데 아무리 그걸 외워도 그래도 불쑥불쑥 나를 잡아먹듯이 달려드는 그 기억에게 나는 속수무책이에요. 미친 듯이 몸을 씻어내요."

어린 시절 성폭행 피해를 경험한 그녀는 좋은 대학을 나왔고, 본인이 원하는 좋은 직장에서 이제 막 직장생활을 시작했던 터였다. 그즈음, 머리로는 이해가 되고 몸이 반응하지 않는다는건 어떤 것일까에 대해 깊은 고민을 안고 있던 내게 당시 〈몸은 기억한다〉 라는 책은 매우 신선하고도 중요한 충격을 안겨준 책이었다.

트라우마, 몸에 새겨진 흔적

"나는 생각한다. 고로 나는 존재한다." 데카르트의 이 선언으로 근대의 문을 열렸다고 한다. 이후 근대는 인간의 이성과 합리성에 대해 절대적 가치를 부여해왔다. 인간은 생각하는 존재일 뿐 아니라 이성과 합리성을 지닌 존재로 간주되었다. 그 결과 인간의 몸이 느끼고 경험하는 것들은 마치 열등한 것으로 취급받았다. 즉 인간의 본능은 다스리고 억제하고 통제하여야 하며, 몸이 가진 본능과 감각은 다스리거나 통제해야 하는 대상이 된 것이다. 〈몸은 기억한다〉는 그간 인간 이성에 대한 중요성을 강조해 온 심리학계, 정신의학계의 기본 전제에 이의를 제기하며 '몸' 자체가 가진 의미와 그 흔적들에 대해 이야기하고 있다. 특히 트라우마를 경험한 사람들이 나타내는 증상은 단지 약물이나 전통적인 방식의 면담적 심리치료로는 해결하기 어렵다는 것을 강조하고 있다.

저자 콜크 박사는 외상 후 스트레스 장애(PTSD)에 대해 1970년대 이후부터 꾸준한 연구를 거듭한 의사이다. 그는 PTSD 증후군을 나타내는 이들의 증상을 단지 개인의 문제로만 국한시키는 것이 아니라 사회가 돌보고 함께 책임져야 하는 문제로 규정한다. 따라서 치료적 방법에 있어서도 사회적 책임에 대해 함께 촉구하는 노력을 기울여야 한다고 주장한다. 나는 저자의 이러한 관점에 매우 동감한다. 개인적 재난이든 사회적 재난이든 그 트라우마로 인한 상처를 평생 안고 살아가야 하는 이들은 병을 고쳐야 하는 환자가 아니기 때문이다. 오히려 그들은 적절하고 안전하며 신뢰할 수 있는 환경을 제공받지 못한 피해자이다. 그렇기 때문에 그들에게 필요한 것은 그들이 새롭게 경험할 수 있는 안전한 대상과 환경이다. 그런 의미에서 치료는 그들이 기억하는 감각에 대한 인정에서부터 출발해야 한다. 그들이 지닌 몸의 감각에 대한 타당화 이후 인지적이고 행동적인 교정과 치료가 뒤따르는 것이 순서다. 이러한 관점이 저자가 지닌 기본적 생각이다.

이 책은 저자가 만났던 베트남 참전 용사들의 사례를 이야기하며 시작한다. 이를 통해 트라우마가 어떤 것인지, 그 특성이 무엇인지 해부한다. 현대 과학기술을 통해 발전한 뇌과학을 통해서 트라우마 상태의 뇌가 어떻게 작용하는지 보다 많은 정보를 알 수 있다. 하지만 저자는 여러 환자들의 사례를 언급하며 뇌과학적 진단이나 이성적 논법으로는 트라우마를 겪은 사람들의 문제를 해결할 수 없다고 반박한다. 그는 트라우마란 사람을 이해력의 한계로 몰고 가서, 평범한 경험이나 상상할 수 있는 과거를 이야기할 때와 같은 언어 표현을 차단해버리는 것이 그 본질적인 특성이라고 말한다(몸은 기억한다, 87).

트라우마 당사자, 환자가 아니라 피해자이자 공동체의 일원

저자는 트라우마를 단지 뇌에 이상이 생긴 뇌-질병 모델로 받아들인다면 약물적 치료로 접근하도록 치우칠 수밖에 없게 되는데, 과연 이러한 접근이 괜찮은가에 대해 질문을 던진다. 약물은 결국 증상을 완화시키거나 뇌가 그 증상을 인지하지 못하도록 막는 데에는 큰 역할을 할 수 있지만 근본적인 해결책을 제시해 주기는 어렵다. 이처럼 정신의학계에서 진단명들을 만들고, 그에 따라 약물을 처방하는 과정이 합리적인 치료적 방법인가에 대해 질문을 던지는 저자의 도전은 매우 흥미로운 지점이다. 그것은 결국 인간을 어떻게 보는가 하는 관점과 연결되어 있기 때문이다. 콜크 박사는 대인관계와 공동체 관계의 회복을 통해 안전하게 머무를 수 있기를 소망하는 인간의 본질을 중시한다. 따라서 먼저 트라우마 당사자를 환자로 만들지 않는 것이 중요하다고 이야기한다(79-80).

콜크 박사는 '인간은 뇌라는 관제탑이 명령을 내리고 몸이라는 수행기관이 명령을 수행하는 작동 모델만으로 볼 수 없다'고 말한다. 그런 인간 이해는 이성과 합리성을 최고의 가치이자 덕목으로 여겨왔던 근대적 관점이다. 인간은 칼 로저스가 말한 대로 살아있는 유기체이다. 뇌라는 관제탑에서 모든 것을 통제하는 것이 아니라 온갖 감각을 지닌 몸에서 보낸 신호를 받아들인 뇌가 무엇인가를 표출하고, 뇌가 표출하는 그것들을 다시 몸이라는 감각이 받아들이는 순환구조를 가진 유기체이다.

저자는 이런 관점에서 뇌의 기능과 트라우마를 입은 뇌가 어떻게 작동되는지에 대해 과학적 실험을 통한 근거들을 들어 설명한다. 그리고 유명한 존 볼비의 애착이론에 근거해 결국 인간에게 중요한 것은 '어릴 때 우리의 마음과 뇌를 구성하고 삶 전체의 본질이 되며 삶에 의미를 부여하는 타인과의 관계와 상호작용'(268)이라고 강조한다. 즉 다른 사람들을 위협적인 존재로, 자기 자신을 무기력한 존재로 여기는 트라우마 희생자들에게 뇌 회로가 재연결되도록 이끌고, 마음이 체계적으로 정리되도록 도울 수 있는 방법을 찾는 것이 중요한 과제라는 것이다. 여기서 가장 중요한 것은 결국 신뢰와 안전이다. 환경과 경험이 제공하는 안전과 신뢰는 인간을 건강하게 살게 하는 가장 중요한 요소이기 때문이다. 따라서 저자는 사회적인 기반은 선택적인 요소가 아니라 생물학적으로 반드시 필요한 요소이며 모든 예방과 치료의 골격이 되어야 한다고 주장한다 (270).

회복으로 가는 여정

저자는 '회복으로 가는 길'에서 요가를 비롯하여 글쓰기나 연극치료, 뉴로피드백, EMDR, IFS(내면체계가족치료) 등의 여러 치료적 요법들을 소개하고 있다. 이들 요법들은 임상 사례나 여러 경험담을 실례를 들어가며 꽤 상세히 설명하고 있어서 좋은 참고자료가 될 수 있다. 이 책에서 소개되고 있는 여러 치료기법들은 1990년대 말 이후 2000년대에 들어서 미국에서 활발하게 연구가 되고 있는 기법들이다. 우리나라에서도 치료적 기법으로 여러 영역에서 다양하게 적용되고 있다. 상담이나 심리치료를 공부하는 이들이 이러한 치료기법에 대해 관심을 가지고 연구하고자 한다면 이 책이 좋은 길잡이가 될 것 같다.

심리학 전공을 하지 않은 일반인들도 이러한 치료기법들 중에 자신 혹은 타인을 위해 적용할 수 있는 차원도 있다. 혹은 이런 치료기법들을 쓰고 있는 전문가를 찾는 데에 도움이 될 수 있다. 전쟁이나 성폭행 같은 극단적인 트라우마적 사건이 아니라고 하더라도 오늘날 우리는 수많은 상처와 아픔에 노출되어 있다. 이에 비해 더불어 통합된 삶으로 살아가는 길에 대한 정보나 관심은 그리 충분치 않다. 따라서 치유, 회복, 돌봄에 관심을 가지는 이들에게 이 책은 매우 훌륭한 길잡이가 될 수 있을 것이다.

내가 이 책에서 가장 공감하는 부분은 결론부에 소개된 우분투이다. 우분투는 남아프리카공화국의 '진실과 화해위원회'가 진행한 트라우마 회복과정의 핵심원칙이었다. "우분투란 호사족의 언어로 자신이 가진 것을 공유하는 것, 즉 '내가 한 인간으로서 지닌 특성이 당신의 인간적인 특성과 불가피하게 결합된 상태'라는 의미이다. 우리 인간이 지닌 공통의 인간성과 공통의 운명을 인지하지 않고는 진정한 치유가 불가능하다는 사실이 여기에 담겨 있다."(552) 이는 인간을 근본적으로 사회적인 존재로 보는 입장이다. PTSD 증후군을 겪고 있는 이들은 단지 부적응자가 아니다. 사실은 개인적으로 경험한 트라우마로 자신이 살아가기에는 이 사회가 안전하지 않으며 자신은 부적절한 존재라는 감각을 가지고 있는 이들이다. 그들에게 중요한 것은 잘못된 생각을 교정하고 부적절한 행동을 억제하게 하는 것이 아니다. 그들에게 필요한 것은 충분히 안전한 환경을 제공하여 그들이 안전한 환경 속에서 사회적 존재로 연결될 수 있다는 새로운 경험을 하게 하는 것이다.

몇 년 후 그 내담자를 만났다. 그녀는 여전히 때때로 이려움을 호소하지만 잘 살아가고 있다. 그녀가 내게 한 말이 생생히 기억난다. "내 기억은 늘 뒤죽박죽이고, 내 몸은 없어졌으면 좋겠고, 씻어도 씻어도 더러운 거였어요. 그런데 오늘 처음으로 '어쩌면 내가 이 몸을 가지고 살아가도 괜찮겠구나'하는 생각이 들었어요. 몸이 베이지 않는 따뜻하고 포근한 뭔가가 덮어지는 기분이 들어서 오늘은 참 좋네요."

몸은 진실을 기억한다. 진실이란 과거의 흔적만은 아니다. 그녀가 과거에 베이고 찔리는 경험만을 간직한 채, 잊고 억누르려고 도망치려 했을 때 몸은 그녀에게 계속 칼로 베이고 찔리는 듯한 아픔에 대해 토로했다. 나는 그녀가 도망가지 않도록 정직하게 그것을 들여다봐 주고 말 걸어 주고, 따뜻하고 포근한 경험으로 한 걸음씩 움직일 수 있게 해주었다. 어느 순간 그녀의 몸은 자신이 경험한 따뜻함과 안전함에 대해 스스로에게 말 걸기 시작하였다. 그것은 과거의 흔적으로서의 진실이 아니라 '지금 여기에서 몸이 말하는 진실'이 되는 것이다. 그 진실을 받아들이면서 그녀의 회복은 시작되었다. 이것이 이 책 〈몸은 기억한다〉에서 내가 얻은 몸의 진실에 관한 깨달음이다.

삶을 살아가면서 우리에게 닥치는 예상치 못한 사건들은 그 객관적 크기의 강도와 상관없이 우리에게 어떤 흔적을 남긴다. 그 흔적은 머리가 아닌 몸에 남는다. 그 흔적들이 쌓인 자신이 바로 진짜 자기 자신이라면, 우리의 모든 삶의 흔적이 가장 깊숙이 쌓인 곳, 그곳은 바로 몸이다. 우리의 진짜는 몸에 있는지도 모른다. 그러므로 나의 몸은 나의 역사이다. 나의 역사인 나의 몸이 보내는 기억의 흔적들에 관한 신호에 정직하게 응답할 때, 따뜻하고 안전하게 스스로를 바라보고 만져줄 때, 그렇게 함께 보아주는 그 누군가와 같이 호흡할 때 '나'는, '우리'는 진짜 자신이 되어갈 수 있을 것이다.

5부

⋮

버려진 사람들의
스토리

비극이 마음에 울림을 주는 것은
우리들 모두가 비극의 주인공들이기 때문일 것이다.
서사가 아프고 특이할수록 우리는 더욱 빠져든다.
특히 버림받은 사람, 잊힌 사람, 보이지 않는 사람들, 잉여적 인간,
다수적인 질서의 바깥에 있는 사람들의 이야기는
날 것의 삶의 진실을 그대로 보여준다.
마치 인간 실존의 비참과 불합리성과 허구를 들추어내기라도 하는 듯이.
바깥의 사람들을 다룬 소설은 말한다.
말할 수 없는 자로 하여금 말하게 하고
말할 수 없는 것을 말하고
말해질 수 없는 것을 말함으로써 그들을 살려낸다.
우리는 안다.
버려진 사람들의 이야기는 우리의 이야기이기도 하다는 것을.
여기 버려진 사람들을 다룬 소설들을 담았다.

구소은의 〈무국적자〉
문서정의 〈눈물은 어떻게 존재하는가〉
손창섭의 〈잉여인간〉

안녕하지 못한 나와 국가의 관계

가원 이은지

   두 해 전 남편과 남해 독일마을로 향했다. 언덕 위 붉은 지붕 주택들은 이국적인 풍경을 연출했다. 물색이 맑은 남해 바다가 경치를 더했다. 독일식 돈가스 슈니첼, 독일 정통 소시지 등 먹거리도 별미였다. 독일 여행을 간 것 같았다. 독일마을은 1960년대 파독 광부와 간호사들이 은퇴 후 귀국하여 정착한 마을이다. 한국 현대사가 남긴 자취다. 1960-70년대에 독일로 떠난 광부와 간호사들은 약 1만 8천명에 달했다. 국가는 그들의 임금을 담보로 독일에게 막대한 금액의 차관을 얻었다. 이 역사는 천만 관객을 동원한 영화 '국제시장'의 한 장면과도 유사하다. 국제시장의 덕수가 파독 광부로 독일로 건너가 파독 간호사 일을 하고 있던 영자를 만나 사랑에 빠진 이야기가 그것이다. 구소은 작가의 장편소설 〈무국적자〉도 파독 광부 '동호'와 간호사 '이숙희(마담 르네)'의 관계가 이야기의 배경을 이룬다.

   구소은 작가의 데뷔작 〈검은 모래〉는 제1회 제주4.3 평화문학상 수상작이다. 심사위원들은 "한국 디아스포라 소설의 새로운 방향과 가능성을

제시한 역작"이라 호평했다. 그의 소설은 프랑스 외인부대 현지답사와
자료 수집을 바탕으로 쓰였다. 〈무국적자〉는 국가와 개인의 관계에 천착
한다. 소설 서사는 거대담론을 끌어안았다. 한국 현대사의 질곡을 관통
하는 이야기(1부)는 정체성 혼돈을 겪은 코리안 디아스포라의 이야기(2부)
로 확장된다. 디아스포라(diaspora)는 본토를 떠나 타지에서 자신들의 규범
과 관습을 유지하며 살아가는 민족 집단이라는 뜻으로 국제 이주, 망명,
난민 등을 지칭한다.

파란만장한 역사의 벽에 부딪힌 생

주인공 '김기수'는 73년생이다. 그의 아버지는 한국전쟁 중에 남하했
고, 어머니와 외삼촌은 전쟁고아가 되었다. 암울한 시절 탓에 아버지와
외삼촌도 돈을 벌기 위해 서독에 광부로 나섰다. 외삼촌은 불의의 광산
사고로 다리를 잃었다. 국민들은 국가적 과업인 경제발전에 동원됐다.
'잘살아보세 구호 아래 국민을 노예로 만들었으면 진짜 잘살게 해줘야
지. 기득권자들만 계속 고공행진하고 서민들은 뼈 빠지게 일해도 추락만
하는 세상'(무국적자, 27)이었다. 소설은 제3공화국, 5.18 민주화운동, 한국
프로야구 창설, 박종철·이한열 열사 사망 사건, IMF 외환위기, 국민의
정부 수립 등 40년 간 산업화와 민주화의 역사를 빠짐없이 그렸다. 국가
가 주도한 시대적 과제를 국민 개인이 나눠서 짊어지는 시대였다. 훌륭
한 국민들이 지금의 한국 역사를 이룩했다. 나의 부모세대와 조부모세대
에게 감사와 존경을 표한다. "미래에 대한 최선의 예언자는 과거이다"라
는 영국 시인 고든 바이런의 말처럼 우리는 역사의 빛과 그림자를 교훈

삼아 현재를 전진시키는 임무가 있다. 역사는 흐른다.

한 나라의 역사와 언어, 문화는 집단 정체성을 형성한다. 칼 융의 '집단 무의식'은 우리도 모르게 축적된 우리 조상의 경험이 우리가 세계를 경험하고 세계에 반응하게 하는 기능을 한다는 것을 설명하는 개념이다. 타국에서 느끼는 낯선 감정은 이질적인 '집단 무의식'을 가진 환경에 대한 자연스런 불편 반응으로 해석할 수 있다. 소설 속 김기수는 억울한 누명을 쓴 채 한국을 떠났으니 혼란이 더 컸을 것이다. 그는 위조여권을 사용해 '박희준'이 되었고, 프랑스 외인부대에 '박기수'(가명) 이름으로 입대했다. 그는 코트디부아르, 가봉, 기아나, 차드 등에서 미션을 수행했다. 시간이 흘러 기수는 시민권을 얻고 프랑스 국적을 취득했다. 외인부대를 10년 이상 복무한 대가로 쟁취한 특권이다. 하지만 제대 후 프랑스 사회에서 안정적이고 번듯한 일은 그의 몫이 아니었다. 선택지는 단출하다. 한국인 관광객을 응대하거나 작은 분식집 차리는 것을 정할 수 있을 뿐이었다. 어느 날, 외인부대 단짝 김준을 만났다. 김준은 외인부대에 계속 남을 계획이었다. 기수는 준에게 프랑스 국적에 대한 생각을 물었다. 준은 예상치 못한 이야기를 했다.

> "지금까지 나는 세 개의 국적을 가져봤어. 북한, 남한, 그리고 프랑스. 또 다른 국적을 갖게 될지도. 나를 증명할 수 있는 것은 나의 존재뿐이야. 국적은 한 개인의 정체성을 규정해주는 데 별 상관이 없는 거라고 생각해. 국적은 선택 사항이야."(330)

김준은 자신을 국적이 없는 '무국적자'라고 이야기했다. 기수는 놀랐다. 그는 대한민국 사람이고 '프랑스 시민권은 삶과 생계를 지탱하기 위한 무임승차권'(327)일 뿐이라 여겼기 때문이다. 그는 김준이 말한 무국적자를 음미했다.

"세상 도처에 떠돌고 있는 사람들. 어떤 의미에서는 우리 모두가 무국적자라고 말할 수 있지 않을까."(331)

기수는 아버지의 뇌졸중 소식을 듣고 바로 한국행을 결심한다. 10여 년 만에 한국에 돌아온 안도감과 가족과 재회한 기쁨은 오래가지 못했다. 그는 자신의 근본이라 믿은 이 조국에서 정착하지 못하는 자신을 보았다. 기수는 한국 국적과 프랑스 시민권을 동시에 보유한 복수국적자다. 하지만 그의 마음은 어떤 나라에도 속하지 않는 무국적자 신세로 고통받았다. "고향을 떠나자마자 노숙자(homeless)가 되었고 국가를 떠나자마자 무국적자(stateless)가 되었다. 인권을 박탈당하자마자 그들은 무권리자(rightless)들이 되었으며 지구의 쓰레기가 되었다."(전체주의의 기원, 489-490) 개인과 국적에 대한 강한 결합은 그를 지구의 떠돌이로 만들었다. 반면 김준은 자신의 정체성과 국적은 독립성을 갖는다고 생각한다. 그는 여러 번 국경선을 넘어 정착과 이주를 반복했다. 아마 나라마다 다른 거주 환경과 언어, 문화 등의 변화에 자신이 유연하게 적응하는 법을 터득했을 것이다. 이러한 복잡한 정체성은 포용성과 유연함을 길러주었다.

코리안 디아스포라의 위태로운 나침반

작가는 무국적자 이야기를 시나리오로 작업하던 중 소설로 재구성한 글이라 밝혔다. 그 때문인지 이 소설은 장르적 묘미인 섬세한 심리묘사와 문학적 운치가 못내 아쉽다. 기수가 어머니들끼리 왕래한 편지를 우연히 보고 '외삼촌이 친아버지였다'라는 놀라운 사실은 단 한 문장이 전부였다. 또한 간호사 마담 르네가 친어머니라는 것을 알아챈 장면을 묘사한 주인공 심리는 독자들에게 벅찬 감격을 전달하기엔 부족했다. 이런 부분은 시나리오 작업본을 소설로 재구성하는 과정에서 받은 영향일 거라 짐작한다.

또한 전 세계적으로 무국적자의 수가 서울시민 인구수에 맞먹는 1,200만 명에 달한다. 우리나라의 경우 북한이탈주민 2세와 다문화가정 2세들이 가정 학대 등의 이유로 의도치 않게 부모와 헤어지는 상황에서 무국적자로 전락한다. '무국적자' 어휘가 주는 중압감이 상당하다. 소설이 김기수 가족의 서사를 통해 모순된 사회를 고발하고 균열시키는 건 어땠을까. 기수의 심리적 무국적자라는 고통의 차원을 넘어, 정체성을 회복하려는 힘찬 행동이 필요했을 것 같다.

"개인의 삶은 역사와 무관할 수 없다. 국적 역시 마찬가지다. 그러나 역사와 국적이 한 개인의 정체성에 끼치는 영향력은 얼마나 되는지, 개인의 삶에 얼마만큼 개입하는지, 나는 거기에 대한 답을 찾지 못했다."(332)

구소은 작가가 던진 〈무국적자〉의 문제의식과 주제는 독자에게 소설을 읽는 힘을 준다. 영화 '미나리'도 이민 1세대 한국계 미국인의 가족 이야기를 통해 코리안 디아스포라의 문제를 국제적으로 환기시켰다. 이러한 스토리텔링이 보여주는 풍경은 사람들의 사고방식과 문화를 변화시키는 소프트 파워다.

코리아 디아스포라는 세계 각지에 흩어져 있다. 전 세계 193개국에 733만 명이 체류 또는 거주하고 있다. 이는 국내 인구 대비 14%로 다른 나라에 비해 비교적 높은 비율이다. 코리안 디아스포라의 시작은 대한제국과 일제 식민통치 시절로 거슬러 올라간다. 가난 구제, 식민 정책 등 불가피하게 조국을 떠났지만, 여러 가지 국내외 사정으로 돌아오지 못했다. 격동의 역사에 휩쓸려 국적을 탈주한 사람들의 역사가 어느새 한 세기를 훌쩍 넘겼다.

전 세계 곳곳에 한반도에서 태어나지 않은, 우리와 생김새가 다른 코리아 디아스포라들이 존재한다. 고백하건대 우리 사회의 대다수는 그들에게 무관심하다. 역사적으로 우리는 단일민족 정체성이 깊이 자리 잡고 있다, 미국과 같이 새로운 대륙에서 다양한 인종이 모여 시작한 나라가 아니고, 지정학 위치에 따른 숱한 국경 다툼이 있던 유럽과도 다르다. 그러니 '국적의 경계'에 대한 감각이 폐쇄적일 수밖에 없다. 이러한 문화 속에서 법률 또한 부모의 국적을 따르는 '혈통주의'에 의해 국적을 부여한다. 국적과 개인의 정체성에 대한 김준의 포용성과 유연한 태도에 비견되는 김기수의 고집과 고통을 우리 사회의 모습으로 보는 건 비약일까.

우리의 바람직한 관계 설정이 필요하다. 4차 산업혁명, 기후위기, 포스트 코로나 등 새로운 시대가 열렸다. 이제는 다양한 문화를 수용하는 연결성, 개방성이 필수이다. 우리 사회와 코리아 디아스포라는 공통분모를 가진 이질적인 존재다. 그리하여 서로에게 최적의 파트너가 될 수 있다. 서로 보지 못한 세계를 교차하며, 시대를 앞서나가는 연대적 상상력을 발휘하자.

잃어버린 시간을 찾아서

김향숙

"냇물아 흘러 흘러 어디로 가니 강물 따라가고 싶어 강으로 간다."(무국적자, 8) 이 소설은 이렇게 시작한다. 이 노래를 속으로 응얼거리자 바다 위를 떠도는 '난민'들이 떠오른다. 난민들은 무국적자들이다. 난민은 국적을 잃어버린 것일까, 아니면 빼앗긴 것일까? 냇물은 스스로 강물 따라간다고 했다. '무국적자'의 삶은 어떻게 흐르는 걸까?

엄마와 어머니, 그 정체성의 혼란

"나에게는 낳아준 부모와 길러준 부모 그렇게 두 부모가 계신다."(11)

"어느 날 새까맣게 잊고 있었던 프랑스 말 국제 편지가 떠올랐다. 엄마 눈에 띄지 않게 참고서와 교과서 사이사이에 하나씩 끼워뒀었는데, 모두 그대로 있었다. 엄마와 나 사이에 두 번째 비밀이 생겼다. 편지를 읽고 또 읽고 다시 읽었다. 그리고 몰래 울었다. 〈중략〉 외삼촌이 거나하게 술이 오른 날이면 불러 젖히던 〈시냇물〉을 나도 부르기 시작했다. 그는 나를

낳은 아버지였다."(155)

주인공 기수는 스무 살이 되기까지 엄마만 있었다. '엄마'라는 부름에 틈이 없는 완벽한 그였다. 종종 자신의 성장에서 생기는 작은 비밀에도 엄마에게 죄의식을 느낀다. 그것이 이 상황을 견디는 힘이 되어준 걸까. 작가는 그에게 정체성을 고민할 사이를 주지 않는다. '시냇물' 노래만 흥얼거리게 한다. 감정의 절제인지, 정체성 고민의 서막인지 답답해진다.

무국적자로 가는 길

"한 사람의 인생에는 몇 구비의 전환점이 있을까."(347)

아버지가 지인에게 사기를 당해 가정이 풍비박산이 났다. 주인공의 전환점이 시작된다. 엄마가 쓰러지고 암흑의 세계로 간 그는 살인자로 몰린다. 생존을 위해 탈출해야 했다. 그는 정체불명의 '박희준'이 되었다. 한 인간이 롤러코스터를 타다가 레일 위 공중에 멈춰 있는 모습처럼 보인다. 그 어떤 것도 선택의 여지는 없었다.

"행운이라는 것은 낙담한 사람이 거의 모든 것을 체념하려는 순간에 불쑥 찾아오는 악취미를 가시고 있다. 그런 익취미는 늘 반갑고 고맙다. 선주가 다른 방법이 있나 알아보겠다고 말한 며칠 뒤였다. 외인부대라는 게 있대. 거기 한 번 지원해봐."(200)

그는 프랑스로 왔다. 선주를 만나 사랑을 나눈 것은 도망자의 안락함이었다. 그것도 잠시 그는 김기수도 박희준도 아닌 박기수로 태어난다. 프랑스 국적을 얻지만 그의 정체성은 완전한 무국적자다. 그럼에도 선택의 기회를 행운이라고 말한다. 그에게 중요한 건 생존이었다.

소설의 공간과 플롯

"나와 마담 르네는 잠시 말을 멈추고 각자의 아픔을 되새기면서 쓸쓸한 미소로 서로를 위로했다. 그 순간 기적 같은 일이 일어났다. 마담 르네의 얼굴이 또 다른 얼굴과 겹쳐졌다. 분명히 본 적이 있는 얼굴, 길모퉁이 뒤에 숨어서 훔쳐만 봤던 얼굴, 다가가고 싶었던 얼굴, 아, 그녀였다. 나를 낳은 어머니, 이숙희, 마담 르네는 이숙희였다. 나의 어머니였다."(293-294)

서독 파견 간호사였던 어머니는 프랑스인이 되었다. 그들은 왜 파리로 왔을까? 무국적자들이 모여드는 곳, 자유가 있는 곳. 정체성이 노출되지 않는 곳이었기 때문인가. 무국적자로 숨 쉴 수 있고, 동병상련의 위안이 있는 공간인지도 모른다. 작가는 여기서 모자의 상봉을 주선했다. 모두가 살아있었기에 만났다. 그러나 약속이나 한 듯 그들은 얼싸안지 않는다. 무엇을 위해 자신들의 끈기를 시험하고 있는 걸까?

"장동호 씨는 만년필을 고를 때 상상도 못했을 거야, 그 만년필이 지금 내 손에서 아들에게 보내는 편지를 쓰게 될 줄은."(350)

외삼촌이 졸업 선물로 만년필을 주었을 때 기수의 기분은 그저 그랬다. 작가는 이 소품을 에필로그의 주인공에게 쥐어 준다. 결국 외삼촌은 어머니를 통해 정체성을 밝히라고 준 것이 되었다. 소설의 플롯이 매력적이다.

잃어버린 시간을 찾아서

"모든 일에는 때가 있다고 한다. 어머니라 부를 수 있었던 때가 있었다. 지금 알고 있는 것을 그때도 알았더라면 하고 변명해도 소용없다. 그것을 이제야 알았다고 해서는 안 된다. 그때도 이미 알고 있었다. 그리고 그 순간을 놓치면 반드시 후회하게 된다는 것도."(11)

프랑스에서 모자는 6개월이라는 시간을 같이 보냈다. 그럼에도 서로의 정체성을 함구했다. 아마도 그들은 무국적자의 신분으로 그들의 존재를 밝히고 싶지 않았을지도 모른다. 파리에서 그들은 무국적자였다. 그는 대한민국에서 '김기수라는 여권'을 찾았다. 자신의 정체성을 들고 출발할 것이다. 잃어버린 시간을 찾아서.

어머니와 아들이 안타깝다. 서로를 만지고, 들여다보며, 나누던 목소리까지 묻어버린 비석 앞에서 그는 잃어버린 시간을 어떻게 기억할까.

"강물아 흘러 흘러 어디로 가니. 넓은 세상 보고 싶어 바다로 간다."(8) 시냇물이 좋아서 살을 대던 시절이 있었다. 온몸으로 그를 맞아보지만 잠시도 지체하지 않는다. 가까운 돌과 나무의 힘을 보태며 그를 붙들어 본다. 어느새 저만치 가버린 물결. 얄밉고 야속함 사이에 또 물길이 와서 내 다리를 간질인다. 인생이 물처럼 가고 오는 것이라면, 국적자니 무국적자니 가두지 않는 세상을 염원해 본다.

버림과 버려짐에 관한 슬픈 도시의 눈물

권미주

　1997년, 벌써 20년이 훌쩍 지나버렸지만, 내가 그 시절 마주했던 서울이란 도시가 주는 풍경은 참 황량했다. 대학원생이 되어 처음 서울로 올라온 그 때, 장학금을 주겠다고 약속했던 모처에서는 그 약속을 취소했다. 내 나이 갓 20대 중반을 넘기고 있었고 아버지가 하시던 일은 휘청거리고 있었다. 막막했다. 한겨울 밤, 선배들을 따라 서울역에 갔다. 빵 봉지와 우유를 들고. 서울역사 지하도에는 많은 사람들이 누워 있거나 앉아 있었다. 벌건 얼굴들, 분노에 차 있거나 모든 것을 잃은 듯 보이는 눈동자들, 기어이 그 빵과 우유를 거절하는 손사래, 코를 찌르는 소주 냄새. 그런 모든 낯선 것들 속에서 몇 달 동안 몇 번의 밤을 새웠다. 속으로 질문했다. '저들은 왜 스스로 자신을 버렸을까?' 어린 마음에 그 속에 머무는 시간 동안 당장 다음 학기 등록금 걱정을 잊었던 거 같다. 그리고 어떻게든 살아남아야겠다고, 나를 버리지 않아야겠다고 다짐했었다. 그때는 몰랐다. 인생은 내가 버리지 않아도 버려질 수도 있다는 것을. 인간의 삶이란 그러할 수도 있다는 것을.

그로부터 20년이 더 지난 오늘, 서울이라는 거대한 도시, 한국이라는 거대한 사회는 그때보다 더 은밀한 방식으로 혹은 그때보다 더 잔인하게 버려지는 사람들을 양산하고 있는지도 모른다. 자본이라는 유일무이하고 무시무시한 괴물은 인간을 쉽게 내버리고, 무엇의 부속품인지도 알 수 없는 부속품으로 만들고 있다.

버려진 사람들의 눈물 이야기

문서정 작가의 단편소설 모음집 〈눈물은 어떻게 존재하는가〉는 그렇게 버리고 버려진 사람들의 눈물에 관한 이야기이다. 여러 단편들에 등장하는 모든 주인공들은 버려지거나(레일 위의 집, 나는 유령의 집으로 갔다, 지나가지 않는 밤), 버리려고 하거나 버림받지 않으려 애쓰거나(개를 완벽하게 버리는 방법, 밀봉의 시간), 버림받음에 수동공격적으로 방어(밤의 소리, 소파 밑의 방)하고 있다. 그리고 '눈물은 어떻게 존재하는가'의 S는 눈물로 인해 버려지고 살아남고 또다시 버려지며 살아가고 있다.

단편 '레일 위의 집'에 등장하는 수영은 17살부터 집이란 곳에서 살아보지 못했다. 무엇이 그녀를 낡은 트렁크 2개를 들고 도시 한가운데를 헤매게 했는지에 대한 사연은 나오지 않는다. 단지 도시 한가운데로 버려진 여인이라고는 짐작하지 못하고, 꽉 막힌 자신의 일상에 자유로운 바람을 불어넣는 상대로 그녀를 바라보았던 한 남자의 시선이 등장한다. 수영이란 여인이 버려진 사람인 것을 알지 못했던 서준은 그녀의 남루한 속옷을 보고서, 그리고 트렁크를 끌고 자신의 안온한 공간에 불쑥 들어선 그녀를 보고서는 그녀를 버린다. 마치 그녀를 버려도 어떤 책임도 비난도 자신에게 향하지 않으리라는 것을 확신하는 것처럼.

그래서 버려짐은 필연적으로 버림이라는 짝을 가진다. '밀봉의 시간'에 등장하는 그녀는 필사적으로 자신의 기억을 꽁꽁 싸매 버리고자 한다. 한때 버려짐이 없는 사회를 꿈꾸던 젊은 날의 자신과 K의 삶을 버린 대가를 치르듯 그녀는 이제 자신의 기억마저 저 멀리 어느 곳에 버림으로써 꽁꽁 밀봉해버린다. 그렇게 하는 것만이 자신의 젊은 시절 한때 사랑했던 그를 두 번이나 떠나야 했던 자신을 스스로 받아들일 수 있는 방법이었던 것처럼. 아마도 자신이 희미하게나마 꿈꾸었던 이상적인 사회를 버린 자신이 살아갈 수 있는 유일한 길은 자신의 사회적 기억을 지우는 것인 듯이.

그렇게 자신의 기억을 스스로 버림으로써 자신을 보호할 수 있었던 이에 비해 은성은 다르게 행동한다. 그는 자신에게로 버려진 신혜와 그의 강아지 별을 버림으로써 자신이 버림받았던 것에 대한 작은 복수로서 과거를 청산할 수 있다고 믿었다. 그러나 아이러니하게도 그녀는 버리고 싶었던 신혜와 별로부터도 버림받고 싶지 않았던 그녀의 회사와 애인으로부터 모두 버림받고 만다. 신혜는 은성에게 말한다. '버림받을 사람은 버림받을 기운 같은 게 느껴진다'고…. 은성의 버림받지 않으려는 다짐은 동전의 양면과 같은 버림이라는 방식을 택했고, 그 버림은 결국 '먼저 버려짐'으로 귀결되고 만다.

버려진다는 것, 슬픔을 넘어선 아픔

'눈물은 어떻게 존재하는가'의 S는 눈물로서 기억되는 존재이다. 남자들은 눈물공주로 여자들은 색종이로 기억하는 그녀를 장례식장에서 만난 남자들은 저마다의 추억으로 그녀를 기억하며 약간은 상기된 느낌을 보인다. 이전에 그녀가 흘렸던 눈물이 무엇을 어찌할 줄 몰라, 자신을 지켜낼 힘이 없어 흘렸던 눈물이라면 이제 그녀가 흘리는 눈물은 진짜인 자기 안의 슬픔의 눈물을 자본과 맞바꾸어 흘리는 가짜눈물처럼 보이게 만들었다.

잔인한 도시의 시간은 그녀의 눈물을 그렇게 바꾸어놓았다. 아픈 아이 앞에서는 눈물을 흘릴 수 없는 S, 그것은 그녀가 그녀의 삶도 아이의 삶도 포기하거나 버리지 않겠다는 의지였을 것이다. 반면 장례식장에서 흘리는 S의 눈물은 내면의 슬픔이기도 하지만 외양상으로는 자본과 교환할 수 있는 연기가 되어버린 눈물이었다. 그녀는 무엇을 버렸을까? 무엇으로부터 버림받았을까? S는 그대로 조금은 순수함을 지킬 수 있던 그녀의 과거와 그녀 자신으로부터 버림받았고, 동일하게 그것을 버릴 수밖에 없도록 만든 사회 한가운데로 자기 자신을 던짐으로써 오히려 버림받지 않았을까?

'밤의 소리만 들을 수 있던' 희명은 자신을 버린 엄마로부터 스스로를 지켜내기 위해, 여전히 자신을 비웃고 버리는 세상으로부터 자신을 지켜내기 위해 - 지켜낸다는 것은 어쩌면 나는 다시는 버림받지 않으리라는 선언 같은 것일 수도 있다 – 자신을 공격하고 버린 이들에게 강력한 공격을 퍼붓고 털을 잔뜩 세운 고슴도치처럼 그렇게 살아가고 있다. 버려진 다는 것의 슬픔을 넘어선 아픔을 너무 똑똑히 알고 있기에.

소파 밑에서 잠을 깨는 수현 역시 엄마로부터 버려졌고, 애인으로부터 버려졌고, 이제 회사에서 또 버려진다. 일찍이 자신을 의심하던 여교사에게 햄스터를 던졌던 수현은 소파 밑에서 잠을 깨곤 하지만 이제 그 소파를 치우기로 한다. 자신을 버리지 않고 보호해 줄 것 같았던 소파를 먼저 버림으로써 다시 세상으로 나오고 싶었던 걸까?

이와 같이 문서정의 소설 〈눈물은 어떻게 존재하는가〉에 묶인 8편의 이야기는 버려짐과 버림에 대한 이야기를 주고받는다. 문체는 간결하고 이야기는 쉽게 몰입된다. 마치 나의 주변에도 난 알지 못하지만 이렇게 살아가는 사람들이 있는 것처럼 느껴진다. 소설 속 인물들은 개인사에 의해 가족으로부터 혹은 사회로부터 버려짐을 당한 것 같지만 그 개인사라는 것도 결국 사회라는 거대한 구조 안에서 그 운명의 괘를 같이 한다고 보아야 하지 않을까.

도시는 눈물 흘린다

서두에 말한 1997년, IMF로 통칭되는 그 시기의 사회는 개인의 버림 받음이나 사회구성원을 내버리는 행위에 약간의 면피적인 정당성을 부여하였다. 그 버림과 버려짐의 처절한 고통 위에서 우리 사회는 20년 동안 달려왔다. 하지만 지금도 여전하다. 오늘날에도 버려지는 사람들이 더 생겨나고 있고 그 버려짐의 이유도 점점 더 다양해졌다. 마치 버림과 버려짐이 씨줄과 날줄처럼 어지럽게 엮여있다. 때로 아무리 발버둥 쳐도 스스로 벗어날 수 없는 구덩이에 빠져버린 듯한 느낌이 들기도 한다. 버려지지 않으려면 또는 자신을 지켜 내려면 오로지 강해져야 한다는 신념이 중력처럼 우리를 어딘지 끌어당기고 있는 것 같다. 자본이라는 거대한 괴물은 그 엉킨 실타래의 끄트머리를 단단히 붙잡고 있다. 그 속에서 살아가는 개인들은 버려지지 않으려 발버둥치는 동시에 때로는 버려야만 자신이 살아남는다고 믿는다. 마치 뫼비우스의 띠처럼 도달할 수도 없고 어디가 끝인지도 모르는 지점으로 달려가고 있는 것이 아닌가. 그래서 도시는 눈물을 흘리고 있다.

그럼에도 불구하고 문서정 작가는 버려짐이 끝이 아니라고 말하고 있는 듯이 보인다. 소설 속에 잠시라도 '함께 하는 그 사람'들을 등장시킨다. 어쩌면 눈물을 함께 흘리거나 그 시간을 함께 견디거나 흐르는 눈물을 닦아 주는 이가 있을지도 모른다는 기대를 갖게 한다. 버려진다고 해서 생존의 끝도 아니며, 버린다고 해서 결코 자유로워지지도 않는다. 조금은 우리가 다정했으면 좋겠다. 버려짐과 버림의 양면을 가진 이 아픈 도시 속에 살고 있지만 우리에겐 진짜 슬픔을 토해낼 뜨거운 심장이 있다. 조금 더 가슴을 열고 감각을 섬세하게 해야 하지 않을까. 지금도 눈물의 도시 한 가운데 버려진 그 누군가를 발견할 수 있도록. 버림과 버려짐이 아니라 가까이 함이 하나의 존재방식이 될 수 있도록.

정확한 인식이 곧 위로다

김영민

    소설집 〈눈물은 어떻게 존재하는가〉를 통해 소설가 문서정을 처음 만났다. 그녀는 2015년 불교신문의 신춘문예를 통해 소설가로 등단했다. 최근에는 스마트폰과 소설의 결합을 시도하는 글쓰기인 스마트소설 작품도 발표하고 스마트소설박인성문학상을 수상하기도 했다. 〈눈물은 어떻게 존재하는가〉는 8편의 단편 소설을 묶은 모음집이다. 그중에서 표제작 '눈물은 어떻게 존재하는가'를 깊이 들여다보았다.

눈물공주 S와 남자 대학동기들

    단편 '눈물은 어떻게 존재하는가'의 줄거리는 이렇다. 소설 속 화자는 대학 동아리 동기의 장례식장에서 다른 동기들을 만난다. 장례식장에 S가 찾아와 눈물을 흘린다. 이를 계기로 대학 시절의 S를 회상하게 되면서 이야기는 시작된다. '뽀얀 피부에 이목구비가 뚜렷하여 한눈에 사람들의 시선을 사로잡던 S가 인문학읽기 동아리에 든 것은 지금 생각해도 의외였다'라고 S에 대해 적고 있다. 그런데 모두의 기억속의 그녀는 자신의 생각과 느낌을 눈물로 표현하는 사람이었다. 그녀는 눈물공주로 불렸다. 화자는 남자 동기들과 그녀와 함께 했던 대학시절을 되돌아본다. 그녀에 대한 그들의 시각은 화자의 느낌과 생각과는 제법 다르게 서술된다. 화자는 우연히 또 다른 장례식장에서 S를 만나 대화를 나누면서 그녀에게서 이전과는 다른 면들을 발견하게 된다. 더 이상 눈물을 달고 살지 않는 그녀를 보고서 '눈물'에 대해 화자는 회의하고 고민하기 시작한 것이다. 잡지사에서 한 칼럼을 담당한 화자는 그 깨달음과 생각을 자신의 코너 '마음 읽어주는 남자'에 담아낸다. 그 칼럼의 제목이 '눈물은 어떻게 존재하는가'이다.

'눈물은 어떻게 존재하는가'를 읽으면서 다른 단편 소설 하나가 머리에 맴돌았다. 대학동기들과 한 여자 동기와의 치정에 관한 이야기를 다룬 것이 유사하여 떠오른 것 같다. 김영하의 소설집 〈오빠가 돌아왔다〉에 수록된 '크리스마스 캐럴'이란 단편소설이다. 이 소설에서는 자신을 남자 동기들의 욕정 분출구로 스스로 받아들였던 여학생이 독일에 가서 살면서 자신을 진심으로 존중하는 남자를 만나고 자존감을 회복하게 된다. 그리고 한국에 잠시 귀국했을 때 자신을 아직도 이전의 호구로 기억하고 있을 남자 동기들을 찾아가 자신의 변화를 알린다. 그 이후 벌어지는 남자들의 반응과 행동들이 소설의 주된 내용이다. 이 때문에 문서정의 이 소설에서도 주로 S의 변화를 염두에 두고 책을 읽어나갔다. 어떤 상황을 대처할 때이든 언제나 눈물을 흘리던 그녀였는데 이제는 눈물이 없이도 일상을 살아내는 모습을 보였으므로 자기연민에서 벗어나서 자존감을 가지고 살아가게 된 것이라 생각했다. 그러나 소설을 다시 살펴보니 문서정은 S가 아니라 피관찰자를 통해 드러나는 관찰자인 화자를 이야기하고 싶지 않았을까 생각하게 되었다.

눈물을 혐오하는 소설 속 화자

툭하면 눈물을 보이는 S의 눈물에 대해 화자는 처음부터 불편한 느낌을 가졌다. 이는 S에게 호감과 연민을 동시에 품었던 다른 남자 동기들과는 사뭇 다른 반응이다. 첫 동아리 모임 후 귀가하면서 S는 인문학 지식이 부족한 자신의 처지를 설명하면서 눈물을 보였다. 그 때의 화자는 이렇게 반응했다.

> "나는 그런 그녀가 불편했다. 값싼 눈물을 줄줄 흘려대는 그녀가 불쾌하기까지 했다. 눈물 뿐 아니라 뭔들 못 흘리고 다닐까, 싶은 생각이 들었다."(눈물은 어떻게 존재하는가, 79)

눈물을 흘리는 S를 이해하고 공감하기는커녕, 불편함을 못 이기고 모독적인 인격적 평가까지 내리고 있다. 또 상처를 입고 피가 나는 상황에서 눈물 흘리고 있는 S에게 이런 감정이 들었다고도 표현한다. "나는 그녀의 눈물에 대해 연민과 혐오를 동시에 느꼈다. 그녀에 대한 내 감정이 혼란스러워 한동안 그 자리에 그대로 서 있었다." 그날 밤 그와 S와의 연애가 시작되었다. 그런데 연애감정으로 포용하지 못할 정도로 눈물과 연관된 화자의 정서는 극히 부정적이다. 연애감정이 없더라도 상처를 입고 눈물을 흘리고 있다면 보호본능이라도 느낄 법한데 그의 반응은 혐오에 가깝다. 잠시 사귀고 헤어지는 이유를 밝히면서도 이렇게 가혹하게 말한다.

"그냥 우는 네가 지겨워졌어. 영혼 없이 흘리는 네 눈물 말이야. 그게 정말 싫
어졌어. 그거 전부 이기적인 눈물이잖아."(93)

화자의 이런 감정과 반응은 S에게만 국한된 것은 아니었다. 어느 날
아침 화자의 집으로 이웃의 치매 노인이 자신의 아내를 찾으러 왔다. 자
기 아내에 대한 염려와 안타까움으로 노인은 눈물을 보인다. 사실 그 노
인의 아내는 몇 해 전에 고인이 되었다. 화자는 이런 답답한 상황을 벗어
나기 위해서 함께 승강기를 타려는 이웃의 요청을 거부하면서까지 급히
문을 닫아버린다. 다시 만난 대학동기 K와 Q가 S를 회상하며 감상적인
표현들을 할 때도 아주 냉정하게 말한다. "너희가 걔의 미모에 홀라당 넘
어가서 걔의 눈물에 뭐가 있는 것처럼 생각할 뿐"이라고 내뱉는다. K와
Q는 술자리에서 자신들의 처지에 슬픔을 표하며 공감의 눈물을 보이기
도 한다. 그러나 소설 속 화자의 솔직한 감정 표현이나 공감하는 정서적
반응에 대한 표현은 찾아볼 수 없었다. "큐레이터가 되고 싶다고 하지 않
았어?", "누구 문상 온 거야?" 이렇게 피상적인 정보만을 얻으려는 듯 캐
물을 뿐이다. 마치 이해와 공감이 요구되는 정보에는 접근하지 않으려는
것처럼.

S는 화자에게서 헤어지는 이유를 듣고는 이렇게 대답했다.

"우는 내가 지겹다고? 차가운 새끼! 너는 너 자신을 위해서도 울어본 적 없을

걸. 너처럼 감정에 인색한 사람이 눈물의 의미를 어떻게 알겠어?"(93)

이웃 노인의 장례식장에서 화자는 우연히 S를 다시 만난다. 그녀는 자신이 병원 의무기록실에서 일하고 있다고 알린다. 그리고 화자에게 이렇게 말한다.

"환자들 차트를 보면 그 사람의 살아온 내력을 다 알 수 있어. 난 말이야, 네 차트가 궁금해."(99)

S와의 만남 이후 화자는 눈물의 의미와 효과, 영화 속 인물의 눈물 등을 내용으로 칼럼을 쓴다. 그리고 '울고 싶을 때는 펑펑 울라'고 덧붙인다. 이런 변화는 무엇 때문에 가능했을까? 자신에게 크게 자극이 되었던 S의 모습이 예상과 너무 달랐기에 충격을 받은 것일까? 아픈 딸아이를 보면서도 울지 않는 그녀가 충격적이었을까? 더 이상 울지 않으면서도 장례식에서만 눈물을 보이는 그녀가 크게 낯설었다고 화자는 고백한다. 화자의 생각의 변화가 구체적으로 어떤 것인지는 소설에서 언급이 없어 모호하기도 하다. 분명한 것은 눈물에 대한 화자의 태도가 바뀌었다는 것이다.

진정한 위로는 인식에서 출발한다

질문해 본다. 타인의 눈물에 대해 냉혹했던 소설 속 화자와 우리는 얼마나 다를까? 일상에서 접하는 주변인들의 희로애락에 얼마나 정서적 반응을 보이며 살아가고 있을까? 이제는 노란 리본으로 기억되는 세월호와 함께 수몰된 학생들의 이야기를 떠 올려본다. 사고의 원인이 제대로 설명되지 않아 부모들은 진상규명을 요구하고 있다. 이에 대해 '보험금을 더 받고 싶어 시위를 멈추지 않는다'고 경멸의 기사를 실었던 언론사들의 행태가 떠오른다. 이런 혐오와 공감 불능은 S의 눈물을 깊이 생각해 보지도 않고 그저 자신의 느낌과 판단에 따라 "이기적 눈물"(93)이라고 말하는 화자와 그대로 겹쳐 보인다.

　문서정의 소설에는 버림받은 사람들의 고통과 슬퍼하는 이들의 슬픔이 정교하고 생생하게 묘사되어 있다. 즉 그의 단편들에는 슬픔에 대한 어떤 인식이 심층적으로 담겨있다. 문학평론가 신형철은 〈슬픔을 공부하는 슬픔〉에서 "어떤 책이 누군가를 위로할 수 있으려면 그 작품이 그 누군가에 대한 정확한 인식을 담고 있어야 한다"(슬픔을 공부하는 슬픔, 26)고 강조한다. 아울러 정확한 인식이 슬픔을 위로할 수 있는 방편이며 그런 인식을 담은 책이 읽힐 때 위로가 전달된다고 말한다.(슬픔을 공부하는 슬픔, 27) 그렇다. 위로란 곧 인식이며 인식이 곧 위로다. 문서정의 몇몇 단편들 속에서 버려진 이들은 자신과 비슷한 처지의 사람들을 만나고 관계를 만들어 가기 시작한다. '밤의 소리', '지나가지 않는 밤', '나는 유령의 집으로 갔다'에서 이런 플롯을 발견할 수 있다. 그들은 서로의 처지를 인식하며 공감하고 위로를 주고받는다. 독자들 역시 문서정이 그려내는 아프고 슬픈 이야기들을 읽으며 어떤 위로를 발견하거나 경험할 수 있을 것이다. 타자의 슬픈 이야기 속에서 쉼 혹은 안식을 경험하기 때문일 것이다. 론 마라스코는 〈슬픔의 위안〉에서 순수한 휴식이야말로 '슬픔의 고통을 치료해주는 가장 효과적인 치료제'라고 말한다.(슬픔의 위안, 161, 슬픔을 공부하는 슬픔, 27쪽에서 재인용) 위로의 출발점은 제대로 된 인식이다. 슬픈 이의 사연과 아픔을 정확하게 알아야 진정한 위로가 생성되고 전해진다. 그런 면에서 우리들 대부분은 위로에 서툴다. 슬픔을 겪는 사람과 그 슬픔을 깊이 인식하기보다는 온갖 원인 분석이나 고상한 교훈이나 미숙한 격려의 말을 쏟아내기 일쑤다. 론 마라스코는 '함께 기도해주겠다'는 사람이 있으면 이렇게 말하라고 조언한다. "기도는 제가 직접 할 테니 설거지나 좀 해주시겠어요?"(슬픔의 위안, 168, 슬픔을 공부하는 슬픔, 28쪽에서 재인용) 우리의 상투적 위로를 깨뜨리는 일침이다.

이 소설집의 작품해설에서 평론가 최선영은 문서정은 버려진 이들의 삶이 '비극의 드라마가 아닌 생존의 기술로서 가능함을 직시한다'(260)고 평가한다. 아울러 이 소설들이 '누군가에게 문학이자 생존의 기술서로 읽히는 상상을 하게 된다'(260)라고 언급한다. '생존의 기술'이란 이 말을 어떻게 받아들여야 할까? 우리는 흔히 이렇게 생각한다. '버림받은 이들은 어찌어찌 살아가게 될 것이다. 혹 그들 서로 보듬어 안고서 말이다. 버림받지 않고 그럭저럭 삶을 살아가고 있는 이들의 공감이나 연대 없이도 말이다.' 이와 같은 논리는 버림받은 이들에 대한 외면과 무관심을 정당화하고 그 버려짐을 지속시키는 어법이 될지도 모른다.

그래서 이 단편모음집에서 표제작 '눈물은 어떻게 존재하는가'가 더없이 소중하다. 먼저 독자 자신이 다른 사람들 특히 버림받은 이들의 희로애락에 제대로 공감하고 반응하며 살고 있는지 돌아보라고 말하는 듯

하다. 이 소설집에 담긴 인물들의 이야기들을 통해서 독자는 버림받은 이들의 현실을 보다 면밀히 살필 수 있다. 그들의 생각과 미세한 감정을 조금씩 맛보게 된다. 부담을 느껴 읽기를 중지하고 던져버리지 않는다면 자기 자신을 그들의 현실과 감정에 노출시키고 정서적으로 접촉하게 될 것이다. 이런 읽기 과정을 통해 그들과 그들이 처한 현실에 대한 인식을 가지게 되지 않을까? 슬픔을 가진 자에게 곁을 내어주는 자리로 조금 더 가까워지지 않을까? 그런 면에서 이 이야기들은 사회적 가치를 지닌다. S의 눈물에 무지했던 소설 속 화자처럼 처음부터 차근차근 공감의 감정에 대해 배워야 할 사람들이 이 사회의 현실에도 적지 않기 때문이다.

타임머신에서 본 잉여인간, 누구인가

김성보

    다 쓰고 난 나머지. '잉여'라는 단어의 사전적 의미다. 잉여인간이란 더 이상 쓸모가 없는 존재로 해석할 수 있다. 천하 보다 귀하다는 사람, 그 사람을 향해 잉여인간이라 단정해서 말할 수 있을까? 작가는 저 사람이 잉여인간이라는 식으로 말하지는 않았다. 만약에 잉여인간이라 단정할 사람이 있다면 그가 누구이고 왜 그렇게 되었는지 반드시 알아야 한다. 보이는 것, 보여 지는 것만으로 단정하기에는 단어가 주는 무게가 아주 무겁다. 왜 굳이 저 단어를 사용했을까 하는 궁금증은 소설을 읽는 내내 버릴 수 없었다.

    작가의 글을 다 읽고 난 후 하나의 단어가 떠올랐다. 떠오른 단어는 '무력감'이었다. 아무리 열심히 발버둥치고 무엇을 하려고 해도 결과적으로는 아무것도 할 수 있는 것이 없다면 그 인생의 시간에 대해 무어라 말해야 하는 것일까? 인간으로서 그의 무능력을 질타해야 하는 것일까? 아니면 그가 있었던 시간, 환경, 조건을 문제 삼아야 하는 것일까? 그럼에도 불구하고 더 노력했어야 하는 것 아니었나 말해야 할까 아니면 그릴 수밖에 없는 상황이었으니 다 이해한다고 말해야 할까?

잉여인간들을 만들어낸 소설의 바깥, 1950년대

이 소설은 1958년에 발표되었다. 작가 손창섭은 1922년 평양에서 태어났다. 만주, 일본을 거쳐 1946년 귀국했다. 1959년 이 작품으로 동인문학상을 수상했다. 1972년 아내의 조국인 일본으로 간 후 1984년 일본에 귀화했다. 잉여인간에는 단편 13개가 실려 있다. 1958년이라면 6.25 전쟁 후 5년이 경과된 시점으로 소설은 6.25 전쟁 직후 사회상을 배경으로 한다. 작가는 그 시점에 무엇을 보았을까? 1958년 하면 가장 먼저 떠오른 곳이 있다. 전쟁과 피난살이 하면 떠오르는 부산. 그 부산에 지금은 감천문화마을이라는 이름을 갖고 관광지가 되어 있는 곳이 있다. 그곳은 전쟁을 피해 찾아온 사람들의 고달픈 피난살이 현장인 판자촌이었다. 피난 와서 막노동이라는 이름의 직업으로 살아가는 사람도 떠오른다. 70년 전의 모습은 이제는 TV 속 소품이나 박물관에 가야 볼 수 있는데 소설을 읽으면 굳이 가지 않아도 될 것 같다.

소설은 전쟁 후 사회 현실을 담고 있다. 그 현장에서 살아가는 사람들의 모습을 읽으면 70년 전 현장에 있는 것과 같은 사실적 묘사에 놀라게 된다. 소설은 치과 의사로 개원하고 있는 원장 서만기, 만기를 돕는 간호원 홍인숙, 그리고 만기의 중학교 동창인 채익준과 천봉우가 병원에 있는 장면으로 시작한다. 익준과 봉우는 만기의 병원에 찾아와 종일 한담으로 소일을 한다. 시작부터 이해가 되지 않는 장면이다. 하루 이틀도 아니고 뭐 하는 사람들인가 생각이 든다.

　원장 만기는 뭐라 한마디 할 만도 한데 아무런 말을 하지 않는다. 익준은 신문 기사를 보다 어떤 기사를 읽게 되면 갑자기 비분강개하여 흥분을 참지 못하는 모습을 보인다. 의협심이 강한 사람으로 보이기도 하고 자기 앞가림도 제대로 하지 못하면서 혈기나 부리는 공허한 모습에 안타까운 마음이 생겨날 지경이다. 봉우는 유부남이지만 가정의 경제권이 없다. 만기 병원에서 일하는 간호원 인숙을 짝사랑한다. 인숙이 퇴근하면 그를 졸졸 따라간다. 뭐 이런 사람이 있을까 생각하게 만든다. 봉우의 처는 만기가 운영하는 병원 건물의 건물주다 가정에서는 경제권을 움켜쥐고 살지만 평판이 좋지 않다. 그녀는 치과의사 만기를 돈으로 유혹하려고 애를 쓰지만 번번이 실패한다. 그렇지만 포기하지 않고 기회를 엿보는 집념을 보인다. 역시나 뭐 이런 사람이 하는 생각을 하게 만든다. 봉우 처의 집요함에 결국 만기는 병원을 떠나야 하는 상황에 이르게 된다. 그런 만기 앞에 간호원 인숙이 등장한다. 그녀는 만기 앞에 오십만 환을 내밀면서 병원을 내도록 권유한다. 인숙은 드러내지 않았지만 만기를 사랑하고 있었던 것이다.

만기, 잉여인간이 아닌 잉여인간

　치과원장 만기를 중심으로 그의 아내, 간호원 인숙, 그의 처제 은주, 봉우의 처가 있다. 작가는 여자들에게 인기 있는 만기의 모습을 다양하게 소개하고 있다. 작가가 보여주는 만기의 모습은 누구 봐도 품격 있는 신사의 모습이다. 그래서인지 만기에게는 기회만 있으면 지나친 호의를 보이는 여자들이 있었다. 처제인 은주의 모습만 보더라도 이해가 된다. 하지만 만기는 자기 주변 사람들에게 상처를 주고 싶지 않았다. 그의 아내를 생각하는 장면을 보면 그의 성숙한 인품을 발견하게 된다. 만기의 모습을 잠시 엿보도록 하자.

> 그러기에 아름다운 여성 환자의 지나친 호의를 물리친 날이면 만기는 으레 아내가 좋아하는 물건을 무엇이고 사들고 들어가는 것이었다. … 까칠해진 아내의 손을 꼭 쥐어주며, "고생시켜 미안허우!" 혹은 "나이 들며 더 예뻐지는 구려!" 그리고 봄볕처럼 다사로운 미소를 아내 얼굴에 부어주는 만기였다.'(잉여인간, 279)

봉우 처의 집요한 유혹에 대응하는 만기의 모습을 보면 치과의사에 대한 선입견이 깨지게 된다. 대부분 치과의사는 수입이 괜찮다. 그런 치과의사에게 봉우 처의 집요함은 귀찮을 뿐이다. 노름, 방탕 등 어처구니없는 실수로 빚쟁이가 되었다면 예외겠지만 소설 속의 만기는 그런 사람도 아니다. 봉우 처는 만기에게 왜 그러는 것일까?

만기에게는 병원장이라는 직함에 어울리지 않는 경제적인 어려움이 있다. 만기는 생활고에 극도로 시달리고 있었다. 그는 열 식구나 되는 대가족을 부양하고 있었다. 혼자 벌어서 열 식구 먹고 살기도 쉽지 않을 상황에서 동생들의 학비, 대학 하나, 고등학교 둘, 거기에 초등학교 다니는 자기 장남까지 돕기 위해 피를 짜내듯 하고 있었다. 그밖에 늙은 장모와 어린 처남 처제들만이 아득바득하고 있는 처가에도 쌀말 값이라도 보태주어야 했다(288). 만기의 생활을 살펴보면 숨이 막힐 만큼 힘들고 고단한 삶이라는 생각이 든다. 단지 소설 속의 허황된 이야기로 치부할 수는 없을 것이다. 지금은 찾아보기 어렵지만 많이 보고 들었던 모습임에는 틀림이 없다. 이런 만기의 어려움을 약점으로 잡고 봉우의 처가 괴롭히고 있는 것이다. 그것도 돈을 수단으로 유혹하는 방법으로.

봉우 처의 협박에 힘들게 대처하는 만기에게 친구 익준의 아내가 죽었다는 소식이 전해진다. 만기는 익준을 도와주고 싶지만 그럴만한 형편이 되지는 않는다. 하지만 소설 속의 만기는 결국 봉우 처에게 돈을 빌리게 되고 그 돈으로 익준 아내의 장례를 치러준다. 앞가림 제대로 못하는 친구에 대한 연민으로 봐야 하는지 아니면 대책 없는 우정으로 보아야 할까? 결국 만기는 병원을 내놓는 상황에 이르게 된다. 앞으로 대책 없어 보인다. 만기 역시 잉여인간의 모습으로 드러난다. 이후 새로운 병원을 얻게 되었을까? 아니면 새로운 곳을 찾아 각자 자기의 길로 떠났을까? 만기는 어떻게 되었을까? 소설은 여기서 끝이 난다.

잉여인간, 우리의 자화상

작가는 다양한 잉여인간의 모습을 보여준다. 익준과 봉우의 모습을 볼 때면 잉여인간이네 하며 어렵지 않게 동조하게 된다. 무력감을 보이는 모습에서 전쟁 후 어쩔 수 없는 사회적 현실을 생각할 때 안타까운 마음이 들기도 하지만 그들의 살아가는 모습을 지켜보면 연민의 마음도 과분하다는 생각이 든다. 봉우 처의 모습은 더 말해서 무엇을 하랴. 하지만 만기는 잉여인간이 될 수 없다. 그럼에도 그는 잉여인간의 모습으로 나타난다. 만기는 빚을 내서 친구 아내의 장례를 치러주는 인간적인 면모를 보여주었다. 참된 사람의 모습인 것은 맞다. 그럼에도 불구하고 소설 속의 장면은 그가 잉여인간의 모습이라 말한다. 익준과 봉우를 통해서 잉여인간의 모습을 드러내려 하는 것이 작가의 의도로 보이지는 않는다. 소설의 주인공은 만기였다. 만기는 왜 잉여인간처럼 살아야 했을까? 가족에 대한 책임감이 그렇게 만들었다. 품위 있고 신사적인 그의 삶의 태도가 친구에 대한 의리 있는 모습도 그를 구원하지는 못했다. 그 시대가 만기와 같은 사람조차도 어떻게 할 수 없을 만큼 힘들게 만들었던 것이다.

전후의 생활은 대부분의 사람들이 아주 어렵게 살았다고 한다. 무엇을 하고자 해도 뚫고 나갈 기회가 제한된 상황이니 절망 가운데 고통을 감내할 수밖에 없는 시대이기도 했다. 작가는 그 시대와 사람들의 살아가는 모습을 절절하게 이야기 해주었다. 나는 이 소설이 매우 '사실적'이라는 점에서 깊이 공감을 했고, 마치 그 시간 그 공간에 있다가 돌아온 기분이다. 소설은 익준과 봉우와 다르게 사는 만기, 만기처럼 열심히 살아도 때로 잉여인간의 모습으로 노출될 수 있음을 보여준다. 노출된 시간이 길수록 삶의 고단함은 더할 수밖에 없었을 것이다. 전후는 그러한 시대였다. 만기는 그러한 시대에서도 품격을 잃지 않고 가족을 사랑했으며 아내에 대한 존중과 애정에 변함이 없었고 친구와의 우정에서도 빛을 발했다. 만기는 최선의 노력을 다 해서 인간답게 살았다. 만기의 노력만큼은 하고 나서야 살아가는 어려움을 이야기할 자격을 갖게 될 것이다. 만기 정도로 살지도 못했으면서 잉여인간으로 사는 것에 대한 변명은 할 수 없다.

작가는 그 누구도 가난과 곤경으로부터 예외일 수 없었던 시대였음을 말하고 있는 것 같다. 그래서 작가는 독자로 하여금 자신의 삶에서 잉여적인 모습을 발견하고 이를 넘어서는 그 무엇을 생각하기를 원했던 것은 아닐까? 이 소설의 마지막 대목에서 만기가 익준 아내의 장례를 마칠 때쯤 익준이 머리에 붕대를 싸매고 등장한다. 마치 반전이 일어나는 듯 하고 우리에게 깊은 울림을 던져주는 장면이다. 익준의 모습에서 '잉여인간의 시간'을 좀 더 빨리 줄이기를 바라는 아쉬움을 떨쳐 버릴 수 없었다. 모든 이에게 삶의 시간은 소중하고 그 어떤 경우에도 우리는 잉여인간이 아닌 존엄한 인간으로 살아가야 할 이유가 있다고 말하고 싶다. 나아가 비극처럼 보이는 잉여인간의 삶조차 소중한 삶이라고 말한다면 이 소설을 오독한 것일까?

잉여의 쓸모

백희영

어느 예능 프로그램에서 일명 '짝짓기 게임'을 본 적이 있다. 열댓 명의 사람들이 음악에 맞춰 움직이다가 사회자가 "O명!"이라며 호루라기를 불면 서로 짝을 맞춘다. 인원수를 점점 줄여서 마지막에 남는 한 명이 벌칙을 받는 게임이다. 순발력이 떨어지는 사람이 마지막에 남게 된다. 혼자 남겨진 것도 억울한데 벌칙까지 받아야 한다. 아무리 연출이라도 웃고 넘길 수만은 없었던 것은 남겨진 자의 쓸쓸함을 미루어 짐작할 수 있기 때문이다. 내가 아니라 다른 사람이 벌칙을 받는 걸 볼 때 상대적인 안도감과 동시에 희열을 느낀다.

남겨진 자, '잉여인간'은 누구에게도 선택받지 못한 인간이다. 우리는 '잉여인간'이 될까 봐 두려워한다. 예능 프로뿐만 아니라 우리 사회에서 남겨진다는 건 곧 고립을 의미한다. 잠깐 벌칙만 받으면 끝날 게임이 아니라 현실에서의 고립은 사회적 죽음이나 마찬가지다. 전례 없는 코로나 팬데믹으로 고립은 다른 의미가 되었지만, '코로나 블루'라는 신종 우울증이 생긴 것도 일종의 사회적 고립으로 인한 불안감 때문이 아닐까 싶다.

쓸모없음, 잉여인간의 실존

작가 손창섭은 소설 〈생활적〉, 〈잉여인간〉에서 잉여인간의 삶을 덤덤하게 조망한다. 1922년 평양 태생인 손창섭은 일제 강점기와 6·25 전쟁을 모두 겪으며 파란만장한 삶을 살았다. 그는 1949년에 첫 작품을 발표하고, 6·25 전쟁 중에 '문예'지를 통해 등단했다. 작가는 고향에서 반동취급을 받고, 월남 후에는 극심한 생계 곤란을 겪었다. 그 후 일본인 아내를 만나 전쟁 후 작품 활동을 하다가 결국 1984년에 일본으로 귀화한다. 그는 평생 동안 이방인 취급을 받으며 방황했던 '잉여인간' 같은 자신의 모습을 작품을 통해 자화상처럼 그려 낸다.

잉여인간의 공통점은 그 누구도 그들을 필요로 하지 않는다는 점이다. 쓸모가 없기 때문이다. 소설 〈잉여인간〉의 표본과 같은 인물은 봉우와 익준이지만, 상황에 따라서 누구나 어쩔 수 없이 잉여인간으로 전락하는 순간이 올 수 있다. 〈잉여인간〉의 봉우, 익준 뿐만 아니라 만기와 봉우의 처, 간호사 인숙, 만기의 처제까지 모두가 잉여스러운 면이 있다.

치과 원장 만기는 잉여인간을 거두어 주는 인물이나. 만기의 주변에는 봉우와 익준, 처가와 본인 식구들까지 만기가 챙겨야 할 잉여인간이 넘쳐난다. 누가 봐도 모범적인 그가 왜 '잉여적'인가? 만기는 봉우 처의 도움 없이는 익준 처의 장례비용을 대지도 못했고, 병원도 곧 넘어가지만 아무런 대책이 없다. 처가 식구까지 먹여 살린 살뜰함은 만기의 처와 처제의 희생 없이는 불가능했다.

잉여인간의 이중 잣대

잉여인간에게 가족이란 큰 의미가 없다. 흥미로운 점은 잉여인간들만의 유대감이다. 만기를 중심으로 다양한 잉여인간 군상이 모여 각자 나름의 역할과 자리를 지킨다. 만기가 봉우와 익준을 내치지 못하는 것도 단순히 불쌍해서가 아니라, 말로 표현할 수 없는 위안을 받기 때문이다. 익준은 직원보다 먼저 치과로 출근해 소매를 걷어붙이고 청소를 한다. 익준은 신문을 볼 때마다 다소 과격하게 사회를 비판하지만, 위협적인 존재는 아니다. 봉우는 살아있는 송장처럼 대합실 구석에 앉아 꼿꼿한 자세로 잠을 잔다. 만성 수면 부족에 시달리는 그가 살아있는 순간은 간호사 인숙을 따라다닐 때뿐이다. 봉우는 스토커처럼 인숙을 따라다니지만 성적인 대상으로 대하지 않는다. 마치 갓 태어난 새끼가 처음 각인한 대상을 보호자로 보고 생존을 위해 졸졸 따라다니는 모습과 같다.

잉여인간은 정말 쓸모가 없는 사람인가? 그들 스스로 자처한 일이라 비난받아 마땅한 사람인가 자문해 본다. 손창섭의 또 다른 소설 〈생활적〉에 등장하는 동주는 전쟁 후 고문 후유증으로 외상 후 스트레스 장애에 시달리는 인물이다. 그는 제대로 걷지도 못하면서 하루도 빠짐없이 산꼭대기의 좁은 비탈길을 15분 이상 내려가 억센 여인네들 틈바구니에서 이리 치이고 저리 치여도 기어이 물을 길어 온다. 올라오는 길에 몇 번이나 휘청거려 물이 반 밖에 남아 있지 않지만 그래도 제 할 일을 해낸다.

어느 날 쌍나무 우물에 해골 부스러기가 나와서 동주가 물을 기르는 우물로 사람이 몰리자 더욱 힘들어진 그는 아무도 없는 쌍나무 우물로 간다. 파리와 구더기가 득실대는 판자촌에 살면서 송장 물을 가리는 사람들을 비웃으며 전보다 수월하게 물을 긷는다. 하층민으로 살면서 눈앞의 물은 더럽다고 피하는 이중 잣대가 우스울 뿐이다. 동주는 이렇게 명료한 사고를 하다가도 오랫동안 잠식당한 무력감은 어쩔 수가 없다. 우물에 오물을 투척한 범인으로 몰릴 때조차 자기변명은커녕 자신이 진짜로 하지 않았을까 하는 의구심을 품는다.

동주는 하루하루 죽기만을 기다린다. 그러면서 옆방 순이의 앓는 소리를 들으며 자기가 살아있다는 것을 의식하고 하루를 버틴다. 결국, 순이가 죽었을 때는 그녀에게 입을 맞추며 안도감인지 슬픔인지 모를 눈물을 흘린다. 살아있으니까 죽을 수 있다는 기쁨, 바로 그 역설적인 희망이 동주를 살게 한다.

그럼에도 불구하고 삶은 계속된다

소설의 시대적 배경 상 6·25 전쟁 후는 누구나 잉여인간으로 전락할 수밖에 없다. 비록 시대 상황이 자신을 쓸모없는 잉여인간으로 전락시킬지라도 인간 본연의 인간애만은 잃지 않는다. 손창섭의 소설은 언뜻 보면 하나같이 비관적이고 어두워 보이지만, 작가는 그만의 방식으로 잉여인간을 다독인다. 그들만의 세상에서 나름의 최선을 다하는 모습이 안타까우면서 동질감을 자아내는 건 자본주의 시대를 사는 우리의 모습이 살짝 겹쳐진 탓이다.

현대 사회는 사람의 가치와 가격을 혼동한다. 사람의 가치는 그가 얼마나 자본으로 대체될 수 있느냐로 평가된다. 스펙을 쌓고, 이름난 직장을 얻고 좋은 집과 차를 사기 위해 안간힘을 쓰지만 자본주의 사회에서 평등한 경쟁이란 있을 수가 없다. 사회에서 비주류가 되는 순간 '잉여인간'으로 전락한다. 손창섭의 소설 속 '잉여인간'은 그래도 나름의 이유가 있고, 그들만의 연약한 유대감이라도 있다. 우리 사회에서 잉여인간은 철저히 고립된다. 사회적 고립은 인간을 피폐하게 만든다. '잉여인간'의 굴레가 한 번 덧씌워지면 벗어나기 힘들다.

대체 누가, 무슨 자격으로, 사람을 '잉여'로 판단하는가? 나 또한 그런 식으로 사람을 판단한 적이 없었노라고 자신 있게 말하기 힘들다. 손창섭의 소설은 그 누구라도 '잉여인간'에서 자유롭지 못하다는 것을 깨닫게 한다. '잉여인간'으로 태어나는 사람은 없다. 한 사람을 잉여인간으로 만드는 것은 주변인이다. 잉여인간에서 벗어나게 하는 것도 주변인이다. 잉여인간이 되는 것이 두렵다고 해서 상대방을 잉여인간으로 낙인찍는 짓은 하지 말아야 한다. 살면서 어느 순간 또 자각하지 못하고 '잉여인간' 프레임이 덧씌워진다면 손창섭의 〈잉여인간〉에서 남겨진 자의 쓸쓸함을 떠올리기 바란다.

6부

∴

인간을
사유하기

철학자 하이데거가 말했다.
인간은 존재에 대해 물음을 던지는 존재라고.
천체 물리학, 생물학, 진화인류학 등의 현대의 과학적 발견과
이에 기반을 둔 빅히스토리는
인간에 대한 이해를 보다 넓고 깊게 해 준다.
아울러 우리가 조우하는 '사건' 역시 우리의 사유를 자극한다.
사건을 경험하고 깊게 들여다보면 인간이 보인다.
우리, 호모 사피엔스는 '언어'로 소통할 뿐 아니라
인간 자체에 대해 질문을 던진다.
여기 호모 사피엔스를 탐구한 명저 하나와
인류에 경종을 주었던 사건 하나를 다룬 다큐를 담는다.

유발 노아 하라리의 〈사피엔스〉
히로세 다카시의 〈체르노빌의 아이들〉

우리는 어디에서 왔고 어디로 가는가

이미옥

　유발 노아 하라리(Yuval Noah Harari)는 이스라엘 하이파에서 태어나 히브리 대학교에서 중세 역사와 군사문화를 공부하고 2002년 옥스퍼드 대학교에서 중세 전쟁사로 박사학위를 받았다. 현재 예루살렘의 히브리 대학교 역사학과 교수로 재직하고 있다. 세계사와 중세사, 군사 역사를 전공한 그는 최근 '역사와 생물학의 관계는 무엇인가?' '호모 사피엔스와 다른 동물의 본질적인 차이점은 무엇인가?' '역사에 정의가 있는가?' '역사가 전개되면서 사람들은 더 행복해졌나?' 등 거시사적인 질문들을 집중적으로 연구하고 있다.

　2009년과 2012년 인문학 분야 창의성과 독창성을 기리는 폴론스키상을 받았으며 2011년에는 군사 역사 논문의 탁월함을 인정받아 몬카도상을 수상했다. 2012년, 영 이스라엘 아카데미 오브 사이언스에 선정되었다. 세계적인 베스트셀러 〈사피엔스〉와 〈호모 데우스〉를 펴냈으며 그의 역사연구와 강의는 책과 동영상을 통해 전 세계 독자들과 만나고 있다.

유발 하라리의 질문과 대답

역사를 보는 관점은 크게 두 가지가 있다. 연대나 지역을 한정하거나 전쟁이나 혁명 같은 역사적 사건이나 현상을 각각에 집중해서 연구하는 방법이 그 하나이고, 다른 하나는 장기적 시계에서 역사를 거시적으로 조망하는 방법이다. 하라리는 후자의 방법으로 연구하는 학자다. 장대한 인류사를 한 분야의 관점으로 접근하기는 쉽지 않다. 역사학뿐 아니라 정치학, 경제학, 심리학, 철학 등 전 분야에 걸친 식견을 갖춰야 가능할 것이다. 하라리는 이러한 식견을 갖추고 있었고 그러한 접근법을 통해 인지혁명, 농업혁명, 과학혁명이라는 세 혁명을 축으로 인간 존재의 수수께끼에 답했다.

'어떻게 호모 사피엔스가 지구의 정복자가 되었는가?'라는 질문으로 〈사피엔스〉는 시작한다. 이렇게 시작된 질문에 대한 답을 따라가다 보면 결론에 이르고 마지막 장을 남겨두면, 인류의 미래는 어떻게 될 것인가가 궁금해진다. 이어지는 책이 〈호모 데우스〉다. 호모 데우스에서 '그래서 어쩌란 말인가?'라는 질문이 생긴다면 〈21세기를 위한 21가지 제언〉을 마저 읽어보면 어떨까? 이 책들을 읽으면서 의문이 생겼다. 도대체 무엇이 '그를 읽게 하는가'이다. 인간이 별로 중요치 않은 동물이라는 것은 일찍이 다윈도 말했고, 리처드 도킨스도 말했고, 칼 세이건을 통해서도 알게 되지 않았던가. 인지혁명과 농업혁명, 과학혁명으로 이어지는 인류사의 분류 또한 익숙한 것이고 미래사회에 대한 여러 가지 예측들과 전 지구적 문제에 대한 통찰과 해결책도 처음 접하는 것은 아닌데… 무엇이 하라리에게 빠지게 만드는 것일까? 세상과 역사를 바라보는 관점, 다양한 학문 접근이 가능한 지적 능력, 통찰력, 그러나 무엇보다 부러운 능력은 거시적 스토리텔링 능력이었다. 서문에 나와 있듯 '우리는 누구이며 어디에서 왔고 어디로 가는가'에 대한 질문. 그 근원적 질문을 던져놓고 독자 스스로 답을 찾게 만든다는 점이다. 별로 중요치 않은 동물 호모 사피엔스, 그들은 어떻게 지구를 정복했는가?

그의 대답은 이렇다

인류는 여섯 종 정도가 있었고 사피엔스보다 그들이 더 강했다. 그런데 살아남은 종은 사피엔스다. 그 이유는 '대규모의 협력이 가능'했기 때문이라고 한다. 교역의 증거가 있고, 그들만의 언어, 의사소통능력이 있었다. 지금의 '지구촌'의 개념이 가능한 이유는 바로 '허구'를 창안하고 믿게 되었기 때문이다. 종교와 질서, 예절, 법 등의 상상의 질서로 많은 사람은 협력하는 능력을 갖춘 종이 되었다. 이런 협력을 끌어낼 수 있었던 이유가 바로 '허구'를 믿기 때문이다. 사피엔스, 그들만이 대규모 협력이 가능했고, 대약진 즉 이동을 시작하여 지구의 전 대륙을 다 돌아다니게 되었다. 사피엔스의 이동은 대형동물의 멸종을 불러왔다 그들의 이동 경로에 따라 대형동물들의 멸종이 이어졌다. 사피엔스는 가히 형제 살인범이며 연쇄살인범이라고 말한다.

다음은 농업혁명에 대한 그의 관점이다. 농업혁명은 역사상 최대의 사기라고 말했다. 사기라고? 신석기 혁명으로도 불리는 농업혁명으로 인류는 안정된 삶을 살게 된 것이 아니고? 그에 따르면 수렵 채집의 시간보다 정착하게 되면서 전쟁과 폭력이 많아지고 모여 살기 시작하면서 가축으로 인한 질병과 전염병이 창궐해 기본적으로 더 많은 노동에 시달리면서도 삶의 질은 개선되지 않았다. 역사는 발전했다고 하지만 인류는 더 행복해졌는가에 대한 대답은 아마도 고개를 갸웃거리며 "글쎄"라고 말하는 사람들이 많지 않을까?

인류는 힘을 행복으로 바꾸지 못했다. 풍요로워졌으나 행복해졌다고는 할 수 없다는 것이다. 그 이유 중 하나는 인간의 행복이란 얼마나 식량이 많은가, 얼마나 큰돈을 소유하고 있는가와 같은 객관적인 자료에 따라 결정되지 않기 때문이다. 행복은 기대치에 좌우된다. 기대하는 것이 충족되면 행복을 느끼고 못 미치면 불행하다고 여긴다. 지금의 인류는 석기시대보다 수천 배 이상의 힘을 갖고 있지만 수천 배만큼 행복해지지는 않았다.

그다음이 과학혁명이다. 과학혁명의 메시지는 인지혁명을 통해 지구를 인지하고 농업혁명을 통해 발전시키더니 이제 지구를 끝낼 수도 있게 되었다는 관점이다. 향후 수십 년 안에 핵전쟁이나 지구온난화(기후변화), 그리고 과학기술에 의한 실존적 위기에 직면하게 될 것이다. 그뿐만 아니라 인공지능이 기존의 사회질서와 경제 구조를 완전히 파괴하고 수십억 명의 사람이 노동시장에서의 퇴출로 대규모 무용 계급을 만들어낼지도 모른다. 길가메시 프로젝트라 명명한 인간 수명의 연장 내지는 영생 연구도 포함된다. 이것이 과학혁명의 실체다. 그는 인간을 '신이 된 동물'이라 표현한다.

사피엔스의 마지막 문단을 옮겨보면 "우리는 머지않아 스스로의 욕망 자체도 설계할 수 있을 것이다. 그러므로 아마도 우리가 마주하고 있는 진정한 질문은 '우리는 어떤 존재가 되고 싶은가?'가 아니라 '우리는 무엇을 원하고 싶은가?'일 것이다. 이 질문이 섬뜩하게 느껴지지 않는 사람이 있다면 아마 이 문제를 깊이 고민해보지 않은 사람일 것이다."(사피엔스, 586)로 끝맺는다.

우리는 무엇을 원하고 싶은 걸까

그는 미래를 위해 지금 바로 움직이라고 한다. 미래를 예측할 수 있는 사람은 없다. 유일한 예측은 다른 가능성을 그려보는 것뿐, 세계는 결정론에 따라 움직이지 않는다. 누구나 생각할 수 있는 인공지능기술이 빠른 속도로 진화해 인터넷 세상뿐 아니라 정치, 경제, 문화 전반을 바꿀 것이다. 그럼 어떻게 바뀌어야 할까? 그 답을 구하기 위해 최악의 상황까지 포함해 다양한 가능성을 제시하는 일이 자신의 학자로서의 사명이라고 말한다. 위험을 사전에 인지하는 것이 중요하며 대처할 수 있고 '당장 행동하세요'라는 메시지를 전달해야 한다는 것이다. 불안감을 느낄 때 어떻게 행동할지는 각자의 몫이다. 나의 몫을 생각해 보자. 우리는 무엇을 원하고 싶은 걸까?

새로운 역사의 망치를 만나다

김향숙

선에게. 유발 하라리의 〈사피엔스〉를 읽고 싶다고 했지? 책이 두꺼워 부담스럽다고 했잖아. 책은 '호모 사피엔스의 역사'를 담고 있어. 그들이 어떻게 인류의 주인공이 되었고, 살아왔으며, 앞으로 무엇이 되려고 하는지를 보여줘. 약 15만 년 전 지구에는 6종의 인류가 살았다고 해. 지금은 '순수한 호모 사피엔스'만 남았다는데 이상하지 않아? 우리는 최초의 인류는 네 발로 걷다가 점점 직립보행으로 진화해왔다고 배웠잖아. 작가의 주장에 따르면 이들이 처음부터 어울려 살았다고 해. 종의 특성에 따라 서열이 정해지고 생사가 결정되었대. 작가는 방대한 사피엔스 역사를 다양한 측면에서 질문하고 풀어가고 있어. 작가가 던지는 질문과 상상력은 완전히 새로운 역사 스토리로 펼치고 있어. 책장을 넘길 때마다 '뿅 망치'가 등장해서 나의 역사 상식을 깨고 있어. 내가 전하는 〈사피엔스〉를 듣다 보면 너도 그런 순간을 자주 경험할 거야.

망치 같은 역사 이야기

호모 사피엔스는 '형제 살해범'(사피엔스, 33)이었대. 만물의 영장이라고 알고 있는 조상이 살인범이래. 그럼 우린? 쉿, 조용히 넘어가자. 7만 년 전 사피엔스는 네안데르탈인이나 대형동물과 겨루기에는 신체적으로도 아주 열악한 존재였대. 언어를 매개로 정보를 공유하게 되면서 사피엔스는 사회적 협력이 강한 집단으로 부상하였고 먹이사슬의 정점에 오르게 되었대.

> "자원을 둘러싼 경쟁이 폭력과 대량학살을 유발했다는 것이다. 관용은 사피엔스의 특징이 아니다. 현대의 경우를 보아도 사피엔스 집단은 피부색이나 언어, 종교의 작은 차이만으로 곧잘 집단을 몰살하지 않는가. 원시의 사피엔스라고 해서 자신들과 전혀 다른 인간 종에게 이보다 더 관용적이었을까? 사피엔스가 네안데르탈인과 마주친 결과는 틀림없이 역사상 최초이자 가장 심각한 인종 청소였을 것이다."(39)

작가는 사피엔스의 행동을 결정하는 것은 생물학적 특성이라고 해. 물론 그들이 대량학살을 주도한 것은 인지혁명이라는 역사적 사건이 있었기에 가능한 것이었지, 작가가 옥스퍼드 대학에서 중세 전쟁사를 연구했기 때문인지 전쟁 역사를 많이 보여주고 있어, 그들은 가는 곳마다 기존의 종을 몰살하고 영역을 넓혀갔대. 4만 5천 년 전 호주까지 진출하게 되었대. 작가는 이것을 콜럼버스가 아메리카에 도착하거나 아폴로 11호가 달에 착륙한 것과 같이 위대한 일이라고 평가하고 있어. '사마천의 사기'

나 '삼국지' 같은 고전의 내용도 전쟁 이야기지. 현재의 시리아 내전이나 각 나라의 무기 제작 또한 형제 살해를 준비 중인 셈이지. 처음이지? 이런 역사 이야기.

"농업혁명은 역사상 최대의 사기였다."(124) 이런 말 들어봤니? '사기'라니 인류의 문명을 열어준 위대한 역사 아니야? 농업혁명이 성공적으로 보였던 것은 인구가 늘어났기 때문이지 삶의 질이 좋아진 건 결코 아니라고 해. 인구 증가로 인해 일하는 시간이 늘어났고, 제대로 된 식사도 할 수 없었대. 우리의 지병인 디스크 탈출증, 관절염, 탈장 등 신체적 변화도 이때 생긴 거라고 해. 작가는 인류의 역사뿐만 아니라 생물학적으로 어떻게 진화했는지도 믿을 만한 근거와 자료를 가지고 설명하고 있어. 흥미롭지?

"농업혁명 덕분에 인류가 사용할 수 있는 식량의 총량이 확대된 것은 분명한 사실이지만 여분의 식량이 곧 더 나은 식사나 더 많은 여유시간을 의미하지는 않았다. 오히려 인구폭발과 방자한 엘리트를 낳았다. 평균적인 농부는 평균적인 수렵채집인보다 더 열심히 일했으며 그 대가로 더 열악한 식사를 했다. 농업혁명은 역사상 최대의 사기였다."(124)

작가는 사피엔스가 이렇게 계산 오류를 범한 것은 결과를 전체적으로 파악하는 능력이 부족했기 때문이래. 그렇다고 옛날로 돌아갈 순 없잖아. 그래서 사피엔스는 미래가 더 중요해졌다고 해. 더 많은 밭을 일구고, 농산물을 비축해야 했대. 농부들의 삶은 점점 더 힘들어지게 되었지. 그럴 때마다 편리한 생활을 추구하기 위해 가축과 자연물을 희생시키게 되었지. 이러한 변화는 거대한 정치사회로 가는 길을 터주었다는 거야. 사피엔스는 이를 통제할 강력한 뭔가를 고민하기 시작했대. 과연 그게 뭘까?

기발한 상상력의 보고

작가는 사피엔스가 집단을 형성할 수 있었던 비장의 무기는 '뒷담화 이론'이래. 동물도 그들만의 언어가 있지만, 인간의 언어는 보지도 듣지도 않은 허구를 만드는 능력이 있대. 그리고 그것을 믿게 하는 힘이 있는데 그게 바로 뒷담화라고 해.

> "뒷담화는 악의적인 능력이지만 많은 숫자가 모여 협동을 하면 반드시 필요하다. … 누가 신뢰할 만한 사람인지에 대한 믿을 만한 정보가 있으면 작은 무리는 더 큰 무리로 확대될 수 있다. 이는 사피엔스가 더욱 긴밀하고 복잡한 협력 관계를 발달시킬 수 있다는 뜻이기도 하다."(47)

사피엔스의 역사가 뒷담화로 만들어졌다는 작가의 상상력 기발하지? 우리 예전에 퇴근하면 상사 뒷담화하느라 밤새운 적도 있잖아. 이튿날 출근하면 괜히 맘 좋였지. 뒷담화가 사피엔스 DNA인가봐. 교육에서 강조하는 미래 인재상에 협력적 문제해결력, 정보 전달 능력, 공동체 의식이 있잖아. 이게 뒷담화의 역량이래. 굳이 가르치려고 애쓸 필요 있나 싶네. 작가는 사피엔스는 보지도 겪지도 않은 허구인 전설, 신화, 신의 세계를 만들어 냈다는 거야. 뒷담화 이론은 현대의 인터넷, SNS로 이어지고 있잖아. 결국 뒷담화는 사피엔스 집단을 결속하는 '상상의 질서'를 낳았다고 해.

'상상의 질서'는 돈이 필요해? 은행에 돈 많아 빌려줄게. 우리 민족은 이런 신화를 갖고 있어, 우리 종교 어때, 천국을 보장해 준다고 사람들을 믿게 만드는 거야. 사피엔스 집단을 효과적으로 협력하고 통제할 방법이지. 사피엔스의 상상인지. 작가의 상상인지. 이런 상상력은 작가의 깊은 통찰력 없이는 어려울 것 같아.

> "사람들로 하여금 기독교나 민주주의 자본주의 같은 상상의 질서를 믿게 만드는 방법은 무엇일까? 첫째 그 질서가 상상의 산물이라는 것을 결코 인정하지 않아야 한다. 사회를 지탱하는 질서는 위대한 신이나 자연법에 의해 창조된 객관적 실재라고 늘 주장해야 한다."(169)

우리가 '평등'하다고 믿는 것, 법이라고 규정하는 것, 규칙 이런 것들은 사람이 정하는 것이 아니라 신의 명령이고, 불변의 법칙이라고 주지시키는 거지, 이런 것들을 교묘하게 생활 속에 뿌리내리게 하고, 개인의 욕망과 연결하여 조직적으로 주입시켰다고 해. 이것은 단지 실체가 없는 것임을 모르는 체 주인의식이 없이 맹목적으로 밀어붙이는 사피엔스의 집단의식이라는 주장이 깔려 있어, 상상의 질서라는 명제에는 철학적인 느낌이 있어. '상상의 질서, 누구를 위한 것인가?' 이런 이야기 좀 더 깊이 나누고 싶어.

이제 상상력의 끝판왕을 소개하려고 해. 작가는 인간을 '신이 된 동물'이라고 해. 작가는 '나는 아무것도 모른다'라는 무지에서 시작된 과학혁명은 욕망의 산물이라는 거야. 과학의 주력 상품은 '길가메시 프로젝트'라고 해. 인간이 영원히 죽지 않는 프로젝트야. 죽음이 기술로 해결될 수 있다니 섬뜩하지 않니?

"우리는 머지않아 스스로의 욕망 자체도 설계할 수 있을 것이다. 그러므로 아마도 우리가 마주하고 있는 진정한 질문은 '우리는 어떤 존재가 되고 싶은 가?'가 아니라 '우리는 무엇을 원하고 싶은가?'일 것이다. 이 질문이 섬뜩하게 느껴지지 않는 사람이 있다면, 아마 이 문제를 깊이 고민해 보지 않은 사람일 것이다."(586)

역사의 다음 단계는 기술적, 유기적 영역뿐 아니라 인간의 의식과 정체성에도 근본적인 변형이 일어난다는 거야. 그러니까 인간이 신이 될 수 있는 것은 꿈이 아니라 현실이라고 해. 인간이 신이 될 수 있다면 우린 어떻게 할까? 어떤 존재가 되는 것보다는 행복하게 사는 방법을 고민하는 게 더 나은 삶이 아닐까?

"인간은 새로운 힘을 얻는 데는 극단적으로 유능하지만 이 같은 힘을 더 큰 행복으로 전환하는 데는 매우 미숙하다. 우리가 전보다 훨씬 더 큰 힘을 지녔는데도 더 행복해지지 않은 이유가 여기에 있다."(593)

과학과 산업혁명 덕분에 인류는 무한 에너지를 갖게 되었다고 해. 사회질서, 일상생활 인간의 심리도 그렇게 되었지만 '우리는 더 행복해졌는가?'라고 묻고 있어. 작가는 사피엔스는 무엇이 진정 인간을 행복하게 하는지를 모른다고 해. 역사적인 사건이 개인의 행복과 고통에 어떤 영향을 미쳤느냐에 대해서 아무것도 말해주지 않는대. 이것이 우리 역사의 이해에 남아 있는 가장 큰 공백이래. 우리가 이것을 채워나가야 한대. 이해하긴 어렵지만 깊은 공감이 느껴져.

끝없는 질문과 가상의 실재

인간의 역사를 어떻게 600쪽에 다 실을 수 있겠어. 흥미와 호기심을 더하는 건 작가가 설정한 '가상의 실재'가 있어서야. 이런 질문법 하나 꼭 내 것으로 만들고 싶어.

"당신이 뇌를 휴대용 하드 드라이브에 백업해서 노트북 컴퓨터에서 실행한다고 가정하자. 당신의 노트북은 사피엔스처럼 생각하고 느낄 수 있을까? 만일 그렇다면 그것은 당신일까? 아니면 다른 누구일까? 컴퓨터 프로그래머가 완전히 새로운 디지털 마음을 창조한다면 어떨까? 컴퓨터로만 구성된 그 마음이 자아의식, 의식, 기억을 다 갖추고 있다면? 프로그램을 컴퓨터에서 실행하면 그것은 인격체일까? 그것을 지우면 살인죄로 기소될까?"(577-578)

책에는 이런 문장들이 많아. 숨죽이고 질문을 따라가다 보면 사피엔스의 역사를 생물학, 자연과학, 생명공학, 사회학, 심리학, 종교, 정치, 문화, 윤리적 측면 등 거치지 않는 영역이 없어. 질문의 깊이만큼 문장의 밀도도 높아지는 것 같아. 가상의 실재는 거짓말하고는 달리 사람들을 믿게 만든다는 거야. 공동의 믿음이 계속되는 한 현실 세계에서 힘을 발휘한다고 말해.

이전의 많은 동물과 인간 종이 "조심해, 사자야."라고 말할 수 있었다면 호모 사피엔스는 "사자는 우리 종족의 수호령이다"(48)라고 말했다는 거야. 7만 년 전 사피엔스의 목소리가 어땠을까 상상해 봐,

아폴로 11호 우주 비행사들이 달 탐험에 앞서 몇 개월간 달과 환경이 비슷한 미국 서부 사막에서 훈련을 받을 때, 주민인 노인이 무얼 하느냐고 묻더래. 달 탐사를 준비한다고 했더니 노인은 달에 있는 정령에게 전해 달라고 한 메시지 내용은 "이 사람들이 하는 말은 한마디도 믿지 마세요. 이들은 당신의 땅을 훔치러 왔어요"(404)라고 말이야. 과학의 발전이 도를 넘는 것을 염려하는 사피엔스도 있잖아, 그렇지?

수렵채집인이 달콤함을 맛볼 수 있는 식품은 잘 익은 과일뿐이었대. 그래서 잘 익은 과일나무를 발견하면 최대한 먹어 치우는 데 다른 동물들이 따먹기 전에 말이야. 작가는 이 '게걸스러운 유전자'가 아직도 우리에게 남아 있다고 해. 왠지 실감 나지 않니? 우리가 작가의 이런 가상의 실재에 휘말리고 있는 건 아니지?

〈사피엔스〉는 역사에 대한 새로운 지평을 열어주었어. 호모 사피엔스는 우리의 조상이지. 우리는 지금 어디로 가고 있는가. 작가의 통찰을 따

라가긴 어렵지만 나의 역사관을 깨는 책이었어. 작가의 질문과 상상력을 따라가면 그곳에 해답이 있기도 하고 더 큰 의문이 남기도 했어. 호모 사피엔스의 역사가 상상의 질서로만 남는다면 우리가 제대로 이해했다고 할 수 있을까? 어떤 부분은 그렇게 남을 수밖에 없기도 해. 선이야, 사피엔스 이야기 더 나눌 수 있기를 기대할게.

핵 발전이냐 탈핵이냐

이상연

2022년 2월 24일, 러시아 군대가 우크라이나를 침공했다. 이후 전쟁의 와중에 러시아는 유럽 최대의 원전인 자포리자 원전 인근의 건물을 포격하기도 했다. 포격을 받아 불이 나고 있는 건물과 원자로와의 거리는 불과 450미터 떨어져 있었다고 한다. 만일 원자로에 불이 붙으면 사상 최대의 원전 참사라는 체르노빌 원전 폭발규모의 10배 규모가 되었으리라고 한다. 게다가 러시아는 전술핵무기 사용을 암시하기조차 했다. 세계는 3차 세계대전이니 핵전쟁의 불길한 전조를 느끼며 긴장하고 있다. 이런 상황에서 히로세 다카시가 르포소설식으로 쓴 〈체르노빌의 아이들〉은 핵폭발에 이어지는 참혹한 현장을 우리에게 각인시키며 우리의 인식을 다시금 일깨우고 있다.

체르노빌 원전 사고, 무고한 희생자들

체르노빌 원전사고는 1986년 4월 26일 구 소련체제 하의 우크라이나 공화국 체르노빌에서 일어난 원자로 폭발사고이다. 사고는 체르노빌 발전소에서 1983년 12월 가동을 시작한 원자로 반응조 노심에 냉각수를 공급하는 과정에서 발생했다. 동력시험을 하는 과정에서 담당자가 본인의 승진을 위해 무리하게 테스트를 강행하다가 사고를 낸 것이었다. 사고를 낸 시험조는 근무 경력이 4개월에 불과한 미숙련자를 포함한 상태였다. 그들은 심지어 테스트를 하면서 기본 매뉴얼도 제대로 지키지 않았다. 이 상태에서 시험을 하면 문제가 있다고 판단한 연구원들이 중단을 권고했으나 책임자는 무리하게 밀어붙였다. 결국 원전폭발이라는 대참사가 발생했다.

체르노빌 원전이 폭발하자 소련 당국은 사건을 은폐하고 소문이 번져나가지 못하도록 통제했다. 정치권력이 개입하고 잔인한 행위도 서슴지 않았다. 멀리 가족들과 함께 피신하려던 발전소 노동자들은 강제로 사고 현장으로 다시 끌려간다. 일부 도망가던 사람들은 가혹하게 처형된다. 그렇게 끌려간 노동자들은 사고 현장에 강제로 투입되어 고농도의 방사능에 피폭되며 사고 현장을 수습하여야 했다. 이 과정에서 노동자들은 온몸이 처참하게 만신창이가 되어 피를 토하며 죽어간다.

피난 과정에서 아이들은 먼저 피폭 증세를 보이며 병들어 간다. 영문을 모르는 사람들은 양들이 죽어가고 가축들의 시체가 물에 떠내려 오는 것을 보면서 불길한 징조를 예감한다. 아이들에게 피폭 증세가 보이면 당국은 그 아이들을 부모로부터 강제로 격리시킨다. 아이들은 어디론가 격리 수용된 채, 부모와 가족의 소식조차 알지 못하고 죽어간다. 어린아이와 부녀자들이 최대의 피해자였다.

이 소설의 주인공인 이반과 여동생 이네사도 엄마와 헤어진다. 그 후 남매도 헤어진 채, 불과 한 시간 거리의 병원에서 서로 생사확인도 하지 못한 채 죽어간다. 아버지는 발전소 복구에 동원되어 이미 사망한 상태였다. 소련 당국은 그에게 영웅 칭호를 붙여 주었지만 그 남매와 엄마에 대해 철저한 감시를 이어간다. 주인공 가족 사이에서 소식을 전해 주려던 사람들이 있었지만 그들조차 KGB의 감시를 받으며 연락이 차단되고, 마침내 가족은 모두 비극적으로 헤어진 채 죽음을 맞이한다.

이 소설은 사고가 일어난 당시 체르노빌에 살고 있던 선량한 핵발전소 노동자 안드레이 가족과 동료들이 사고로 인해 어떻게 희생되었는지 사실감 있게 전달해 주고 있다. 한 가족의 비극적인 이야기를 통해 독자들로 하여금 핵폭발의 참상을 생생하게 경험하게 하고 있다. 우리나라에서도 핵발전소 사고를 다룬 영화 〈판도라〉가 상영된 적이 있다. 영화에서는 방사능에 피폭된 사람들이나 가축들의 참상이 이 소설에서처럼 생생하고 처참하게 그려지지는 않았다. 영상에 비해 소설이 훨씬 상세하고도 체감적으로 묘사되어 있다. 이 소설을 읽으면 방사능에 피폭되면 얼마나 처참하게 신체가 훼손되고, 어떤 병이 생기며, 어떻게 죽어 가는지 보다 생생하게 경험하게 된다.

소련 정치당국과 발전소 책임자들은 사건의 신실을 은폐하는 데만 급급했고 결국 책임소재는 모호해졌다. 제대로 된 사후 조치를 취하지 못하여 무고한 시민들이 죽어 나갔다. 체르노빌은 폐쇄 되었지만 그 여파로 인근 국가의 국민들까지 30여년이 지난 지금까지 참혹한 희생을 치르고 있는 것이다.

탈핵이냐 발전이냐

이 소설은 쓴 히로세 다카시는 일본 사람이다. 생각해 보았다. 2011년 이 소설을 쓸 당시 히로세 다카시는 2년 후 일본에 닥칠 후쿠시마 원전 폭발사고와 같은 대형 사고를 예견했을까? 일본은 원전 의존도와 밀집도가 높은 나라이다. 아마 히로세 다카시는 저널리스트이자 사려 깊은 지식인이었으므로 원전사고에 대한 우려가 컸을 것이다. 아마 실제로 후쿠시마에서 일어난 사건처럼 대형 쓰나미로 인해 참사가 발생하리라고 예견하지는 않았겠지만 확률적으로 사고발생 가능성이 높다는 것을 알고 있었을 것이다.

우리나라도 핵발전소가 동해안에 밀집되어 있다. 예기지 않은 사고 발생의 가능성도 있다. 사고 확률 제로(0)의 원전이란 존재하지 않는다. 게다가 참사는 대개 우연적인 요소 때문에 예기치 않게 발생한다. 핵 발전의 필요성을 아무리 강조해도 안전이 더 중요하다는 것은 말할 필요도 없을 것이다. 문제는 우리나라의 에너지 정책이다. 세계적으로 핵 발전은 사양 산업이며 2016년부터 20년 동안 핵발전소 수요는 가파르게 줄어드는 추세라고 한다. 유럽과 미국은 이러한 추세이지만 반대로 아시아의 한국과 중국과 일본 3개 국가는 2033년까지 250개 핵발전소를 완공할 예정이라고 한다. 우려되는 상황이 아닐 수 없다.

김익중의 저서 〈한국 탈핵 - 대한민국 모든 시민들을 위한 탈핵보고서〉를 읽어 보았다. 이 책에 의하면, 먼저 탈 원전은 세계적인 추세라고 한다. 그런데 핵 발전을 고수하는 나라들은 대개 경제성을 이유로 든다고 한다. 하지만 저자는 핵폐기물 처리비용을 계산한다면 핵 발전 비용은 결코 싼 것이 아니라고 분석한다. 그리고 경제적인 문제보다 중요한 것은 핵폐기물 문제다. 핵폐기물은 지하에 10만 년 이상 최대 100만년까지 저장하여 방사능을 반감시켜야 하는데 이것은 인류 후손들 뿐 아니라 전 지구 생명체에게 무거운 짐을 안기는 것이라 말한다. 우리나라는 세계 5위의 핵 발전 보유국이며 원전 기술을 해외로 수출하기까지 하는 나라이다. 우리나라는 전기요금이 저렴하여 난방과 산업발전에 모두 전기를 사용하고 있다. 김익중은 이것이 핵 발전에서 탈피하지 못하는 큰 요인이 되고 있다고 진단한다. 핵 발전 의존도가 높은 만큼 이에 비례하여 핵발전소 사고 확률도 그만큼 높다. 따라서 지금부터라도 전 국민이 전기 사용량을 줄이고, 초기 비용이 제법 들더라도 재생에너지 사용으로 에너지정책을 전환해야 한다고 강조한다.

　하지만 탈핵의 길은 멀고 험하다. 가장 큰 걸림돌은 원자력 마피아이다. 그들은 재벌, 정치가, 관료, 언론, 학계 등에서 기득권 네트워크를 형성하고 있다. 그리고 돈, 권력, 로비 등을 활용하여 핵 발전의 지속적인 확산을 위해 국제적으로 로비와 여론전을 시속적으로 펼친다. 이에 맞서는 방법은 오로지 시민들의 깊이 있는 문제 인식과 실천적 자세에 달려 있을 것이다.

인간과 환경, 그 공생을 꿈꾸며

윤지영

    무관심도 하나의 선택이 될 수 있다. 기후위기나 환경오염에 무관심한 태도 역시 환경에 대한 나의 관점이자 선택이고 실천이라고 할 수 있다. 무지와 무관심은 물질적 풍요와 편리 속에 안주하며 우리의 삶을 무기력하게 만드는 결정적인 원인이 될 수도 있다.

    르포소설 〈체르노빌의 아이들〉의 작가 히로세 다카시는 반핵운동가로도 활동 중이다. 그는 "지금 사람들이 원자력 발전소의 위험성을 느끼지 못한다면 머지않아 지구는 끝장이다"고 생각하며 글을 썼다고 한다(체르노빌의 아이들, 174). 이 소설은 자연의 순리를 거스르는 핵 발전이 개개인의 삶을 어떻게 파괴하는지를 입체적으로 보여준다. 나아가 우리가 '지금 당장' 바뀌지 않는다면 이 비극은 바로 우리 자신에게 닥칠 것이라고 경고하고 있다.

체르노빌의 이야기는 우리의 이야기

1986년 4월 26일, 구소련 우크라이나 체르노빌에서 원자로 4호기가 폭발했다. 원자로에서 뿜어 나오는 엄청난 수치의 방사능은 순식간에 살상 무기로 변했다. 폭발한 지 반나절 만에 매일 아침 지저귀던 새들은 시체가 되어 땅바닥에 널브러져 있었다. 며칠 만에 소년은 시력을 잃었고, 주민들의 몸에 생긴 붉은 반점에선 금세 피가 흐르기 시작했다. 사고 지역은 치명적인 방사능에 오염되었지만, 주민들은 그 이유를 몰랐고 적절한 안전 경보도 없이 무방비 상태로 위험에 노출되어 있었다.

소설은 사고 시점 발전소 지역의 평범했던 개인의 하루하루가 어떻게 일그러져 가는지 보여준다. 주요 등장인물들은 아이, 여성, 발전소 직원, 농민 등이다. 당국의 명령 아래 노동자들은 사고 수습을 위해 사고 현장으로 보내진다. 실은 죽음의 현장으로 투입되는 것이다. 주민들은 대피라는 명목으로 강제 이송된다. 생명을 건지기 위해 도망하는 사람들은 명령 불복종으로 군인의 총에 의해 죽임을 당한다. 그들은 체르노빌 사고를 일으킨 원인 제공자나 해결을 이끄는 주체가 아니었다. 사건의 전체 흐름을 지켜볼 수 있는 통솔자도 아니다. 하지만 그들은 누구도 주목하지 않은, 사건의 진짜 주인공이다. 주인공들은 무기력하게 희생되고 죽어나간다. 그들은 곧 우리의 다른 모습이 아닐까. 체르노빌의 서사는 우리의 이야기이기도 하다.

인간중심주의, 문제의 근원적인 소재

원자력 발전소 폭발 사고가 발생한 배후에는 인간이 있었다. 소설 속 화자는 이렇게 독백을 내뱉는다.

"이 사고는 신이 창조한 세계의 현상이 아니었다. 그것은 바로 가장 신비한 신의 창조물인 원자를 파괴하는, 즉 신이 창조한 세계를 파괴하는 현상이다."(149)

이 사고는 자연재해가 아니라 인간이 일으킨 재난이었다. 이 재난은 지금 위기에 처한 지구환경과 이 곤경을 초래한 인간에 대해 근원적인 질문을 던진다.

지금 지구환경은 위기를 넘어 재앙에 가까운 수준으로 파괴되고 있다. 그 주범은 근대 이후 시작된 현대 산업사회다. 산업화는 과학의 놀라운 발전과 함께 가속화되었지만 이를 주도한 정신적 기반은 바로 '합리적 정신과 결합한 인간중심주의'였다. 휴머니즘이란 말은 아름답지만 그 대가는 예기치 못한 것이었다. 합리성과 인간중심주의를 바탕으로 인간은 세계의 중심에 서서 끊임없이 효율과 과학을 추구했다. 그리고 어떻게 하면 환경을 잘 이용해서 인류 번영에 공헌할 수 있을지에 집중하였다. 산업이 반성 없는 발전을 거듭할수록 자본 증식과 경제적 효율이 최고의 목표가 된다. 국가마다 물질적인 가치 창출을 위한 조직적인 통제가 자행되었고 그 이면에서는 갈취가 진행되었다. 경쟁에서 도태된 인간에 대한 갈취와 자연에 대한 무한 채굴이라는 갈취 말이다. 이러한 갈취는 자연에 대한 무관심과 폭력적인 개발로 진행되었다.

체르노빌 원전 사고는 이러한 휴머니즘의 일면, 즉 '인간중심주의'의 극단적 폐해를 낱낱이 보여준다. 인간중심주의는 이분법적 사고방식에서 비롯된다. '만물의 척도인 인간' 대 '인간이 아닌 타자들'로 구성된 세계관에서 자연환경은 착취와 지배의 대상일 뿐이었다. 결국 이로 인한 환경의 파괴는 인간과 사회의 파괴를 초래했다.

소설의 서사는 인간성이 공공연히 부정되고 약자들이 철저하게 버림받는 과정을 그대로 보여준다. 소설의 주인공 가족은 사고 이후 각자 격리된다. 안드레이는 발전소 뒤처리 작업 중 죽음을 맞았고, 아내 타냐는 당국의 명령으로 두 자녀와도 강제 결별하게 된다. 그녀의 몸은 피폭으로 날로 쇠약해지지만, 자녀들을 찾겠다는 의지만은 꿋꿋하다. 하지만 두 자녀는 감금된 병실에서 이름도 남기지 못한 채 홀로 죽음을 맞이한다. 단 1초라도 가족과 만나는 것, 죽을 때까지 그들이 염원한 한 가지 일이었다. 비극 중의 비극이다.

참혹한 사고가 발생했지만 소련 당국은 체제를 유지하기 위해 진실을 숨기고 사람들을 통제하는 데 몰두하였다. 개인의 생명과 존엄한 삶을 보살피기보다 거대한 시스템을 보호하는 일에 집중하였다. 모든 것을 어둠 속에 묻어버리고 진실을 은폐하려 했지만 국가는 이것이 가장 윤리적인 선택이었다고 말할 것이다. 사회 질서를 안정시켜 더 큰 희생을 막고 국가 위상과 체제의 유지를 위해 어쩔 수 없는 정당방위였다고 말이다. 이게 바로 우리가 만들어낸 국가라는 괴물이다. 국가의 논리에는 합리주의와 인간중심주의가 그대로 깔려 있다. 효율, 경쟁, 합리성을 강조할수록 가장 비인간화되는 역설이 여기에 있다.

공생의 길을 향하여

누가 체르노빌의 비극을 초래하였는가? 사고의 책임자를 찾아 처벌하는 문제는 당국에 주어진 우선 과제 중의 하나이다. 사건의 진실은 은폐되었다. 소련 당국은 거짓 발표를 하고 사고 피해자를 은밀히 격리 수용했다. 어떻게 이런 일이 가능했을까? 대부분의 사람들이 시스템에 순응하였기 때문이다. 한 체제의 공고한 유지는 모든 이들이 적극적이든 소극적이든 침묵하거나 거기에 일조하기 때문에 가능하다. 사실 우리가 모두 범인일지도 모른다.

사고가 발생한 근본적인 원인을 깊이 반성하지 않는다면, 비극적인 참상은 언제든 다시 발생할 수 있다. 우리는 가혹한 대가를 치르고 귀한 경고를 얻었다. 무관심은 답이 아니다. 방관은 방조의 다른 말에 지나지 않는다.

어떻게 해야 할까? 개인적으로 환경문제에 관심을 가지고 환경운동에 참여해도 좋고, 탈핵 정책을 지지할 수도 있고, 일상 속에서 제로웨이스트를 실천할 수도 있다. 하지만 그것보다 선행되어야 할 것은 우리의 인식과 태도에 대해 근본적인 질문을 던져보는 일이 아닐까. 인간과 환경, 환경과 인간의 관계, 지금부터라도 다시 재정립해야 한다. 인간과 자연 환경이 하나임을 인식하기. 공생의 장 찾기.

에필로그:
발터 벤야민을 추억하며

발터 벤야민은 작가나 글쓰기를 하는 모든 이에게 별처럼 빛나는 사람이다. 언제나 글을 쓰며 살았던 사람, 여행과 독서와 치밀한 자료 수집을 거쳐 오로지 글쓰기에 몰두한 사람, 다양한 분야와 장르에서 탁월한 글들을 남긴 작가, 당대보다 사후에 그의 글들이 더욱 새롭게 조명되고 있는 사상가, 벤야민은 글쓰기의 교과서와 같은 존재이다.

벤야민은 서평을 비평의 중요한 영역으로 생각했다. 그리고 직접 여러 문학작품들과 글들에 대한 서평을 하였다. 책비평가인 그는 당시의 서평가들이 '관객'의 시야에 들어오는 것만을 다루는 행태를 격렬하게 비판했다. 벤야민이 말하는 관객이란 지식 탐구나 교양을 학습하는 문학 써클과는 다른 관심을 가진 소비적 독자층을 말한다. 즉 문학을 오락의 수단으로 삼고, 사교의 도구로 삼으며, 기분전환의 수단으로 소비하는 사람들을 지칭한다. 작가 혹은 서평가들이 관객들의 시야에 들어오는 책들만 다루게 되면 정작 다루어야 할 작품들이나 글들은 배제되게 된다. 그리고 자연히 잘 팔리는 책들이나 관객들의 소비적 유행에 따라 서평을 하게 되는 것이다. 책을 가벼이 소비하기 보다는 읽고 쓰며 채굴하는 태도로 만날 때 그 속에서 무언가 빛나는 것을 발견하게 될 것이다.

우리는 여러 고전과 명저를 함께 읽고 학습했다. 그리고 서평, 독서에세이, 자유에세이 등 자신의 스타일과 취향에 따라 자유로운 방식으로 글을 썼다. 그 과정에서 사유하고 사색하고 자신을 성찰했다. 그 결과로 생성된 생산물이 바로 이 책이다. 따라서 이 책은 구도적 학습 과정에서 펼쳐낸 글이라는 점에서 여느 책들과 차이 나는 의미와 가치를 지니고 있다. 아시다시피 최고의 학습 방법은 책 읽기와 글쓰기를 병행하는 것이다. 우리는 글을 쓰면서 텍스트를 보다 깊이 이해하게 되었고 저자의 사유를 입체적으로 만났으며 우리 신체에 지식을 새겼다. 우리는 다채로운 빛깔과 신선한 리듬을 자아내며 서로에게서 낯설고도 친숙한 목소리를 들었다. 어느 순간 우리 안에서 신선한 사유의 분비물이 흘러나왔다. 우리는 책이 되었다.

벤야민은 좋은 글을 쓰는 작업에는 세 단계가 있다고 말한다. 그 첫째 단계는 음악의 단계, 둘째 단계는 건축의 단계, 마지막 단계는 그것을 엮는 직조의 단계이다. 우리는 음악가가 되었고 건축자가 되었으며 직조하는 장인이 되었다. 고전과 명저의 저자들이 연주하는 음악을 듣고 그 악보의 기호 하나하나를 익히고 연습했다. 온갖 언어의 재료들을 모아 설계도의 공정에 따라 배치하고 집을 짓듯 글을 썼다. 실 한 올 한 올을 씨줄과 날줄로 엮어 천을 짜는 장인처럼 정성을 쏟았다. 각자가 짜낸 섬유들을 모아 모자이크를 펼쳐내었다. 이는 마치 벤야민의 역사철학에서 말하는 '메시야적 순간'과도 같아 보인다. 흩어져 있는 사물들 속의 유사성이 비로소 섬광처럼 그 모습을 드러내는 찬란한 영광의 순간 말이다. 작은 별빛들이 모여 성좌를 이루었다.

그간 우리는 온갖 책 속에서 들려오는 음악들을 듣고 여기 우리의 노래를 연주하고 있다. 책을 사랑하는 이들에게 고요히 우리의 음악을 들려주고 싶다.

2023년 2월 저자 일동

참고문헌

이 책에 다룬 텍스트와 저자들이 인용한 책은 아래와 같다. 참고문헌 인용표기는 APA 스타일을 사용했으며, 북리뷰와 에세이의 특성상 출처 괄호 안에 저자명 대신 '책 제목'을 표기하였다.

1부

서머싯 몸, 〈달과 6펜스〉, 송무 옮김, 민음사, 2000.

프란츠 카프카, 〈성〉, 권혁준 옮김, 창비.

베른하르트 슐링크, 〈책 읽어주는 남자〉, 김재혁 옮김, 시공사, 2013.

오정희, '달과 6펜스를 들고 가출을', 〈월간 샘터〉, 1999년 2월호 .

김진아, '몸주체와 세계', 한국여성연구소, 〈여성의 몸〉, 창비, 2005.

2부

발터 벤야민, 〈일방통행로, 사유 이미지〉, 김영옥 · 윤미애 · 최성만 옮김, 길, 2007.

롤랑바르트, 〈사랑의 단상〉, 김희영 옮김, 동문선, 1977.

김명리, 〈단풍객잔〉, 소명출판, 2021.

김명리, 〈적멸의 즐거움〉(김명리 시집), 문학동네, 2022 .

황산, 〈철학자들과 함께 떠나는 글쓰기의 모험〉, 북바이북, 2020.

에리히 프롬, 〈사랑의 기술〉, 황문수 옮김, 문예출판사, 2020.

3부

니코스 카잔차키스, 〈그리스인 조르바〉, 이윤기 옮김, 열린책들, 2009.

보후밀 흐라발, 〈너무 시끄러운 고독〉, 이창실 옮김, 문학동네, 2016.

허먼 멜빌, 〈필경사 바틀비〉(영한대역 특별판), 공진호 옮김, 문학동네, 2021.

프리드리히 니체, 〈차라투스트라는 이렇게 말했다〉, 장희창 옮김, 민음사, 2004.

프리드리히 니체, 〈차라투스트라는 이렇게 말했다〉, 정동호 옮김, 책세상, 2019.

김운하, 〈네 번째 책상 서랍속의 타자기와 회전목마에 관하여〉, 김운하 옮김, 필로소피 2018 .

알베르 카뮈, 〈시지프 신화〉, 김화영 옮김, 민음사, 2017.

4부

정혜신, 〈당신이 옳다〉, 해냄, 2018.

문요한, 〈관계를 읽는 시간〉, 더 퀘스트, 2021.

베셀 반 데어 콜크, 〈몸은 기억한다〉, 제효영 옮김, 을유문화사, 2016.

5부

구소은, 〈무국적자〉, 바른북스, 2018 .

문서정, 〈눈물은 어떻게 존재하는가〉, 도서출판 강, 2020.

손창섭, 〈잉여인간〉, 민음사, 2005.

한나 아렌트, 〈전체주의의 기원〉, 이진우 · 박미애 옮김, 한길사, 2006 .

신형철, 〈슬픔을 공부하는 슬픔〉(신형철 산문), 한겨레출판사, 2018. 전자책.

론 마라스코, 브라이언 셔프, 〈슬픔의 위안〉, 김명숙 옮김, 현암사, 2012. 위 〈슬픔을 공부하는 슬픔〉 26-28쪽에서 재인용.

6부

유발 노아 하라리, 〈사피엔스〉, 조현욱 옮김, 김영사, 2015 .

히로세 다카시, 〈체르노빌의 아이들〉, 육후연 옮김, 프로메테우스 출판사, 2014.